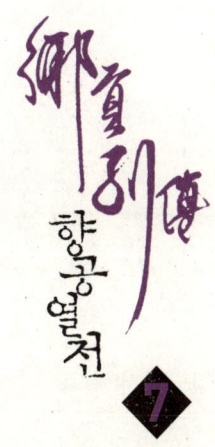

조진행 신무협 장편소설
ORIENTAL FANTASY STORY & ADVENTURE

향공열전(鄕貢列傳) 7
검공출사(劍公出仕)

초판 1쇄 인쇄 / 2008년 12월 6일
초판 1쇄 발행 / 2008년 12월 16일

지은이 / 조진행

발행인 / 오영배
편집장 / 김경인
펴낸 곳 / (주)삼양출판사 · 드림북스

주소 / 서울특별시 강북구 미아8동 322-10호
대표 전화 / 02-980-2112~4 팩스 / 02-983-0660
편집부 전화 / 02-980-2116 팩스 / 02-983-8201
홈페이지 / www.sydreambooks.com

등록번호 / 제9-00046호
등록일자 / 1999년 3월 11일

ⓒ 조진행, 2008

값 8,000원

(주)삼양출판사 · 드림북스의 서면 허락 없이는 어떠한
형태나 수단으로도 이 책의 내용을 이용하지 못합니다.

ISBN 978-89-542-2904-3   04810
ISBN 978-89-542-2235-8   (세트)

* 지은이와 협의하에 인지는 생략합니다.
* 잘못된 책은 구입한 곳에서 바꾸어 드립니다.

제1장 반선(半仙) 고적산인(古蹟山人) 7

제2장 천문(天門)이 흔들리다 41

제3장 그 남자와 그 여자의 사정 77

제4장 끝나지 않은 이야기 109

제5장 호랑이 없는 곳에 137

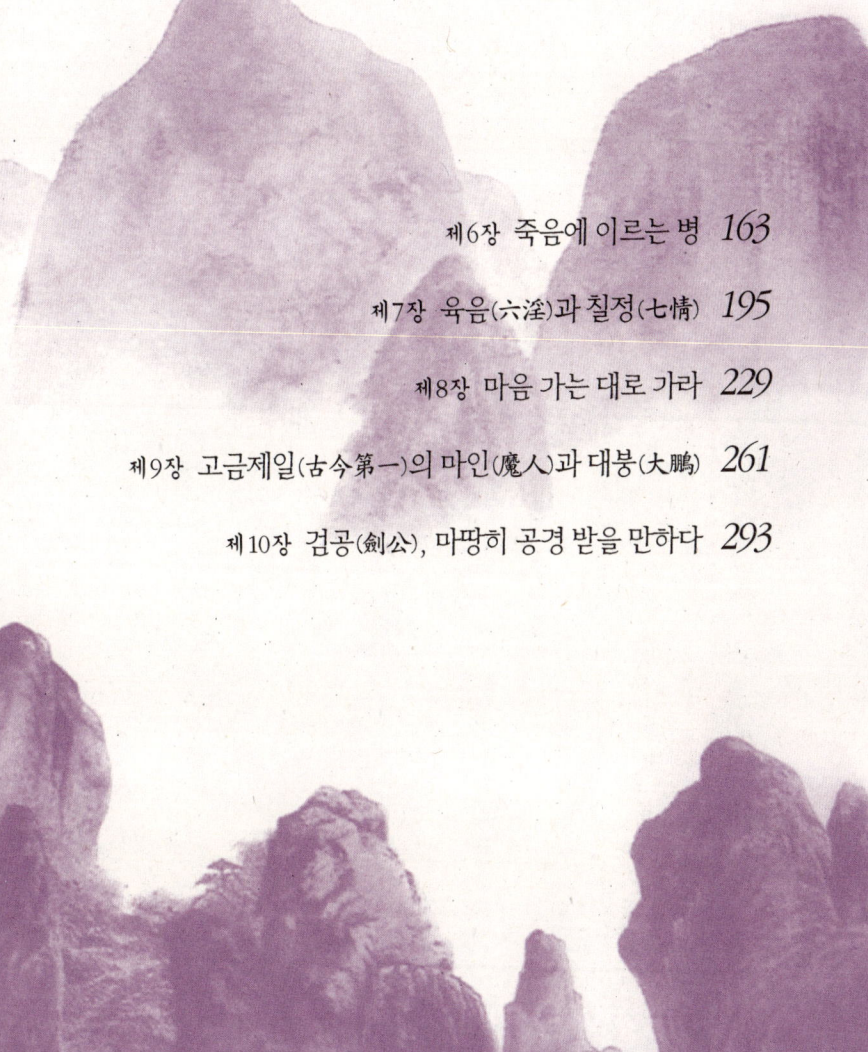

제6장 죽음에 이르는 병 *163*

제7장 육음(六淫)과 칠정(七情) *195*

제8장 마음 가는 대로 가라 *229*

제9장 고금제일(古今第一)의 마인(魔人)과 대붕(大鵬) *261*

제10장 검공(劍公), 마땅히 공경 받을 만하다 *293*

제1장
반선(半仙) 고적산인(古蹟山人)

　장주선(張周宣)은 감성적으로 한창 예민한 나이인 십육 세에 돌림병으로 부모를 잃고 홀로 살아남았다.
　세상을 떠돌던 장주선은 고산서원(高山書院)의 주인인 임현석(林賢碩)의 눈에 들어 사환(使喚)이 되었다.
　장주선이 잔심부름을 하며 어깨너머로 익힌 학문이 경지에 이르자 임현석은 장주선을 양자(養子)로 받아들였다. 그렇게 해서 나이 스무 살에 장주선은 임주선으로 성을 바꾸었다.
　그러나 임주선의 불행은 아직 끝난 게 아니었다.
　새 가족에게 정이 담뿍 들 무렵, 임현석이 역모에 연루되었다는 모함을 받고 참수를 당한 것이다. 한날한시에 고산서원의 식솔들은 물론 임현석의 제자들까지 함께 목숨을 잃었다.

고산서원의 사람들 중 오직 양자인 임주선만 살아남았다. 때마침 무당산에 유람하러 간 것이 그의 생명을 구원한 것이다.

뒤늦게 비보를 접한 임주선은 감히 고산서원으로 돌아가지 못하고 무당산에 눌러 앉았다.

당시 태허궁의 도기(道紀; 도사들의 우두머리)인 산음진인(山蔭眞人)에게는 제자가 없었다. 어느 날 산음진인은 산책을 나왔다가 무당산의 도관을 전전하고 있던 청년 임주선과 만났다.

산음진인은 초췌한 몰골의 임주선을 만나자마자 "내가 너의 운명이다"라는 말과 함께 그를 거두어 들였다.

인생의 무상함을 질리도록 경험한 임주선은 산음진인의 제자가 되는 것을 마다하지 않았다.

산음진인은 다음해에 임주선에게 고적(古蹟)이라는 도호(道號)를 내려 주었다. 그리고 하나뿐인 제자 고적에게 태허궁의 비기(秘技)들을 남김없이 가르쳤다.

산음진인은 그동안 제자가 없어 가르치지 못한 한이라도 풀 듯 쉬지 않고 고적을 몰아쳤다. 고적은 불평 한마디 없이 산음진인의 절기와 태허궁의 비전을 배웠다.

칠 년이 지나자 산음진인은 "이제야 겨우 마음이 놓인다"는 말과 함께 우화등선(羽化登仙)했다. 아흔이 넘어 제자를 들인 산음진인이 그제야 안식을 얻게 된 셈이다.

스승을 떠나보낸 고적은 무당산에서 더욱 수련에 정진했다.

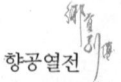
향공열전

세월이 흐르자 사람들은 고적을 고적산인(古蹟山人)이라 부르며 칭송을 아끼지 않았다.

고적산인의 이름 앞에는 항상 천하무쌍(天下無雙)이라는 수식어가 따라붙었다. 무당산 태허궁의 비기와 희대의 고수였던 산음진인의 절기까지 연성한 고적산인을 당해낼 사람이 없었던 까닭이다.

고적산인은 스승의 나이쯤 되자 태허궁의 도사들 가운데 총명한 사람을 골라 제자로 삼았다. 그가 현재 태허궁의 도기인 천도상인(天道上人)이다.

고적산인은 천도상인에게 자신의 절기를 남김없이 가르쳤다. 마치 과거 산음진인이 자신에게 했듯 쉬지 않고 말이다. 자신의 수명이 얼마 남지 않았다고 느끼고 스승의 흉내를 낸 것이다.

하지만 고적산인은 산음진인이 아니었다.

마음을 다 비우고 제자에게 자신의 절기를 전수하던 고적산인은 그만 무공의 더 높은 경지로 훌쩍 넘어가고 말았다.

그 덕에 남몰래 묏자리를 알아보고 다니던 고적산인은 반로환동(反老還童)까지 경험했다. 그래서 이제는 많아야 오십대 정도로밖에 보이질 않았다.

고적산인은 제자인 천도상인이 도기가 되자 태허궁을 떠났다.

스승처럼 우화등선을 하기 전에 세상을 두루 둘러보고 싶었던 것이다.

고적산인의 강호유람은 그렇게 시작되었다.

이미 반선(半仙)의 경지에 든 고적산인에게 국경은 의미가 없다. 고적산인은 발길 닿는 대로 대륙을 정처 없이 떠돌았다.

고적산인이 제나라의 태산(泰山)에 간 것은 딱히 목적이 있어서가 아니다. 그저 가다 보니 앞에 태산이 있었던 것뿐이다.

고적산인은 그곳에서 수십 명의 젊은 낭인들을 보았다.

비록 세파(世波)에 찌들어 보였지만, 그들은 제나라 최고의 문파라는 태산파의 문을 열고 밖으로 쏟아져 나왔다.

검게 그을린 얼굴에 반짝이던 눈들이 인상적이었다. 어쩌면 그래서 더욱 오래 기억에 남았는지도 모른다.

그 뒤 국경을 넘어 강소성으로 왔다.

그리고 남경(南京)에서 비도문의 문주 정대봉과 만났다.

만약 비도문의 문주 정대봉과 만나지만 않았다면, 지금쯤 황산(黃山)을 지나고 있을 것이었다.

정대봉은 사람들로 북적이는 거리에서 먼지에 뒤덮인 상청궁의 도복을 귀신처럼 알아보았다.

고적산인은 극진히 대접하는 정대봉의 손을 차마 뿌리치지 못했다.

결국 비도문의 식객 아닌 식객이 되어 눌러 앉아 버렸다.

정대봉의 비도문에서 엎어지면 코 닿을 거리에 자리한 것이 성가장이다.

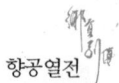
향공열전

자연히 고적산인은 태산파에서 본 사람들이 성가장에 드나들고 있다는 사실을 알게 되었다.
 무림인 이전에 수도자(修道者)인지라 고적산인도 처음에는 모른 척했다.
 제나라 군사들의 월경으로 강소성이 시끄러워지지만 않았어도 입 밖에 내지 않았을 것이다.
 하지만 계속해서 제나라와의 군사적 긴장이 높아져 가자 고적산인은 마음을 달리 먹었다. 훗날 강소성의 무관이 피해를 입을지도 모른다는 생각에서다.
 고적산인은 정대봉에게 성가장의 신입제자들을 주의 깊게 살펴보라고 귀띔했다. 그것은 전적으로 성가장을 포함한 강소성의 무가(武家)들을 위해 한 말이었다.
 고적산인으로서는 천명회로 천하 무림이 뒤숭숭한 이때에 강소성의 정기가 쇠락해지는 것을 막아보고 싶었던 것이다.
 하지만 비도문의 문주 정대봉은 일을 크게 벌였다.
 무천관의 구자겸과 함께 강소성 북부영(北部領)으로 달려가 버린 것이다.

 고적산인은 생각과 달리 일이 커져버린 게 못마땅했지만, '이왕 벌어진 일이니 확실히 매듭이나 지어줘야겠다'고 생각했다.
 물론 성가장에 악감정은 없었다.

당연히 성가장이 태산파 사람들에게 속았다는 사실을 인정하면, 어떻게든 그들을 도와줄 생각이었다.

그런데 이게 웬 일?

상대는 자신들의 잘못을 인정하기는커녕 도리어 자신을 거짓말쟁이로 몰아붙이고 있었다.

득도(得道)하여 반로환동의 길에 접어든 천하무쌍 고적산인을 말이다.

그리고 적반하장(賊反荷杖)의 악담까지 퍼붓고 있었다.

"세상에는 신뢰하지 말아야 할 세 종류의 사람이 있소. 장군께서는 그게 누군지 알고 싶소? 무당파, 화산파의 잡도사들과 소림사의 화상(畵像; 얼굴의 속어)이 바로 그들이오."

"갈(喝)!"

고적산인은 참다못해 호통을 쳤다.

내력을 실은 소리였지만 젊은이는 여전히 시건방진 표정이었다. 보나마나 자신의 무공을 믿고서 저렇게 행동하는 것이리라.

"귀하도 잡도사요?"

"……."

지난 백 년 동안 자신의 앞에서 잡도사라는 단어를 입에 올린 사람은 없었다.

심지어 십대문파의 고수들도 자신과 눈 마주치기를 어려워

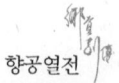
향공열전

할 정도이거늘, 이 무슨 죽고 싶어 안달이 난 소리란 말인가!

마두(魔頭)다. 마두야.

"정녕 패악(悖惡)한 자로다!"

고적산인이 이를 갈며 송문고검을 뽑아 들었다.

하지만 고적산인은 선뜻 검공 서문영에게 다가가지 못했다. 아무리 분노했다고 해도 수련의 깊이가 남다른 탓이다.

"너, 너는 타인을 위해 너를 희생해 본 적이 있더냐!"

화를 삭이느라 덜덜 떨며 내뱉는 고적산인의 말에 서문영이 되물었다.

"별로 그런 적 없소. 하지만 당신들의 수도라는 것 역시 당신들 자신을 위한 것이 아니오? 마치 타인을 위해 도를 닦는 양 말하지 맙시다."

"그래, 부인하지는 않겠다. 하지만, 우리 수도사들은 너에게 욕을 얻어먹을 만큼의 악한 짓을 하고 돌아다니지도 않는다. 오히려 우리가 깨달은 바른 이치를 널리 알리며 살아가고 있다. 그런 수도사들을 잡도사라는 말로 조롱한단 말이냐!"

"흥! 당신은 어떤지 몰라도 내가 만나본 수도사들은 대부분 잡도사였소. 그들은 명리(名利)를 위하여 진실을 왜곡하고, 거짓을 밥 먹듯이 말했소."

"끙! 몇몇 불의한 도사들을 보고서 모든 도사들이 그렇다고 말할 수 있겠느냐!"

"나는 모든 도사들이 그렇다고 하지 않았소. 무당파와 화산파의 도사들이 그렇다고 했을 뿐이오."

"갈! 어찌 감히 그 입으로 무당파와 화산파를 조롱한단 말이냐! 무당파와 화산파가 정파의 명문도관임을 천하가 알고 있거늘! 너의 그 간사한 입으로 명문도관을 욕보일 셈이냐!"

"쯧! 무당파 사람이 무당파를 편드는 것은 당연한 일. 노도사께서는 언제까지 그 검을 들고 있을 작정이시오? 입으로 끝장을 볼 생각이었으면 빨리 말씀하시오. 나도 칼을 들어야 할지 말아야 할지를 결정해야 하니까 말이오."

"……"

고적산인이 고개를 설레설레 흔들었다.

무당파, 화산파에 어떤 감정이 있는지 몰라도 상대는 너무 속이 꼬여 있다. 말로 가르쳐서는 듣지 않을 게 빤했다.

"오냐, 오늘 무당파와 화산파의 도사들을 위해 내가 손을 써야겠다!"

말과 함께 고적산인이 검을 가볍게 휘둘렀다.

쉬이익.

파르스름한 반월형(半月形)의 검기가 서문영을 향해 날아갔다.

순간 서문영의 신형이 술 취한 사람처럼 흔들렸다.

쏜살같이 날아가던 검기가 중간에서 멈칫거렸다.

서문영이 이리 비틀 저리 비틀 하는 탓에 방향을 몇 번이나 바꾸어야 했던 것이다.

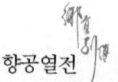
향공열전

휘잉.

결국 반월형의 검기는 서문영의 몸을 비껴 지나갔다.

하지만 서문영과 고적산인의 표정은 약속이라도 한 듯 딱딱하게 굳었다.

서문영은 고적산인의 검기가 스스로 방향을 바꾸었다는 사실에 놀랐다. 그것은 고적산인의 검공이 이기어검기(以氣御劍氣)에 이르렀다는 것을 뜻하기 때문이다. 이기어검만 해도 놀라운데, 검기까지 자유자재로 움직이다니!

하지만 정작 고적산인의 놀라움은 서문영에 비할 바가 아니었다.

"취팔선보(醉八仙步)?"

개방의 비전절학이라는 취팔선보를 이런 변방에서 다시 보게 되다니! 게다가 눈앞에서 펼쳐진 저 취팔선보는 자신의 어검기공(御劍奇功)까지 피해내고 있었다. 개방의 장문인이라고 해도 쉽게 피하지 못할 어검기공을 말이다.

고적산인은 상대가 어떻게 취팔선보를 익혔는지, 개방과는 어떤 관계인지 묻지 않았다. 그러기에는 상대의 무례가 도를 넘은 탓이다.

게다가 고적산인은 자신의 어검기공을 피해낸 취팔선보를 꺾고 싶었다.

"그렇다면 태청검(太淸劍)을 받아 봐라!"

고적산인이 대붕(大鵬)처럼 두 팔을 벌리고 하늘로 날아올랐다.

　곧이어 허공에서 고적산인의 검이 유려하게 움직였다.
　검신을 타고 흐르던 파르스름한 검기가 뚝뚝 떨어져 나와 서문영을 향해 몰아쳐갔다. 초식은 태청검이지만 결과는 전혀 달랐다. 화살처럼 쏘아가는 저 수십 개의 검기를 두고 태청검법이라 말할 수 있는 사람은 없을 것이다.
　츠츠츳.
　한순간 서문영의 몸이 여덟 개로 늘어났다. 그 바람에 서문영을 보고 있던 사람들은 몇 번이고 자신들의 눈을 비벼야 했다.
　반월형의 검기가 서문영의 몸들을 뚫고 지면에 박혔다.
　퍼퍼퍼펑!
　흙먼지와 돌조각이 일 장 높이로 솟아올랐다.
　표표히 내려오던 고적산인의 표정은 잔뜩 일그러져 있었다.
　앞이 보이지 않게 피어오른 흙먼지 속에 오연히 서 있는 서문영을 발견한 것이다.
　상대가 검기에 맥없이 당했다고 생각하지는 않았지만, 저렇듯 태연히 서 있을 줄은 미처 생각지도 못했다.
　순간 서문영이 칼을 뽑았다.
　고적산인은 잔뜩 긴장한 눈으로 서문영의 칼끝을 노려보았다.
　성가장의 검공 서문영에 대한 소문은 이미 들은 바가 있다.

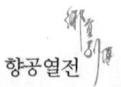
향공열전

얼마 전까지만 해도 지나친 과장이라고 생각했다. 하지만 지금은 다르다. 상대는 개방의 취팔선보로 어검기공을 피했다. 변방에서 이름을 떨치고 있는 그저 그런 무인이 아닌 것이다.

심장이 고동치는 소리가 귀에 크게 들려왔다. 지난 백 년의 세월을 통틀어 지금처럼 흥분되기도 처음인 듯싶다.

'온다!'

고적산인은 송문고검으로 가슴을 가렸다.

곧이어 서문영의 칼끝이 고적산인을 향해 곧게 뻗었다.

번쩍.

고적산인은 서문영의 칼끝에서 광망이 번득이자마자 이리저리 몸을 움직였다. 그것은 뭔가를 보고 피하는 것이 아닌 본능에 의한 움직임이었다.

무당과 태상장로의 체면을 생각하면 있을 수 없는 일이다. 하지만 그 덕분에 고적산인은 큰 화를 피할 수 있었다.

그것은 마치 하늘이라도 갈라 버릴 듯한 백색(白色)의 광망(光芒)이었다.

일검만천(一劍滿天) 만물무루(萬物無累)의 검공이 고적산인에게 몰아쳐 간 것이다.

고적산인은 뒤도 돌아보지 않고 땅과 허공으로 분주히 몸을 날렸다.

'헉! 이건 대체 뭐냐?'

고적산인이 일그러진 얼굴로 뒤를 힐끔거렸다.

검기도 아닌 것이 마치 그림자처럼 자신을 따라오고 있다.
검으로 검광을 밀어낼 때의 느낌은 철벽을 두드린 듯했다.

저것이 검기의 하나였다면 자신의 검에 사라졌어야 마땅하다. 하지만 위기를 느끼고 검을 거둔 것은 도리어 자신이다.

백색의 광망은 아무렇지도 않다는 듯 저돌적으로 달라붙고 있었다.

고적산인은 유운신법(流雲身法)을 극성으로 펼쳐서야 겨우 백광의 추격을 뿌리칠 수 있었다.

"휴우! 헉!"

잠시 한숨을 돌리던 고적산인의 얼굴에서 핏기가 사라졌다.

어느 틈에 사방이 안개로 자욱했던 것이다.

가만히 있어도 피부가 따끔거리는 것을 보면 보통의 안개가 아니다.

'이, 이건 검기공(劍氣功)인가!'

정체를 알 수 없는 검기는 안개처럼 하늘과 땅을 빈틈없이 채우고 있었다.

성무십결의 제이결인 이칠구검(二七究劍) 운다기봉(雲多奇峰)이 펼쳐진 것이다.

운해(雲海)에 빠져 한치 앞도 내다볼 수 없게 되자 고적산인은 우렁찬 소리와 함께 하늘로 솟구쳤다.

"하아압!"

검과 하나가 된 고적산인의 신형이 삼 장(三丈; 약 10미터)이

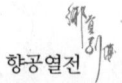
향공열전

나 날아올랐다.

순간 안개 속에서 태산 같은 검형(劍形)이 일어났다.

운무를 가르고 솟아오른 웅혼한 검형에 고적산인의 몸이 가려졌다.

운무가 일고, 고적산인이 날아오르고, 검형이 솟구쳐 고적산인을 덮기까지 단 한 호흡에 일어난 일이었다.

"사라져라!"

고적산인의 호통이 쩌렁쩌렁하게 울려 퍼졌다.

송문고검이 검형을 갈랐다.

쩡.

거대한 호수의 얼음이 갈라지는 소리와 함께 안개와 검형이 사라졌다.

맑고 푸른 하늘을 배경으로 고적산인이 표표히 떨어져 내렸다.

고적산인이 검 끝을 지면으로 향한 채 물었다.

"어느 문파의 검기공인가?"

서문영이 조금 전과는 달리 한결 차분해진 음성으로 답했다.

"성가장의 성무십결입니다."

"성가장이라, 과연 천하는 넓구나……."

고적산인이 회한이 깃든 음성으로 중얼거렸다.

솔직히 지금까지 세상에 성가장이라는 무가(武家)가 있는지도 모르고 살았다. 하지만 겪어 보니 천년의 전통이라 자부하는 십대문파보다 더 뛰어난 검기공이 아닌가!

"성가장의 역사는…… 오래되었는가?"

속세에 드러내지 않았을 뿐 유구한 역사를 가진 무가이리라. 그렇지 않고서는 설명이 되질 않는다.

"오십 년 안팎이라 알고 있습니다."

"허어!"

고적산인이 믿어지지 않는다는 표정으로 서문영을 바라보았다. 고작 오십 년 전통의 무가에서 저런 검기공이 만들어졌다니?

잠시 침묵하던 고적산인이 담담한 음성으로 말했다.

"부끄럽지만 나의 최고 절기는 아직 펼치지 않았다네. 마지막으로 그것을 사용할 생각이지."

"너무 무리하지는 마십시오."

서문영은 지금 고적산인을 걱정해 주고 있었다. 얼마 전까지 십대문파의 사람들을 좋게 생각하고 있지 않았음에도 말이다.

거기에는 나름의 사연이 있다.

방금 서문영의 검형과 고적산인의 검이 맞부닥쳤을 때의 일이다. 그 찰나 지간에 서문영은 느닷없이 고적산인의 삶을 느꼈다.

정확히 말하자면 고적산인의 마음과 의지가 전해졌다고 해야 옳다. 고적산인의 서글픈 인생역정과 치열했던 구도(求道)

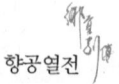
향공열전

의 과정이 섬전처럼 서문영의 마음을 뚫고 지나갔던 것이다.

그러다 보니 과거 소림사 십팔나한들과 싸울 때와는 반대의 일이 벌어졌다.

십팔나한에게는 적대적인 감정이 앞서는 바람에 저돌적으로 밀어붙였다. 하지만 지금은 반대다. 이성적으로는 더 거칠게 나가고 싶었지만 감정이 허락하질 않았다.

시간이 지날수록 그런 느낌은 보다 분명해졌다.

서문영은 고적산인이 눈에 보이는 것과 전혀 다른 사람이라는 것을 알게 되었다. 고적산인은 외관으로 보면 바늘로 찔러도 피 한 방울 나오지 않을 만큼 완고하게 생겼다.

표정이나 말투도 십대문파의 장로답게 꼬장꼬장한 편이다. 하지만 내면으로 전해지는 그의 마음은 공원선사나 마타선사만큼이나 푸근했다.

하지만 '왜 갑자기 상대의 마음이 전해지는가?'를 두고 고민할 틈은 없었다.

고적산인이 검신합일(劍身合一)의 기세로 날아오고 있었던 것이다.

서문영의 얼굴에 긴장이 가득했다.

들어보지도 못한 어검기공까지 선보인 고적산인이다. 눈에 보이는 검신합일의 수법이 단순할 리가 없지 않은가!

서문영의 예감은 맞았다.

지금 고적산인이 보여주고 있는 검신합일은 대라검(大羅劍)

을 펼치기 위한 기수식(起手式)에 불과했던 것이다.

무당산 상청궁의 최고절기는 대라검이다.

사람들은 상청궁의 대라검을 천망무흔(天網無痕)의 검법이라고 했다.

물샐틈없이 촘촘하게 펼쳐지는 검식(劍式)인지라, 누구든지 걸리면 흔적도 남지 않는다고 해서 붙여진 이름이다. 무림사에 대라검이 등장한 적은 없었다. 무검(無劍; 검을 버리는 단계)의 경지 다음에나 찾아온다는 대라검이니 그럴 수밖에 없을 것이다.

말하기 좋아하는 사람들은 당문의 절대비기(絶對秘技)인 만천화우(滿天花雨)를 곧잘 대라검에 비교하곤 했다. 물론 어디까지나 이야기 속에서나 가능한 비교였다. 만천화우 역시 아직 세상에 나타난 적이 없었기 때문이다.

전설의 대라검을 펼치는 고적산인의 표정은 엄숙하기만 했다.

서문영의 검기공을 경험하지 않았다면 절대적인 자신감으로 대라검을 사용했을 것이다. 하지만 지금의 고적산인은 내심 부담스러웠다.

만에 하나라도 서문영이 대라검을 막아낸다면 천망무흔의 자랑스러운 전설은 사라지게 될 것이었다. 대라검을 실전에서 처음 사용하는 것도 마음에 걸렸다. 홀로 수련할 때와 달리 지금은 심신이 최적의 상태가 아니었다.

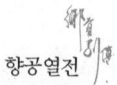
향공열전

'이래서야 대라검을 끄집어낼 수 있을까?' 하는 염려가 든다. 하지만 선택의 여지가 없다.

자신의 어검기공까지 통하지 않는 지금, 대라검 외에는 달리 대적할 방법이 없었던 것이다. 반로환동에 든 뒤에야 겨우 터득한 대라검을 말이다.

고적산인은 자신의 송문고검을 뚫어져라 응시했다.

그리고 주문처럼 속으로 중얼거렸다.

'대라검, 천망무흔!'

그 속에는 전설의 그 명성처럼 상대를 쉽게 용납하지 말아달라는 간절한 바람이 실려 있었다.

한순간 단전에 가득하던 진기가 검 끝으로 몰려들었다.

츠츠츠츠.

귀를 기울이지 않으면 들리지 않을 정도의 미세한 소리가 흘러나왔다.

그제야 고적산인의 얼굴이 밝아졌다. 조마조마했지만 천망무흔의 대라검이 다시 세상에 모습을 드러낸 것이다.

서문영이 망연자실한 표정으로 정면을 응시했다.

검의 변화를 기다렸다.

그러나 끝내 상대의 검은 미동도 하지 않았다.

대신 고적산인의 검 끝에서 터져 나온 것은 검사(劍絲; 실처럼 뻗어 나오는 검기)였다. 그것은 정말 실[絲]이라고밖에 표현할 말이 없었다. 마치 투망(投網)이라도 던진 듯, 거미줄처럼 반투명한 실이 검 끝에서 쏟아져 나왔던 것이다.
 서문영을 중심으로 사방 삼 장이 검사에 뒤덮였다.
 '아름답다!'
 문득 서문영은 햇빛에 반짝이는 검사가 아름답다고 생각했다. 저 반투명한 검사야말로 고적산인이 터득한 도(道)의 정화일 것이었다.
 다음 순간 서문영의 얼굴에 씁쓰름한 미소가 떠올랐다.
 어디로 달아날 구멍이 보이지 않았던 것이다.
 피할 수 없다면 저 아름다움은 치명적인 위험으로 다가올 것이었다.
 '그렇다면······.'
 자신이 알고 있는 최고의 방어초식은 성무십결의 제육결이다.

 육전육갑(六轉六甲) 둔신구검(遁身究劍)!

 검사가 떨어져 내리자 서문영이 검무(劍舞)를 추기 시작했다.
 검무를 추고 있는 서문영의 위로 반투명의 검사가 그물처럼 덮쳤다.
 검무 때문인지, 검사에 가려서인지 몰라도 서문영의 몸은 사라졌다. 투박한 박도의 잔영(殘影)이 남아 검무를 이어갔다.

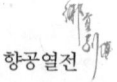
향공열전

투두둑. 툭.

박도는 사라질 듯 사라질 듯하면서도 사라지지 않았다. 오히려 그런 박도의 움직임에 검사가 조각조각 끊어졌다.

조각난 검사는 이내 반짝이며 허공으로 녹아들었다.

사람들은 몽롱한 시선으로 흐릿한 박도의 움직임을 따라갔다.

마침내 장내를 뒤덮고 있던 검사가 밝은 빛을 뿌리며 모두 사라졌다.

검무를 추던 박도도 그제야 멈추었다.

박도의 움직임이 멎자, 서서히 서문영의 신형이 드러나기 시작했다.

고적산인이 힘겨운 동작으로 검을 갈무리했다. 내력을 모두 소모한 터라 검을 들고 서 있기도 어려웠던 것이다.

핼쑥한 얼굴로 서 있던 고적산인이 중얼거렸다.

"설마 둔신구검이라니……."

둔신구검은 세상에서 홀연히 사라진 신선 여동빈(呂洞賓)이 화(禍)를 피하기 위해 가끔 사용했다는 검법이다. 말 그대로 '몸은 사라지고 검만 드러난다'는 것으로, 검선의 경지에나 들어야 가능한 수법으로 알려져 있었다.

검선 여동빈 이후로 그런 수법을 사용한 사람에 대해 들어보지 못한지라, 고적산인의 놀라움은 더 컸다.

"개방의 취팔선보에 전진파의 둔신구검……, 대체 당신은 누구시오?"

고적산인은 서문영에게 반존대를 하고 있었다.

취팔선보나 둔신구검 같은 절기들은 배우기도 어렵지만 평생을 바치지 않으면 익힐 수가 없는 것들이다. 한순간 고적산인은 서문영이 자신처럼 반로환동한 은거기인일지도 모른다고 착각한 것이다.

서문영도 상당히 지친 듯 이마의 땀을 훔치며 답했다.

"성가장의 글 선생인 서문영이라고 합니다. 강호에서는 검공으로 알려져 있지요."

"허어……."

고적산인은 원하던 답을 얻지 못하자 한숨을 길게 내쉬며 고개를 저었다.

묵묵히 서문영을 응시하고 있던 고적산인이 힘없이 말했다.

"빈도(貧道)는 이미 그대에게 패했소. 그러나 나의 말과 행동에 대한 책임은 나에게만 묻도록 하시오. 혼자서 벌인 일이니 혼자 감당할 것이오."

검공 서문영이 나중에라도 무당파에 화풀이를 할까 봐 걱정이 돼서 한 말이다.

서문영이 그런 고적산인의 마음을 알고는 씁쓸한 미소를 지어 보였다. 이미 담운의 일로 무당파라면 이가 갈렸지만 고적산인이 그런 사실을 알 리가 없었다.

"산인께서 염려하지 마십시오. 이번 일로 무당파에 책임을

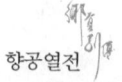
향공열전

묻지는 않을 것입니다."

"고맙구려."

고적산인이 한쪽으로 물러났다.

믿었던 무당파의 장로마저 패하자 무천관주 구자겸과 오대무관의 고수들이 슬금슬금 뒤로 빠졌다. 그들로서는 검공 서문영을 상대할 자신이 없으니 당연한 행동이다.

특무장군 악무송이 경직된 얼굴로 소리쳤다.

"검공 서문영! 그대의 무공이 하늘에 닿았음은 잘 보았소! 그러나 그렇다고 해서 죄가 사라지는 것은 아니오! 저항을 포기하고 투항하시오! 그대가 성가장에 돌아온 지 얼마 되지 않았다고 들었소! 성가장의 역모와 관련이 없음을 알고 있으니 선처해 주리다!"

악무송 역시 서문영이 부담되기는 마찬가지였다. 오대무가의 사람들과 달리 뒤로 물러설 수 없는 특무장군 악무송은 어떻게 해서든지 서문영과 성가장을 분리하려고 했다. 위험 부담이 너무 큰 서문영을 피해가려고 하는 것이다.

"……"

서문영은 가타부타 답하지 않고 조용히 칼을 갈무리했다.

서문영이 박도를 거두자 오대무가의 가주들이 악무송의 뒤에서 한 마디씩 내던졌다.

"장군님, 검공은 확실히 이번 역모와는 관계가 없을 것입니다."

"그렇습니다. 검공은 재수 없게 휘말려 든 것뿐입니다. 그는 강소성에 있지 않았으니 성가장의 역모와는 무관하다고 할 수 있습니다."

악무송이 서문영을 꺼려한다는 것을 알고 거들어 주고 있는 것이다. 비록 거들기 위해 한 말이었지만 완전한 억지는 아니었다. 서문영이 강소성에 온 것은 오늘 아침의 일이었으니 말이다.

오대무가의 사람들이 끝까지 역모 운운하자 화가 치밀어 오른 성가장의 호법 귀영마살 송안석이 소리를 버럭 내질렀다.

"보시오! 대체 우리 성가장을 모함하는 이유가 뭐요! 우리 성가장이 오대무가에게 무슨 죄를 지었다고 이토록 핍박한단 말이오!"

십도문(十道門)의 문주 위소추(委素秋)가 목에 핏대를 세우며 마주 고함을 쳤다.

"닥치시오! 오늘의 일을 우리 오대무가의 책임으로 돌리지 마시오! 성가장에서 제나라 무사들을 끌어들인 것이 만천하에 드러났소! 무슨 더 할 말이 있다는 거요! 장군님! 역도들과 길게 이야기 나눌 것이 없습니다! 속히 잡아들여 저들의 죄상을 낱낱이 밝혀 주십시오!"

"위 대협의 말씀이 옳습니다! 속히 역도들을 잡아들이셔야 합니다!"

잠깐 소강상태로 접어들던 국면은 오대무가의 탄원으로 다

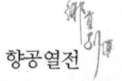
향공열전

시 뜨겁게 달아올랐다.

서문영이 특무장군 악무송에게 한 걸음 다가가며 말했다.

"장군, 나에게 잠시 시간을 주시면 제나라에서 넘어왔다는 사람들의 의혹을 밝혀 드리겠습니다. 성가장은 제나라가 세워지기도 전부터 강소성에 자리를 잡고 있었습니다. 이제 와서 무슨 이익이 있다고 제나라의 무사들과 내통을 하겠습니까? 필유곡절(必有曲折)이라, 그들이 태산에서 온 것이 사실이라면…… 그 이유가 무엇인지 소상히 밝혀 드리겠습니다."

그러나 악무송은 서문영의 제의를 순순히 받아들이지 않았다. 일개 무림인에게 현장의 책임을 맡길 수 없다는 생각에서다. 고작 무림인에게 지고 싶지 않은 무장(武將) 특유의 자존심도 한몫했다.

"바로 그 일을 하기 위해 본관이 온 것이외다. 귀하는 자신이 무림인이라는 이유로 특별한 대우를 받을 것으로 생각하지 마시오. 귀하를 성가장 사람들과 같이 처분하지 않는 것도 특혜임을 아셔야 할 것이외다. 귀하는 지금 즉시 강소성을 떠나기 바라오."

"……."

서문영의 입에서 한숨이 길게 흘러나왔다. 분위기를 보니 악무송은 더 이상 양보하지 않을 것 같았다. 하지만 그렇다고 여기서 물러날 수는 없었다.

군문에서의 경험에 의하면 역모는 이유 여하를 막론하고 참수였다. 그것이 모함이건 사실이건 중요하지 않았다. 지금 당장 역모에 거론되면 고문을 받고, 참수를 당하게 된다. 역도(逆徒)가 자신의 죄를 솔직히 자백하리라고 믿는 사람이 없는 까닭이다.

당연히 사실이라고 강요받은 것을 인정할 때까지 고문하고, 역모를 인정하면 죽인다. 진실이니 명예의 회복이니 하는 것은 먼 훗날에나 해당되는 이야기였다.

"장군, 역도로 몰리는 사람의 끝이 어떠하리라는 것은 장군도 알지 않습니까? 잠시만 저에게 시간을 주시기를 부탁드리는 바입니다."

"어허! 안 된다고 하지 않소! 무림인이라고 해서 모든 일을 원하는 대로 할 수는 없소! 황상을 대신해 내가 나선 것이니, 누구도 나를 대신할 수는 없는 것이오! 마지막으로 경고하겠소! 당장 떠나시오! 떠나지 않는다면 귀하도 역모에 관여한 것으로 알고 체포하겠소!"

"……."

서문영이 원망과 답답함이 가득한 눈으로 악무송을 바라보았다.

"장군, 오대무가 사람들의 말은 철석같이 믿으면서, 왜 성가장 사람들의 말은 들어볼 생각을 하지 않으시는 것입니까? 성가장의 사람들은 역모와 관계가 없다고 부인하고 있지 않습니까? 장군께서 보기에도 저들이 역도로 보입니까? 변방에 있는 이 자그마한 무관 하나가 무슨 힘이 있다고 역적모의를 하겠습니까? 대체 그게 가당키나 한 이야기라고 생각하십니까?"

"그만 하시오! 저들이 역도인지 아닌지는 본관이 판단할 일이오! 귀하는 알량한 무공을 믿고 황군(皇軍)의 권위에 도전하겠다는 것이오?"

서문영의 지적에 울컥하고 화가 치밀어 오른 악무송이 수하들을 향해 소리쳤다.

"좌우도위는 들으라! 검공(劍公)이라고 하는 자가 끝내 물러나지 않으면 그를 먼저 포박할 것이다! 생포하기 어렵다면 죽여도 좋다!"

"알겠습니다!"

"예!"

좌우도위의 대답과 함께 궁병들의 화살 끝이 일제히 서문영에게로 향했다.

순간 서문영의 얼굴이 일그러졌다. 자기 고집으로 수많은 병사들을 죽음으로 내모는 악무송에게 화가 치밀어 오른 것이다.

궁병들 속에 있던 좌도위 무석천(武石泉)이 조심스럽게 나섰다.

"서 대협, 비켜 주시오. 군령(軍令)의 엄함은 무림인의 의리에 비할 바가 아니외다. 서 대협께서 비키지 않는다면 진짜 역도가 되는 거요. 무고한 사람들의 목숨이 걸린 일이니 제발 비켜 주시오."

얼굴은 험하게 생기고 목소리도 투박했지만 그 속에는 진심이 담겨 있었다.

무석천도 한때는 강호를 주유하던 낭인이었다. 검공 서문영의 무위를 확인한 순간 두려움과 존경심이 생겨 버린 것이다.

"……."

하지만 서문영은 말없이 악무송만 바라볼 뿐이었다.

평소에는 저돌적으로 행동하던 좌도위가 서문영에게 사정하듯 말하자 악무송이 호통을 쳤다.

"좌도위 무석천! 군령의 두려움을 안다는 자가 역도에게 호소를 하고 있단 말이냐! 너와 같이 근성이 없는 무관(武官)이 있기에 무림인들이 황군 알기를 개똥으로 안다는 것을 정녕 모른단 말이냐! 명령이다! 당장 내 눈앞에서 저 오만한 무림인을 치워라!"

"……."

서문영과 악무송을 번갈아 바라보던 무석천이 이를 악물고 간언(諫言)을 올렸다.

"장군님! 소장(小將)이 감히 장군님께 한 말씀 올리겠습니다. 이 자리에서 검공을 역도로 몰아서는 안 됩니다! 싸움은 우리 북부영의 승리로 끝이 나겠지만…… 단 한 사람 때문에 얼마나 많은 생목숨이 끊어질지를 생각해 주십시오! 만약 쌀자루에 돌가루가 섞여 있는 형국이라면, 돌가루만 걸러내면 되지 않겠습니까? 지금 당장 서 대협과 칼을 맞댔다가는……

성가장에 온 우리의 목숨은 둘째 치고, 북부영의 절반이 사라지게 될지도 모를 일입니다. 우리의 주적(主敵)은 국경을 맞대고 있는 제나라지 이들이 아니지 않습니까?"

"닥쳐라! 너 이놈! 감히 작전 중에 항명(抗命)을 하다니! 지금 이 시간 이후로 너의 지휘권을 박탈하고, 항명의 죄를 물어 참(斬)할 것이다!"

사람들이 보는 앞에서 무석천이 명을 따르지 않자 악무송은 자존심에 큰 상처를 입고 말았다.

다른 때라면 욕을 하거나 발로 걷어찰 일이지만, 극도로 분노한 악무송은 무석천을 참수하겠다고 선언해 버렸다. 물론 홧김에 한 말이라 실제로 참수를 할지 말지는 끝까지 가봐야 알겠지만 말이다.

"……."

무석천이 멍한 표정으로 악무송을 바라보았다. 직속상관의 입에서 참수하겠다는 말이 나오자 공황 상태에 빠지고 만 것이다.

이번에는 악무송이 우도위 이주영(李駐英)을 향해 시선을 돌렸다.

"우도위는 즉시 서문영을 제압하라! 반항하면 죽여도 좋다!"

"예!"

우도위 이주영이 힘차게 답했다. 항명을 한 좌도위를 참수시키겠다는 악무송이다. 큰 희생을 치루더라도 검공 서문영을 상대하는 게 나았다.

검공 서문영의 무공이 아무리 뛰어나다고 해도 결국은 제압당할 것이기 때문이다. 그게 무림방파와 다른 군문(軍門)의 무서운 점이었다.

참다못한 귀영마살 송안석이 서문영의 우편에 서며 말했다.

"오냐! 너희들이 우리를 역도로 몰아 죽이려고 한다면 더 이상 참지 않겠다! 어차피 죽을 팔자라면 한 놈이라도 더 끌고 가 주마!"

귀영마살이라는 별호대로 송안석의 전신에게 가공할 살기가 뿜어져 나왔다.

성유화와 성무달은 서문영의 좌편에 자리를 잡았다.

가주인 성유화까지 전면에 나서자 성가장의 무인들도 하나둘씩 병장기를 빼들고 뒤에 도열했다. 어차피 역도로 몰려 죽게 되었으니 싸워서 뚫고 나가야겠다고 생각한 것이다.

성가장 무인들의 앞에는 인단(人團)의 단주 설지(雪智)와 지단(地團)의 단주 막일문(幕一雯)이 서 있었다.

"……"

악무송이 인상을 찡그리며 성가장의 무인들을 노려보았다.

마음 같아서는 당장 공격을 명했을 것이다. 하지만 선뜻 입이 떨어지지 않았다. 자신이 이끌고 온 병력은 궁병 오십, 창병 오십, 보병 삼백이다.

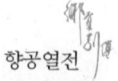
향공열전

동행한 오대무가의 고수들 오십여 명을 포함하면 사백오십 명이나 된다. 그에 비해 성가장의 무사들은 대충 팔십 명 정도 되는 것 같다. 사백오십 대 팔십, 생각할 필요도 없이 자신에게 유리한 싸움이다.

'끙! 검공 서문영만 아니라면 벌써 상황 정리가 끝났을 텐데……'

서문영과 무당파 장로라는 기인의 싸움을 생각하면 등줄기로 식은땀이 흐른다. 서문영의 터무니없는 능력을 생각하면 성가장의 무인들 숫자까지 부담스러웠다.

'우선은 저들을 흩어 놓아야겠다.'

성가장이 서문영을 중심으로 똘똘 뭉쳐 저항을 한다면 힘든 싸움이 될 것이다. 약해 보이는 축을 무너뜨리는 것이 병법의 기본이었다.

"본관은 너희 성가장의 무사들 모두가 역모에 관련되었다고 생각하지는 않는다! 제나라가 무사들을 받아들인 것은 필시 가주와 수뇌들의 농간일 터! 억울하게 죽고 싶지 않은 자들은 무기를 버리고 오대무가의 뒤로 물러서라! 지금 투항하는 자들은, 정상을 참작하여 죄를 가볍게 해주겠다!"

"……"

악무송의 말에 성가장 무사들이 술렁거렸다.

그리고는 하나둘씩 병장기를 떨구고 오대무가 쪽으로 걸어가기 시작했다.

"이봐요! 사내대장부들이 의리도 없이 뭐예요! 성가장이 역모와 관계가 없다는 걸 알면서…… 어떻게 그럴 수 있나요!"

설지의 날카로운 외침에도 투항하는 사람들의 숫자는 점점 늘어갔다.

마침내 서문영의 주변에는 태산파 사람들로 의심받고 있는 신입제자 이십 명과 막일문, 설지, 성무달, 송안석, 성유화만 남게 되었다.

말 한 마디로 육십여 명의 포로를 사로잡게 된 악무송이 냉소를 날렸다.

"흥! 이것 하나만 보아도 너희 성가장이 얼마나 배덕한 무리인지 알겠다! 검공 서문영! 다시 한 번 묻겠다! 너는 제자들에게까지 버림받은 성가장의 식솔들과 최후를 함께할 생각이냐! 물론 너의 무공이라면 이 자리를 빠져나갈 수 있을 것이다! 하지만 평생을 숨어 살아야 한다! 어딘가에 있을 너의 가족들 역시 참수를 당하거나 노비로 팔려갈 것이다! 그만한 각오가 되어 있느냐! 잘못된 선택으로 평생 후회할 짓을 하지 말도록 해라!"

"……."

악무송을 노려보던 서문영이 차가운 음성으로 물었다.

"당신은 제법 똑똑한 척하는데…… 나와 나의 가족들이 누군지나 알고 협박을 하는 건가?"

"너는 성가장의 글 선생을 자처하는 검공 서문영이 아니냐? 스스로 호북성 무한 출신이라고 했으니, 가족들은 무한 어딘

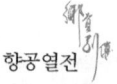

가에 웅크리고 있겠지. 미리 말해 두지만, 네가 달아나면 무한을 샅샅이 뒤져서라도 너의 가족들을 찾아낼 것이다."

"그래, 당신이라면 그러고도 남을 사람이라는 생각이 든다."

서문영이 고개를 끄덕였다.

득의의 미소를 짓고 있던 악무송이 서문영에게 다시 권했다.

"이제 너 혼자만의 문제가 아니라는 것을 알았느냐? 뒤늦게라도 정신을 차렸다면 물러서라! 황군에 대적하고 생명을 보존한 이는 없다!"

성유화와 성무달, 송안석, 막일문, 설지가 조마조마한 눈으로 서문영을 바라보았다.

악무송은 끝까지 서문영을 이번 싸움에서 제외시키려고 한다. 서문영의 무공이 너무 뛰어난 까닭이다.

악무송과 같은 이유로, 남아 있던 사람들은 서문영을 잡고 싶었다. 하지만 아무도 입을 떼지 않았다. 그건 서문영에게 차마 못할 짓이라는 것을 잘 알고 있었기 때문이다.

한참 머뭇거리던 설지가 전음을 날렸다.

『가세요. 이 자리에서 모든 걸 끝내겠다는 생각은 하지 마세요.』

"……"

서문영이 힐끔 고개를 돌려 설지를 바라보았다.

설지의 가녀린 손에 들린 장검이 무겁게 느껴졌다. 그런데 설지는 이대로 성가장에서 죽으려고 하는 것일까? 정혼자를 잃었기 때문에?
 설지가 서문영의 눈을 외면했다.
 묵묵히 서 있던 서문영이 악무송에게 성큼성큼 걸어갔다.
 허리춤에 달린 박도가 가볍게 달랑거렸다.
 특무장군 악무송의 얼굴이 조금씩 밝아졌다. 누가 봐도 서문영의 태도는 싸움에 임한 자의 모습이 아니었다.

제2장
천문(天門)이 흔들리다

서문영이 악무송에게로 다가가자 우도위 이주영이 버럭 소리를 내질렀다. 딱히 싸울 태세로 보이지는 않았지만 괜히 불안했던 것이다.

"멈추어라!"

서문영은 순순히 멈춰 섰다.

이주영이 고개를 돌려 악무송을 바라보았다. 서문영의 일을 어떻게 처리해야 하는지 묻고 있는 것이다.

특무장군 악무송이 가볍게 손을 들어올렸다. 자신이 처리하겠다는 뜻이다.

그리고 승자의 미소를 지어 보이며 말했다.

"검공, 이대로 떠나겠다면 길을 내주겠소."

"모든 게 당신의 억지대로 되니 즐거운가? 이젠 다 끝났다고 생각하니 좋은 거야? 죄 없는 사람들을 잡아 족치고, 적당한 사람들을 골라 참수를 한 뒤에, 그것도 공이랍시고 여기저기 떠벌리겠고 다니겠지?"

"지금 무슨 소리를……."

악무송은 뜻하지 않은 서문영의 말에 어안이 벙벙한 표정이었다.

하지만 이내 정신을 차리고 화를 버럭 냈다.

"이놈! 감히 황군에……."

악무송의 말은 채 이어지지 않았다. 서문영이 고함을 버럭 내지른 탓이다.

"너 어디 소속이야!"

"……."

악무송이 갑작스러운 말에 눈을 끔뻑였다.

사태의 추이를 지켜보고 있던 무천관의 관주 구자겸이 악무송의 뒤에서 중얼거렸다.

"아무리 무공이 뛰어나다고 해도 황군에게 저렇게 하면 안 되는 거 아니오?"

비도문의 문주 정대봉이 속삭이듯 화답했다.

"그러게 말입니다. 무림인들은 너무 시류를 모르는 게 문제입니다. 무공이 강하면 세상이 자신을 중심으로 돌아가는 줄

안다니까요."

"허! 장군님이 인격자라 저러시지…… 나 같았으면 단칼에……."

등 뒤에서 들려오는 오대무가 사람들의 소곤거림에 악무송이 인상을 찡그렸다.

서문영 한 사람 때문에 자신의 체면이 깎이고 있다고 생각하니 울화가 치밀어 올랐다. 조금 전까지 다시 한 번 회유해 보려던 마음은 저만치 사라져 버렸다.

"미친놈! 본관이 너에게 대답을 해야 하는 이유가 있느냐? 집안에 제법 잘나가는 관인(官人)이라도 있는 모양인데, 아서라. 오히려 네놈 때문에 집안마저 풍비박산(風飛雹散)날 것이다."

서문영이 냉소를 치며 말했다.

"흥! 보아하니 절충부의 말단 군관(軍官) 같은데…… 당장 네놈의 상관을 불러오지 않는다면 경을 치게 될 것이다!"

"보자보자 하니 네놈이 본관을 무슨 장기판의 졸(卒)로 아는 모양인데…… 본관은 강소성 북부영의 특무장군 악무송이시다. 너 같은 놈의 말을 들어야 할 이유가 없다는 말이다! 어디서 감히 변변치 않은 족보를 팔아먹으려고 하는 게냐?"

"네놈이 북부영의 특무장군이었구나. 그렇다면 지금 당장 북부영의 대장군을 내 앞에 불러오너라."

"그러니까 내가 왜 네놈의 그 미친 소리를 들어줘야 하냐 말이다."

말은 제법 격하게 하고 있었지만 악무송의 기세는 확실히 한풀 꺾여 있었다. 서문영이 '혹시 황족이 아닐까?' 하는 생각에서다. 하지만 황족이라고 해도 지금 같은 상황에서는 대장군을 오라 가라 하지 않는다. 변방의 황족은 이름뿐인 경우가 많기 때문이다.
　머리를 굴리고 있는 악무송의 귀로 서문영의 서릿발 같은 음성이 들려왔다.
　"네놈이 감히 항명죄까지 곁들였으니, 참수를 당해도 할 말이 없으렷다!"
　"하, 항명죄?"
　악무송이 인상을 찡그리며 서문영을 바라보았다. 저 말은 단순히 뒷줄이 아니라, 서문영 자신이 군문(軍門)의 사람이라는 뜻이다.
　하지만 강소성의 성가장에 군문의 사람이 나와 있다는 소리는 들은 기억이 없다. 그런 일이 있었다면 북부영에서 출병(出兵) 전에 주의를 주었을 것이다.
　"허! 대체 네가 누구이기에 항명죄를 운운하느냐?"
　당장에 대혈전이라도 벌일 것같이 흉흉하던 기세는 이미 사라진 뒤였다.
　어느새 좌우도위들까지 가까이 다가와 서문영과 악무송의 대화를 지켜보고 있었다.
　"네놈은 지금 감군총사이자 어림친위군의 부대장인 본관의

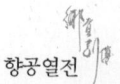

명을 거역하고도 항명죄가 아니라고 생각하느냐?"

"……."

악무송의 신형이 흔들렸다.

감군총사는 말 그대로 군 감찰기관의 총수다. 거기에다가 어림친위군은 또 어떤가? 금군의 최정예로 황실 직할의 특수부대다. 그런 곳의 부대장이라면, 무관(武官)들이 꿈에서라도 소원하는 지고(至高)의 자리가 아닌가!

악무송은 망연자실한 표정으로 서문영을 바라보았다. 차라리 서문영이 몰락한 황실의 후손이라고 해도 이렇게 놀라지는 않았을 것이다. 하지만 상대가 현역 최고의 무관이라고 생각하니 눈앞이 아득해져서 아무것도 할 수 없었다.

악무송의 신형이 가볍게 흔들리자 우도위 이주영이 급히 다가가 한쪽 팔을 잡았다.

그러는 동안 좌도위 무석천은 급히 장내를 빠져나갔다. 직속상관인 악무송의 지시는 없었지만, 북부영으로 달려가 대장군 섭소천(葉所天)을 모셔오려는 것이다.

담담한 얼굴로 주변을 둘러보던 서문영이 우도위 이주영에게 손을 까딱였다.

"예."

악무송을 부축하고 있던 이주영이 엉거주춤 다가갔다. 아직 서문영의 신분이 정확하게 드러난 것은 아니지만, 감히 따르지 않을 수 없었다.

서문영이 안채를 가리키며 말했다.

"가서 의자 하나를 내오고, 아무도 빠져나가지 못하게 하라."

"예."

우도위 이주영이 담장에 서 있던 궁수들에게 서문영의 명을 전하고는 안채로 뛰어갔다.

잠시 후 우도위 이주영이 의자를 꺼내오자 서문영은 태연히 걸터앉았다.

악무송은 물론 장내에 있는 어느 누구도 감히 입을 열지 못했다. 대부분 서문영의 말에 반신반의(半信半疑)하고 있었지만, 차마 입을 열지 못했다. 뒷감당을 할 자신이 없었기 때문이다.

사람들의 조심스러운 숨소리만 마당에 가득했다.

서문영을 제외한 모든 사람들에게 고통스러운 시간이었다.

그렇게 일다경(一茶頃) 정도 지났을 무렵이다. 멀리서 지축을 울리는 말발굽 소리가 들려왔다. 북부영의 병력이 몰려오는 소리일 것이다.

악무송의 얼굴에서 핏기가 가셨다. 설마설마 했지만 서문영은 여전히 자리를 지키고 있었다. 한순간의 위기를 모면하기 위해 관직을 사칭했다면 벌써 달아났어야 한다.

하지만 서문영은 의자에 앉아 눈을 지그시 감고 있었다. 지금까지 태연히 앉아 북부영의 대장군을 기다리고 있다면 답은

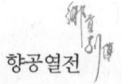
향공열전

하나다. 서문영의 말은 사실인 것이다.

　대장군의 일행이 달려오자 모든 것은 정리되었다. 서문영은 지니고 있던 병부(兵符)를 꺼낼 필요도 없었다.

　마침 북부영에 파견 나와 있다가 대장군 섭소천과 함께 온 감군밀사 이승천(李昇天)이 서문영의 앞으로 달려가 머리를 조아렸던 것이다.

"단호함과 경솔함은 종이 한 장 차이임을 아는가!"
　특무대장 악무송이 머리를 지면에 박으며 소리쳤다.
"대인! 용서해 주십시오! 소관이 어리석어 죽을죄를 저질렀습니다."
"……."
　서문영은 한참 동안 악무송의 뒤통수를 내려다보았다.

　권력이란 이처럼 예측할 수 없던 싸움조차도 단번에 매듭짓게 만든다. 이 얼마나 간단명료하면서도 허무한 진실이란 말인가!

　눈앞의 결과가 불편한 듯 잔뜩 인상을 찡그리고 있던 서문영이 고개를 돌렸다.

　마당 한쪽에 무릎을 꿇고 있는 성가장의 신입제자도 스무 명이 보였다. 그중 하나와 눈이 마주치자 가볍게 손짓을 했다.

　어차피 빼든 권력의 칼이라면 빠르고 명쾌하게 처리를 해야 한다. 서로 간의 피해를 최소화시키기 위해서라도 말이다.

"너 이리 오거라."

"예? 예."

신입제자 하나가 급히 달려와 악무송의 곁에 섰다.

서문영이 이제 겨우 이십대 초반으로 보이는 청년에게 물었다.

"너희가 태산파에서 왔다는 소리를 들었다."

"……"

"너도 알고 있겠지만 태산파는 제나라 땅에 있는 무림의 문파다. 무림인들에게 국경이 무슨 의미가 있겠냐마는, 시국이 어수선하다 보니 묻지 않을 수가 없다. 너희는 태산파와 어떤 관계인 것이냐?"

"……"

한참 망설이던 청년이 문도들이 있는 곳을 힐끔거렸다.

문득 서문영의 입에서 실소가 흘러나왔다.

"너, 내가 어떤 사람인지 아직 모르겠지? 나는 사천성 최전방에서 국경을 지키던 신책군 화장(火長)이었다. 무과를 치르고 책상물림이나 하다가 이 자리에 오른 사람이 아니라는 말이다. 너는 변방의 화장이 이 자리에 오르기까지 얼마나 많은 피를 보아야 했을지 짐작이 가느냐?"

"……"

서문영의 뒤에 공손히 서 있던 감군사가 목에 힘을 주며 말했다.

향공열전

"너 이놈! 어느 안전이라고 뜸을 들이느냐! 총사님께서는 토번에까지 사신(死神)으로 알려진 분이시다. 감히 거짓을 아뢰었다가는 지옥을 맛보게 될 것이야!"

"저희는……."

청년은 겁이 나는지 선뜻 입을 열지 못했다.

서문영이 나직이 말했다.

"숨김없이 사실을 말하되 서두르는 것이 좋을 것이다. 나는 너희들을 각각 따로 가두어 두고, 감군사에게 심문을 맡길 계획이다. 감군사는…… 죽기 직전까지 고문을 가하겠지. 너희 스무 명은 말을 맞춘 상태겠지만, 고문을 견디지 못하고 사실을 털어 놓는 사람도 나올 게다. 고문은 없는 사실도 만들어낼 수 있는데, 있는 사실을 밝혀내지 못하겠느냐? 너희들은 어떻게든 대충 넘어가 주기를 바라겠지만, 군(軍)이 관련된 이상 흑(黑) 아니면 백(白)이다. 중간은 있을 수가 없지."

"……."

서문영이 청년의 눈을 바라보며 중얼거렸다.

"말해라."

제나라에서 성가장으로 투신한 청년 소진방(昭震方)의 몸이 가볍게 떨렸다. 서문영은 단지 겁을 주기 위해 말하는 것 같지 않았다.

지금 서문영에게서는 살기보다 더 끔찍한 끈적끈적한 피의 냄새가 흘러나오고 있었다. 그것은 그가 들어서 알고 있던 착하고 순진한 성가장의 글 선생, 검공 서문영이 아니었다.
"나, 나으리, 사실대로 말하면 정말 살려 주시는 겁니까?"
소진방의 말이 끝나자마자 신입제자들 속에서 누군가 욕을 퍼부었다.
"소진방! 이 개 같은 놈아! 너 혼자 살겠다고 우리를 배신할 생각이냐!"
"닥치거라, 이놈!"
좌우도위가 번개처럼 달려가 눈매가 날카로운 청년 하나를 끌어냈다.
흥분으로 주먹을 쥐락펴락하고 있던 감군밀사 이승천이 급히 걸어 나가 청년의 앞에 섰다. 그리고 서문영에게 읍(揖)을 하며 말했다.
"대인, 허락해 주신다면 이놈의 입을 당장 열어 보이겠습니다."
물끄러미 이승천과 청년을 바라보던 서문영이 고개를 끄덕였다. 일반인을 고문한다는 게 내키지는 않았지만, 지금 감군사가 뭔가를 보여 주지 않으면 앞으로의 심문도 힘들어질 것이었다. 이런 일로 시간을 끌었다가는 자칫 성가장에까지 의혹의 불씨가 튀게 된다.
감군사들은 황실에서 온갖 형태의 고문을 견식하며 살아온 사람들이다.
이승천은 억눌려 있던 남성의 욕망을 고문으로 승화시키기

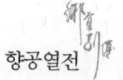
향공열전

라도 하듯 무자비하고 끈질기게 청년을 다루었다.

찢어지는 비명소리와 함께 피가 튀고 살이 튀었다.

강골로 보이던 청년이었지만 황실에서 잔뼈가 굵은 감군밀사 이승천이 열 번의 포(脯)를 뜨자, 결국 입을 열고 말았다.

"그, 그만, 제발……, 전부…… 전부 말하겠습니다."

이승천이 무덤덤한 눈으로 청년을 바라보며 중얼거렸다.

"나는 몸에서 천 번의 포를 뜰 때까지 입을 다물고 있던 사람을 알고 있다. 고작 열 번에 입을 열 것이라면 왜 처음부터 말을 하지 않았느냐? 허튼소리로 총사 대인의 심기를 어지럽혔다가는 천 번의 포를 뜨고야 말 것이다."

이승천이 한숨과 함께 들고 있던 청년의 살점을 한쪽에 가지런히 내려놓았다. 아무래도 더 살을 발라내지 못해 아쉬워하는 것 같았다.

몸을 부르르 떨던 청년이 황급히 비밀을 털어놓기 시작했다.

"저, 저희들은 모두…… 제나라를 떠돌던 낭인들입니다. 석 달 전 태산파의 개파기념일에 참석했다가 총관을 만나게 되었습니다. 성무십결을 배워 오면 정식 문도로 받아 주는 것은 물론 금 백 냥의 포상금까지 주겠다고 한 말에 솔깃해…… 성가장에 입문하게 된 것입니다. 돈에 눈이 어두워서 그만…… 용서해 주십시오."

"만약 그 말이 거짓이라는 게 밝혀진다면…… 네놈은 지금

죽지 못한 것을 두고두고 후회하게 될 것이다."

이승천은 눈매가 부드러워졌지만 살기는 더욱 짙어졌다.

청년이 세차게 고개를 끄덕였다.

"트, 틀림없는 사실입니다."

이승천이 서문영을 향해 돌아섰다.

"대인, 이렇게 오줌까지 지리는 놈들의 말은 대부분 사실입니다. 태산파의 지시로 무공의 비결을 훔치기 위해 온 것 같습니다."

서문영이 묵묵히 고개를 끄덕였다.

할 일을 마친 이승천이 다시 서문영의 뒤쪽으로 가서 섰다.

서문영이 복잡한 눈으로 피칠갑을 하고 있는 청년과 열아홉의 신입제자들을 바라보았다.

무단으로 국경을 넘고, 호패까지 위조하였으니 참수를 시켜야 마땅하다. 스무 명의 젊은 낭인이 끝까지 비밀을 유지하고 지키려 한 것도 그 때문일 것이다.

'이들을 어쩐다······.'

마음 같아서는 모두 제나라로 돌려보내고 싶었지만, 그러기에는 죄질이 중했다.

고민하던 서문영은 자리에서 일어나 이승천을 돌아보았다.

"나를 대신하여 이들을 현령(縣令)에게 넘기고 적법한 절차에 따라 처리하도록 지시해라. 단, 어리석은 무인들의 욕심이 불러일으킨 일이며, 이 일을 지시한 자가 따로 있으니······ 가

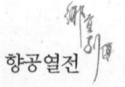

급적 생명을 보존하여 제나라로 돌려보내는 것이 좋겠다는 나의 뜻을 전하도록."

"대인, 저자들은 제나라의 낭인들이온데…… 관용을 베풀어도 되겠습니까?"

"그들이 제나라의 밀정(密偵)도 아니고, 지금이 전시(戰時)도 아니지 않느냐. 전장(戰場)이 아닌 곳에서 피어나는 생목숨까지 빼앗고 싶지는 않다."

"명대로 하겠습니다."

감군밀사 이승천이 물러났다.

서문영이 아직도 무릎을 꿇고 있는 특무대장 악무송의 앞으로 다가갔다.

"악무송! 너는 특무대장이면서도 무림인들의 암투에 휘말려 바르게 처신하지 못했다. 너의 말 한 마디에 병사들과 백성들이 사지(死地)로 내몰릴 뻔하지 않았느냐! 본래 하옥(下獄)시키려 했으나 그간의 공을 참작하여 직위를 박탈하는 것으로 그치겠다. 국가에 봉사하는 마음으로 백의종군(白衣從軍)하도록 하라."

"예……."

악무송이 힘없는 음성으로 대답했다.

이어 서문영이 한쪽에 따로 모여 있는 오대무가의 사람들에게로 걸어갔다.

"당신들은 부끄러운 줄 아시오! 무림 문파 간의 갈등을 스스로 해결하려 하지 않고 군관(軍官)을 부추겨 차도살인(借刀殺人)하려 하다니……. 사사로운 욕심 때문에 권력을 이용하다가는 언제고 크게 후회할 날이 있을 것이오!"

"……."

오대무가의 문주들은 고개를 들지 못했다. 이전 같았으면 "네가 뭔데 나서느냐!"라고 한 마디 했겠지만, 이미 검공 서문영의 신위를 목격한 뒤다. 거기다가 최고위 무관이라는 것까지 알게 되었으니 다들 시선을 내리 깔 뿐이었다.

  *   *   *

다음 날 고적산인이 아침 일찍 서문영을 찾아왔다. 고적산인의 얼굴은 가벼운 흥분으로 붉게 상기되어 있었다.

"허허, 이 나이가 되도록 어제처럼 놀라 본 적도 없소. 이 변방에 검공과 같은 무공도 그렇지만, 감군총사에 어림친위군의 부대장이라니……. 지금도 믿어지지 않는구려."

"……."

서문영은 씁쓰름한 표정으로 웃기만 했다.

그런 서문영의 안색을 살피던 고적산인이 물었다.

"흠! 검공께서는 관직에 마음이 없는 것 같습니다. 빈도가 바르게 본 것이오?"

"사실 제게는 관직에 어울리는 책임감이나 충성심이 없습니다. 어쩌다 높으신 분들의 눈에 들어 떠맡게 된 자리인데······ 어제의 일을 겪으면서 새삼 저에게는 어울리지 않는다는 것을 절감했습니다."

고적산인이 고개를 저으며 되물었다.

"허어, 빈도는 어제 검공의 판결을 지켜보면서 나라에 큰 일꾼이 나타났다고 생각했는데······ 어째서 그렇게 자신 없는 말씀을 하시는 게요?"

"그렇지 않습니다. 저는 어제 저의 행동에 대해 무척이나 부끄럽게 생각하고 있습니다."

"부끄럽다?"

"법대로 하자면 그들은 모두 참수를 시켜야 합니다. 하지만 저의 마음은 그들을 무사히 제나라로 돌려보내고 싶었습니다. 그 문제를 두고 고민하던 저는 스스로 결정을 내리지 못하고 결국 현령에게 떠넘겼습니다. 그들의 목숨을 살릴 수도, 그대로 돌려보낼 수도 없어서······ 모든 책임을 현령에게 떠맡긴 것입니다. 이런 제 자신의 우유부단함은 확실히······ 지금의 관직에도 어울리지 않습니다. 이대로라면 서로에게 불행이지요."

"허어, 몰랐구려. 그 정도로 번민이 심하다면 왜 관직을 버리지 않고 있소? 검공의 무공과 학식이라면 무림에서도 자유롭게 뜻을 이룰 수 있을 터인데."

"아직은 마음에 걸리는 것이 있어서 그렇습니다."

"마음에 걸리는 것이요?"

천문(天門)이 흔들리다 57

고적산인이 의아한 눈으로 서문영을 바라보았다. 서문영과 같은 절세의 고수가 마음에 걸리는 것이 있어 쉽게 관직을 버리지 못한다고 하니 궁금했던 것이다.

"장정(壯丁)은 의무적으로 삼 년간의 군역(軍役)을 마치게 되어 있습니다. 저는 아직 그 삼 년의 기한을 채우지 못했습니다. 비록 군역 중에 벼슬을 하게 되었지만, 남은 기간을 모두 마쳐야 군부와 관련된 일을 깨끗하게 매듭짓는 셈입니다. 군역의 의무기한 도중에 관직을 버리면 저의 위치가 애매해지거든요. 그러니 최소한 의무기간만이라도 확실히 매듭지어 놓을 생각입니다. 그리고……."

서문영이 말끝을 흐렸다.

굳이 삼 년의 의무복무 기한을 채우려는 것은 감군원에 어떤 작은 꼬투리라도 잡히고 싶지 않아서였다.

그간 권력의 중추에서 벌어진 일련의 사건들을 목격한 서문영인지라, 나름 조심하고 있는 것이다. 다분히 감군원(監軍院)의 수장 관액을 염두에 둔 행동이기도 했다.

게다가 그에게는 아직 꼭 해야 할 일이 남아 있었다. 그것은 역모(逆謀)로 금군에 잡혀간 공위수를 살리는 일이다. 신책별장 제갈현석의 마지막 부탁이 아니더라도, 그 일만은 자신의 손으로 해주고 싶었다. 공위수를 구명(求命)하는 일에 관직은 선택이 아닌 필수였다.

서문영이 말을 흐리자 고적산인은 더 이상 묻지 않았다.

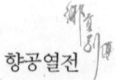

"그런 사정이 있었구려. 허면 얼마나 남은 것이오?"
"석 달 후면 의무복무기한도 끝납니다."
"오! 미리 축하드리오."
"감사합니다."
서문영의 얼굴이 밝아졌다.
그런 서문영을 보며 흡족한 미소를 짓고 있던 고적산인이 문득 생각난 듯 물었다.
"참! 검공은 무당파, 화산파, 소림사를 싫어하는 것 같던데…… 무슨 특별한 이유라도 있소?"
사실 고적산인이 서문영을 방문한 이유는 이 한 가지를 묻고 싶어서였다. 절정의 무공과 자비심 많은 젊은 무관이 왜 무당, 화산, 소림을 혐오하는지 알고 싶었던 것이다.
서문영이 복잡한 눈으로 고적산인을 바라보았다. 무당파의 고인(高人)인 고적산인이 왜 그런 질문을 하는지 알 수 있었기 때문이다.
서문영은 고적산인에게 사실을 말해 주기로 했다. 고적산인의 기운과 통한 뒤로 왠지 친근한 느낌을 가지게 된 탓이다.
"화장으로 복무하던 시절에 화산파 매화검영(梅花劍影) 군불위(君不爲)와 처음 비무를 하게 되었습니다. 제가 이겼지만, 화산파에서는 승복하기보다는 과정을 조작하여 저를 비겁한 사람으로 만들더군요."
"저런 고연 놈들이 있나! 군불위 따위의 무공으로 어찌 감히 상대가 된다고……. 검공, 화산파가 본래 그런 문파는 아니라오. 옥중에 잡석이 섞여 들어간 것일 게요."

고적산인은 도가(道家)의 형제라고 할 수 있는 화산파를 위해 열심히 변명했다.

하지만 이어지는 무당파의 이야기에 얼굴이 시뻘겋게 달아올랐다.

"또 '화산파가 왜 그렇게 후안무치(厚顔無恥)한 행동을 하는가?' 이상했는데…… 알고 보니 무당파의 담운 장로가 뒤에 있더군요. 단심맹의 총관이 된 담운은 비겁하고 더러운 방법을 사용해서…… 저를 단심맹의 공적으로 만들어 버렸습니다. 저를 돕던 대림사의 공원선사께서 담운의 음모에 휘말려 목숨을 잃기까지 했지요."

"저런! 그런데 공적이라니?"

고적산인이 뜨악한 표정으로 서문영을 바라보았다.

검공과 같은 절세의 고수를 공적으로 만들었다니, 어이가 없었던 것이다. 더구나 최고위 무관(武官)이기도 한 그를 말이다.

'담운이 미치지 않고서야!'

고적산인의 입에서 한숨이 흘러나왔다.

"이야기가 좀 깁니다. 신책군 화장으로 있던 시절의 일입니다. 토번과의 전쟁에서 중상을 입어 생명이 위독하게 된 적이 있습니다. 그때 녹림의 구룡채에서 상처를 치료받았지요. 그런 인연으로 구룡채의 채주인 호채림과는 의형제를 맺기까지 했습니다."

"그랬구려."

고적산인이 고개를 끄덕였다.

사람이 살다 보면 충분히 있을 수 있는 일이다. 검진강호에도 사파의 고수들과 교분을 맺게 된 정파의 고수들 이야기가 간혹 전해진다.

물론 그들 대부분은 뒤끝이 좋지 않았지만, 기이한 인연만큼은 두고두고 사람들의 입에 오르내리곤 했다.

"그런데 제가 대림사의 고승과 소림사를 방문했을 때, 하필 의형(義兄)인 호채림이 소림사에 잠입을 했다가 잡힌 모양입니다. 담운은 호채림을 고문하다가 저와의 관계를 알아내고는…… 저와 공모를 했다고 거짓말을 꾸며낸 것입니다. 그렇게 담운의 음모와 호채림과의 인연으로…… 저는 하루아침에 단심맹의 공적이 되고 만 셈이지요."

"허어! 그런 일이……."

탄식을 터뜨리던 고적산인이 고개를 숙이며 사죄했다.

"검공, 못난 후배를 대신해 빈도가 용서를 구하는 바이오. 부끄러워서 얼굴을 들 수가 없구려. 내 당장 무당파로 돌아가 담운 이놈을……."

분노한 고적산인이 파르르 몸을 떨었다.

오래 알고 지낸 사이는 아니지만 고적산인은 서문영의 말이 진실이라는 것을 알았다. 비록 이제 겨우 두 번째 만나는 자리였지만, 그런 느낌이 전해졌다. 서문영의 전신에서 느껴지는 청량한 기운은 담담함을 넘어서 서기(瑞氣)에 가까운 것이었다.

"……."

서문영은 그런 고적산인을 물끄러미 바라만 보았다.

고적산인이 무당파로 돌아가 무슨 조치를 취하건, 담운에 대한 자신의 분노는 사라지지 않을 것이었다.

무당파에서 담운에게 어떤 벌을 내린다 해도, 담운은 자신의 손으로 죽일 것이다. 하지만 그런 각오를 고적산인에게 말하고 싶지는 않았다.

한동안 씩씩거리던 고적산인이 조심스럽게 물었다.

"빈도는 어제 검공께서 일을 처리하는 모습을 보고 감명을 받았소이다. 높은 지위와 하늘에 닿은 무공을 가졌지만, 검공께서는 아랫사람과 적에게 아량을 베푸셨소. 보통 사람들로는 하기 힘든 행동이라고 생각하오. 빈도가 오늘 검공을 찾아온 것도 그 때문이라오."

"과찬의 말씀이십니다."

"그런데 대림사의 공원선사께서는 무슨 일로……."

단심맹의 공적이 되었다는 말의 충격이 가시자, 이번에는 대림사의 고승이 서문영을 돕다가 죽었다는 말이 궁금해졌다. 대림사는 소림사와 달리 무림에 관계된 문파가 아니다. 대체 누가 그런 대림사의 고승을 죽였다는 말인가!

서문영의 입에서 한숨이 길게 흘러나왔다. 소림사 십팔나한들과의 싸움과 함께 대림사에서의 독살사건이 떠올랐던 것이다.
 "단심맹에서 십팔나한을 보내 저를 잡아가려고 했습니다. 저는 그들과 싸웠고, 공원선사께서는 저를 돕다가…… 십팔나한에게 그만……."
 "설마, 십팔나한이 대림사의 고승을 죽였다는 말씀이시오?"
 "예, 십팔나한의 격공장에 가슴을 맞아…… 절명(絶命)하셨습니다."
 "허어! 십팔나한이라면 소림사의 자랑이거늘, 그들이 불문의 고승에게 살수를 쓰다니…… 정녕 믿어지지 않는 일투성이구려. 물론 검공을 믿지 못하겠다는 것이 아니라…… 너무 놀라운 이야기라는 의미외다. 어쩌자고 수도(修道)를 근본으로 하는 명문 정파에서 그런 일들을……."
 고적선사가 고개를 설레설레 흔들었다. 화산파가 체면 때문에 비무의 결과를 조작하고, 무당파의 담운이 서문영에게 누명을 씌웠다는 것도 기가 막힐 일이거늘, 소림사의 십팔나한이 대림사의 고승을 죽였다니? 서문영에게 직접 듣지 않았다면, 천명회에서 지어낸 헛소리라고 생각할 정도로 충격적인 얘기였다.
 "참으로 안타까운 일입니다. 어제도 그처럼 흉흉했지만 잘 해결되었건만…… 십팔나한은 어쩌자고 살수를…… 허어!"

천문(天門)이 흔들리다 63

고적산인의 탄식에 서문영이 고개를 떨구었다.

"저의 잘못도 큽니다."

고적산인이 의아한 눈으로 서문영을 바라보았다. 서문영의 잘못이라는 것이 얼핏 납득이 가지 않았기 때문이다.

녹림의 도적을 의형으로 둔 것이 잘못이라는 말인가? 하지만 그건 인연이 그렇게 닿은 것일 뿐, 서문영이 의도한 것은 아니었다.

서문영이 힘겹게 말을 이어 나갔다.

"애초에 소림사에서 담운과 싸우지 말았어야 했습니다. 하지만 저는 혈기를 참지 못하고 담운과 시비를 벌여 위험을 자초했습니다. 더 큰 문제는 그 일로 위기가 닥쳐오고 있다는 사실을 인지하지 못한 것입니다. 저 자신의 지위와 무공을 너무 믿었던 거지요. 대림사와 소림사의 고즈넉한 분위기에 취해서…… 긴장이 흐트러져 있었던 겁니다."

"……"

잠시 침묵하던 서문영이 혼잣말처럼 중얼거렸다.

"설마 십팔나한이 우리에게 살수를 쓸까? 좀 상대해 주다가 정 안되겠다 싶으면 제압해 버려야지……. 그런 안일한 생각이 결국 공원선사님을 죽게 만든 거지요."

묵묵히 듣고 있던 고적산인이 위로의 말을 건넸다.

"그게 어찌 검공의 잘못이겠소. 십팔나한이 소림사의 승려들이라고는 하나 그들도 결국 사람이외다. 혈기를 다스리지

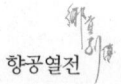

못하면…… 무승(武僧)이라고 해도 시정잡배와 다를 바가 없게 되는 게요."

"사실…… 혈기는 제가 다스리지 못했습니다."

"검공은 당하는 입장인데 혈기라고 할 것이 있었겠소?"

"아닙니다. 그날 십팔나한이 저의 앞을 막아섰을 때…… 만약 제가 원하지 않았다면 그들과 싸우지도 않았을 것입니다."

사실이었다. 서문영이 자신의 지위를 십팔나한에게 밝혔다면 싸움 자체가 성립되지 않았을 것이었다. 하지만 그날 서문영은 그러지 않았다. 서문영 자신도 그날 왜 그렇게 극단적인 선택을 했는지 도통 이해할 수가 없었다.

"저는 처음부터 대화로 문제를 풀려고 하지 않았습니다. 상대를 설득하기보다는 힘으로 무릎을 꿇게 만들려고 했던 겁니다."

고적산인이 미미하게 머리를 끄덕였다. 서문영이 자책하고 있는 이유를 조금이나마 알게 된 까닭이다.

하지만 서문영의 지위나 무공으로 볼 때, 어느 쪽을 선택하더라도 이상한 일은 아니었다. 감군총사이자 천하의 검공 서문영이 십팔나한에게 사정을 할 필요는 없지 않은가?

"검공, 어느 쪽을 선택했다고 해도…… 그것이 잘못된 것은 아니오. 결과가 좋지 않으니 실수였다고 생각할 수는 있겠소만…… 사람이 미래의 일을 알 수는 없지 않겠소? 그러니 과거의 일을 두고 지나친 자책은 할 필요가 없소."

"휴! 제 말을 이해하지 못하시는군요. 제 말은 그런 것이 아닙니다. 저는 십팔나한에게 적의(敵意)를 품고 있었습니다. 처음 그들이 제 앞에 모습을 드러낼 때부터…… 이유 없이 그들이 싫었습니다. 그들의 말을 듣고 싶지 않았습니다. 아니…… 부숴 버리고 싶었습니다."

"……."

방 안에 침묵이 감돌았다.

담담하던 고적산인의 얼굴이 가볍게 굳어갔다.

지금 서문영의 말은 좀 심각했다. 높은 관직과 절세의 무공을 기반으로 십팔나한에게 당당히 맞섰다고 생각했는데, 아무래도 그게 아닌 모양이다.

'처음부터 십팔나한이 싫었다니…… 부숴 버리고 싶을 정도로…….'

십팔나한은 무공뿐 아니라 그 수행에 있어서도 존경받는 불문(佛門)의 고승들이다. 서문영은 지금 희대의 마두(魔頭)들이나 할 법한 소리를 하고 있었다. 만약 어제의 일을 목격하지 않았다면, 고적산인도 서문영을 마인으로 생각했을 것이다.

"혹시 평소 소림사에 나쁜 감정이 있었던 것은 아니오?"

"그런 일 없습니다. 오히려 소림사를 동경했었습니다."

상대에 대한 호의로 시작된 대화는 어느새 서문영의 상담으로 이어지고 있었다. 고적산인이나 서문영 모두 그걸 어렴풋이 눈치챘지만 신경 쓰지 않았다.

서문영으로서는 고적산인이라는 선인(仙人)의 조언이 필요했고, 고적산인은 나이에 비해 너무 뛰어난 서문영이 사도(邪道)로 빠지지 않게 돕고 싶었던 것이다.
"화산파나 무당파의 사람들에게서도 그런 감정이?"
고적산인이 조심스러운 눈으로 서문영을 바라보았다.
만약 서문영이 그렇다고 하면 보통 심각한 문제가 아니었다. 물론 아니라고 해도 고민스럽기는 마찬가지였지만 말이다.
"아닙니다. 화산파와 비무를 하고 무당파의 담운도사와 시비가 벌어지기는 했습니다만…… 화산과 무당파의 사람들에게는 처음부터 유감은 없었습니다. 그들이 거짓과 협잡을 일삼지 않았다면…… 저와는 아무 일도 없었을 것입니다."
"거참, 알 수 없는 노릇이구려. 유독 십팔나한에게만 처음부터 적의(敵意)가 있었다는 말씀이신데……."
고적산인은 그나마 다행이라고 스스로 위로를 했다. 어쨌든 서문영과의 원초적인 긴장 관계가 십팔나한으로 축소되었기 때문이다.
서문영이 중얼거렸다.
"알 수 없는 일은 또 있습니다."
고적산인의 얼굴에 긴장이 스치고 지나갔다. 이번에는 또 무슨 일인가 싶은 것이다.
"어떤 일이?"
"어제 무천관의 관주가 도사님을 끌어들였을 때 화가 났었습니다. 무당파의 장로라는 말에 담운과의 일이 떠올랐거든요. 그래서 좀 사납게 말을 받았던 거구요. 그런데…… 싸우던 중에 갑자기 이상한 일이 일어났습니다. 도사님의 맑은 기운이 고스란히 저에게 전해졌거든요."

서문영은 최대한 말을 돌려서했다. 기운과 기운이 맞붙는 순간 상대의 인생역정(人生歷程)을 느낄 수 있었다는 말은 아무래도 어려웠던 것이다.

"허허, 그게 무슨 대수겠소? 나도 사람의 얼굴을 척 보면 그의 기운이 어떠한지 느낄 수가 있소이다. 그런 일은 수련이 깊으면 자연히 일어나는 일이니 크게 신경 쓰실 일은 아니외다."

"아, 예, 도사님도 상대의 기운이 읽혀진다는 말씀이시지요?"

"그렇소. 빈도 역시 사람의 성정(性情)이 느껴지고, 그가 어떤 종류의 연공을 했는지 짐작할 수 있다오. 솔직히 빈도가 검공을 찾아온 것도 그 때문이라오. 검공의 기운은 그윽하고 깊어…… 내가 추구하는 바와 일맥상통(一脈相通)한다고 볼 수 있소. 어제 그런 소란이 있었음에도…… 염치불구하고 다시 찾아온 것은 바로 그런 이유 때문이라오."

"좋게 보아 주시니 감사합니다."

"아니외다. 오히려 빈도가 검공에게 감사를 해야지요. 검공의 출현은 당금 무림을 위해 아주 좋은 일입니다. 검공이 아니면 안 되는 일이 일어나고 있어요."

문득 고적산인의 표정이 어두워졌다.

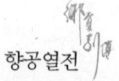
향공열전

서문영이 웃으며 물었다.
"도사님같이 반선(半仙)의 경지에 오른 분도 계신데 큰일이야 있겠습니까?"
고적산인이 돌연 정색을 하고 말했다.
"검공, 내가 비록 대단한 사람은 아니지만…… 어느 정도 천기를 내다볼 줄은 아는 사람이오. 그러니 빈도의 말을 진지하게 들어주시기 바라오. 현재 일어난 일과 앞으로 일어날 일들은…… 검공이 아니면 감당하기 어려울 것이외다."
서문영이 고개를 갸웃거리며 고적산인을 바라보았다.
현재의 일어난 일과 앞으로 일어날 일이라니? 그렇다면 자신이 모르고 있는 뭔가가 있었다는 것인가? 하지만 곰곰이 생각해 보아도 눈에 띌만한 일은 아직 없었다.
무림문파들의 이합집산(離合集散)이야 어제 오늘의 일이 아닐 테고, 국경을 마주한 주변 국가들과의 싸움 역시 그러하다. 자신이 아는 한 어디에도 새삼스럽게 재앙의 징조로 해석될 만한 일은 없었다.
"무슨 일이 있습니까?"
"누군가 천기를 거스르고 있소이다."
"천기를요?"
서문영은 도통 모르겠다는 듯 눈을 끔뻑였다. 천기를 어떻게 거스른단 말인가?
"그렇소. 저승에서 쉬고 있는 사자(死者)의 영혼을…… 누군가 현세로 불러내고 있소이다."

"도사님의 말씀은…… 혹시 죽은 사람이 살아났다는 말씀이십니까?"

"바로 그렇소."

"……."

서문영은 할 말을 잃고 멀뚱멀뚱 고적산인을 바라보았다.

고적산인이 씁쓰름한 미소를 지어 보인 후 말을 이었다.

"빈도는 반선의 경지에 들어서야 비로소 생기(生氣)와 사기(死氣)의 차이를 알 게 되었소. 무당산을 떠나 천하를 주유하던 중에…… 역천의 기운을 감지하게 되었소. 그 기운을 따라 가보지 않은 곳이 없소. 그러다가 마침내 연이 닿아 살아 있으나 생기가 깃들지 않은 사람을 만나게 되었소."

"……."

서문영의 목울대로 마른침이 꿀꺽 넘어갔다. 머릿속에서 만들어진 상상이 아니라 현실이라고 하니 자연 긴장된 것이다.

"안타깝게도 그는 자신의 처지를 이해하지 못하고 있었소. 그는 자신의 죽음도 모른 채, 자신이 죽었을 당시의 상태에 머물러 있더이다."

"헐, 그는 이미 죽었던 사람이었습니까?"

"그렇소."

"언제……."

"말하는 내용을 들어보면…… 삼백 년 전의 인물이었소."

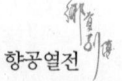
향공열전

"세상에! 삼백 년 전의 사람이 왜 살아난 거랍니까?"

"그것까지는 모르겠으나…… 그는 자신의 원수를 죽이고 신물(神物)을 되찾기 위해 어디론가 가는 중이라 하더이다."

"신물이요?"

"……"

고적산인이 고개를 끄덕였다. 그 남자는 분명히 신물을 찾으러 간다고 했었다.

"신물은 그에게 중요한 것인가 보군요?"

죽은 사람이 되살아나 찾으러 돌아다닐 정도라면 보통 물건이 아닐 것이었다.

"기이하게도 그는 원수에게 빼앗긴 신물 이외에는 관심을 보이지 않았소. 세상사에는 지나칠 정도로 무심했다고나 할까……."

그랬다. 그는 다른 일에는 일체의 관심을 보이지 않았다. 먹고 자는 것 이외에는 신물을 빼앗아간 원수에 대해서만 생각했다.

그래서 당시에는 신물에 대한 집착이 영원의 안식을 깨뜨렸다고 믿었다. 시간이 흐른 뒤에야 뭔가 다른 내막이 있다는 것을 알았지만 말이다.

생각에 잠겨 있는 고적산인을 향해 서문영이 물었다.

"그는 어떤 사람이었습니까?"

"녹슨 철검을 가지고 다닌다는 것 이외에는…… 뚜렷이 알 수 있는 것이 없었소."

"아! 그에게 이름을 묻지 않으셨나 보군요?"

"아니오. 물었었소. 하지만 그는 자신의 이름을 알지 못하고 있었소."

"……"

"그에 관한 여러 가지 일들을 물었지만 그는 기억을 해내지 못했소. 생각하면 할수록 그는 자신에 관한 것들이 기억나지 않는다고 했소. 그러다가 갑자기 빈도에게 화를 내며 칼질을 해대서…… 한바탕 드잡이 질을 하게 되었소."

"그와 싸우셨다고요?"

"……"

고적산인이 묵묵히 고개를 끄덕였다.

이름을 묻고, 사연을 캐묻자 그는 벌컥 화를 냈다. 어쩌면 아무것도 기억해 내지 못하는 자신에 대한 답답함 때문이었는지도 모른다.

과거를 기억해내지 못한 그였지만 무공만큼은 대단했다. 만약 반선의 경지에 들지 못했다면 그와 함께 양패구상 했을 것이다.

"하루 밤과 낮을 싸웠지만 그와 나는 무공의 경지가 비슷해서 쉽게 결판이 나질 않았소. 결국 빈도는 둘 다 화를 입게 될 것을 우려해…… 자리를 피하고 말았소. 빈도가 달아나자 그는 멀뚱히 바라만 보더이다. 그에게는 신물을 되찾는 게 최우선이었던 것이오."

 가만히 듣고 있던 서문영이 중얼거렸다.

 "그런 사람이 신물을 찾으러 움직이고 있다니…… 어디선가 한바탕 소란이 일어나겠군요. 그런데 신물이 있는 곳은 어찌 안다고 하던가요?"

 "신물의 기운과 자신의 기운이 이어져 있어 찾기 어렵지 않다고 하더이다."

 "혹시 그 신물이 무엇인지 아십니까?"

 "모르오. 허나 그의 무공을 생각하면, 그 신물이라는 것도 범상치 않을 게요."

 "도사님께서는 역천의 기운을 따라 세상을 유랑하고 계셨던 겁니까?"

 "그렇소. 아직은 나의 도력(道力)이 부족해 누가 그런 천인공로할 짓을 저지르는지 알 수 없지만…… 지금까지 역천의 술법은 세 번이나 행해졌소."

 "세 번이나요?"

 "그렇소. 무려 세 번이나 그런 일이 있었으니…… 천하에 그와 같은 사람이 몇 명이나 돌아다니고 있을지 심히 염려가 되는구려."

 "세 번이면 세 명이 아니겠습니까?"

 고적산인이 고개를 설레설레 저었다.

 "한 번의 술법으로 한 명을 되살렸는지, 열 명을 되살렸는지 누가 알겠소?"

"아!"

서문영의 입에서 탄성이 흘러나왔다. 고적산인의 말대로다. 세 명인지, 삼십 명인지, 삼백 명인지는 술법을 행한 사람만 알 것이었다.

"도사님, 죽은 자를 되살리는 역천의 술법이 전에도 있었습니까?"

고적산인이 허망한 음성으로 답했다.

"빈도가 반선의 경지에 들고 나서야 천기의 흐름을 읽을 수 있었소. 그러니 이전에도 그런 술법이 행해졌는지는 알 수 없다오. 허나…… 빈도가 득도를 한 이후로 지난 십 년간은 역천의 술법이 행해지지 않았소. 그러다가 올해에만 세 번 천문(天門)이 흔들렸소. 역천의 술법이 행해진 게요."

"흐음!"

서문영의 입에서 묵직한 신음이 흘러나왔다. 다른 사람의 말이라면 믿지 않았을 것이다. 그러나 고적산인의 말을 의심할 수는 없었다.

"검공을 만나 그간의 일을 털어놓으니 마음이 가벼워지는구려. 어쩌면 검공을 만나기 위해 천하를 유랑했는지도 모른다는 생각이 드는구려."

"그럴 리가요. 저는 이기적인 보통 사람에 불과합니다."

"허허, 빈도의 눈은 틀림이 없소이다. 검공이 아니면 안 된

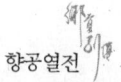

다고 말한 것도 그것 때문이오."

고적산인이 야릇한 눈으로 서문영을 바라보았다. 언제부터인가 서문영에게서 천문을 흔들만한 미증유(未曾有)의 힘이 느껴지고 있었다. 그것은 역천의 술법에서 느껴지는 음한(陰寒)의 것이 아니라, 순양(純陽)의 기운이었다.

"본래 천하 만물은 균형을 이루게 만들어졌다오. 어둠이 있으면 빛이 있고, 음이 있으면 양이 있으며, 죽음이 있으면 삶이 있소. 역천의 술법가와 검공은 곧 만나게 될 것이오. 그것은 피할 수 없는 두 사람의 운명이기도 하오."

"……."

고적산인은 예언처럼 말했다.

서문영은 애써 부정하지 않았다. 그것은 자신이 구마선사에게 무상의 법과 적멸의 륜을 받을 때부터 예견한 일이었다.

제3장
그 남자와 그 여자의 사정

특무장군 악무송의 일 이후에 성가장은 서문영에게 정원이 딸린 전각을 하나 내주었다.

서문영이 과하다고 몇 번이나 사양했지만, 가주인 성유화는 고집을 꺾지 않았다. 결국 서문영은 성가장에서 준 전각을 거처로 삼는 수밖에 없었다.

서문영은 새로 옮겨간 전각에 사무정(使無亭)이라는 현판을 달았다. 그리고 그곳에서 본격적으로 성가장 무인들의 글공부를 지도하기 시작했다.

검공 서문영이 성가장으로 돌아와 신위(神威)를 떨쳤다는 소문은 강소성 사방으로 퍼져나갔다.

소문을 듣고 수많은 사람들이 찾아와 입문(入門)하기를 원했다. 그러나 태산파 사람들의 일로 곤욕을 치룬 바 있는 성유화는 제자를 받아들이지 않았다. 사실 더 이상 제자를 들이지 않아도 될 정도로 성가장의 힘은 강력했다.

이제는 성가장이 강소성 최고의 문파라는데 이견을 제시할 사람은 어디에도 없었다.

지금까지 허세를 부리던 오대무가의 사람들 역시 성가장 앞에서는 한껏 자세를 낮추었다. 바야흐로 강소성의 무림을 성가장이 이끄는 시대가 열린 것이다.

"화매(花妹), 난, 그가…… 왜 성가장으로 돌아왔는지 이해가 되지 않아."

이제는 거의 잊혀져간 이가장의 가주 이주성(李主星)이 창가에 기대어 선 채 중얼거렸다.

이주성의 뒤편에 앉아 있던 성유화가 아무렇지도 않다는 얼굴로 답했다.

"오라버니, 서 대협은 약속을 지키기 위해 돌아온 거예요."

"약속?"

"네, 비도문 때문에 서가장을 떠날 때…… 다시 돌아오겠노라고 했었거든요."

물론, 단지 그 이유만은 아닐 거라고 생각했지만, 성유화는 그렇게 말했다. 서문영의 마음을 알 수 없는 것은 성유화도 마찬가지였던 것이다.
 성유화가 복잡한 눈으로 이주성의 뒷모습을 바라보았다.
 과거 서문영이 자신을 시집보내려고 얼마나 애를 썼는지, 그런 서문영에게 자신은 무엇을 기대했었는지, 이주성은 모를 것이었다.
 "난 현천문과의 싸움으로 부모를 잃었어. 이제 나에게 남은 건 화매밖에 없어……."
 이주성이 쓸쓸한 눈으로 먼 산을 바라보았다.
 현천문과의 싸움에서 부친이 죽은 그해, 어머니마저 시름시름 앓다가 세상을 떠나고 말았다. 그 뒤로 이가장은 몰락의 길을 걸었다.
 어수선한 가운데 한 해가 지나자 제자들은 물론 일꾼들까지 이가장을 떠났다. 한때 강소성 십대무가의 일원으로 당당하게 활동하던 이가장은 사람들에게 잊혀졌다.
 이가장이 몰락의 길을 걸을 때, 자신은 성가장을 뻔질나게 드나들었다. 성가장의 가주인 성유화를 만나기 위해서다.
 처음에는 동병상련(同病相憐)의 감정이 더 컸다. 성유화 역시 현천문과의 싸움에서 부친을 잃었기에 서로의 처지를 이해할 수 있었다.
 일 년이 지나자 연민의 정은 사랑으로 변했다.
 처음에는 거리를 두던 성유화도 언제부터인가 달라졌다. 성유화도 의지할 사람이 필요했던 것이리라. 그렇게 성유화와 사랑을 키워 나가는 동안 이가장은 완전히 몰락했다. 하지만 이가장의 일에는 후회도 미련도 없었다.

솔직히 자신이 성가장을 드나들지 않았어도 이가장은 망했을 것이다. 오대무가에서 이가장에 눈독을 들이고 있었던 까닭이다.

처음에는 제자들이 빠져나갔다. 그 다음에는 더 이상 관리를 할 수 없게 된 객점과 주루를 팔아야 했다. 단 이 년 만에 이가장은 달랑 본가(本家) 하나만 남겨지게 되었다. 그래서 더 성유화에게 몰두했는지도 모른다.

'화매만큼의 무공이나, 검공과 같은 조력자가 있었다면…… 사정은 달라졌을까?'

이주성은 고개를 저었다. 지나가 버린 일들을 두고 상상하는 것은 의미가 없다. 지금 자신에게 남은 것은 성유화다. 성유화만큼은 무슨 수를 써서라도 지켜야 한다. 상대가 검공 서문영이라고 해도 양보할 생각은 없었다.

* * *

서문영은 오랜만에 연무장으로 가서 가볍게 몸을 풀었다.

성가장에 온 지 두 달, 그동안 거의 대부분의 연공을 사무정에서 해야 했다. 성가장의 제자들이 자신을 무신(武神)이라도 되는 양 바라보았기 때문에 부담스러웠던 것이다. 하지만 사무정의 좁은 뜰과 청석이 촘촘히 깔린 넓은 연무장은 느낌부터가 다르다.
  처음 검을 잡은 곳이라서 그런지 이곳에 서면 괜히 기분이 우쭐해졌다.
  박도(朴刀)로 느릿하게 성무십결의 검로를 끝내자, 지켜보고 있던 성무달이 다가와 너스레를 떨었다.
  "하하! 아우님, 어째 전보다 더 빨라진 것 같은데 둔검식(鈍劍式; 느리게 펼치는 검)도 경지에 들면 속도가 붙나?"
  "둔검식의 묘리만 터득한다면 굳이 느리게 할 이유도 없으니까요."
  "그렇군."
  성무달이 새삼스러운 눈으로 서문영을 바라보았다. 검공 서문영. 이제는 진짜 검공이라는 말에 무게가 실린 느낌이다. 전에는 어떻게든 성가장의 이름을 높이기 위해 검공이니, 나찰옥녀니 하는 말을 입에 달고 살았었다. 하지만 과거의 검공과 지금의 검공은 느낌부터가 달랐다.
  "그런데 오늘은 무슨 바람이 불어서 연무장까지 나온 건가?"
  "사무정에만 있자니 답답해서요."
  "이런, 슬슬 바람이 든 게로군."
  "제가요?"
  "아무렴, 아우님의 나이면 바람이 들 때가 지나도 벌써 지났지. 그리고 보니 아우님이 따로 만나는 여자도 없는 것 같던데……."

"하하, 여자라면 사양입니다."

서문영이 억지로 웃으며 고개를 저어 보였다. 독고휘에 관한 기억을 다시 떠올리게 되는 것이 싫었던 것이다.

"오호! 이미 쓴맛을 본 얼굴이로군. 천하의 검공 서문영에게 상처를 준 여자가 누굴까?"

"……."

서문영의 얼굴이 어두워지자 성무달이 정색을 하고 물었다.

"헛, 아우님, 진짜인가 보네. 대체 누가 아우님을? 누군가? 내가 달려가서 한마디 해주겠네."

"괜찮습니다. 신경 써주시지 않아도 됩니다."

"……."

잠시 멍하니 서 있던 성무달이 한숨을 길게 내쉬었다.

"하아! 진짜 심각한가 보군. 미안하네."

"아닙니다."

"쩝, 우리는 모두가 자기 인생의 주인공들인데 말이야, 안 되는 게 하나 있거든. 여자가 그래. 도통 꼬이지를 않아. 다른 놈들은 아무리 박복(薄福)한 놈이라고 해도 여자가 척척 붙는데 말이야. 이가장의 그 이주성이라는 놈도 그래. 집안 말아먹고 빈둥거리는데도 유화는 좋다고 하질 않나……."

"예? 이가장주 이주성하고요?"

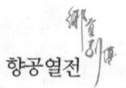
향공열전

서문영의 눈이 휘둥그렇게 떠졌다. 성격이 까칠하기로 소문 난 성유화가 드디어 짝을 만났다고 하니 영 실감이 나질 않았 던 것이다.

"응? 아직 몰랐나? 그동안 유화가 말해 주지 않던가?"

"예, 제게 그런 말은 일체 하지 않아서."

"그랬군. 한 일 년 정도 이주성이 줄기차게 따라다니는 것 같더니만…… 작년부터는 둘이 좋아하는 눈치더군. 지성(至 誠)이면 감천(感天)이라고…… 쫄딱 망한 이주성이 봉(鳳)을 잡 은 게지. 그런 비루먹은 놈이 뭐가 좋다고 그러는지 원……."

"그랬군요. 그렇다면 저도 한 짐 덜어낸 건가요?"

"……."

성무달이 서문영을 힐끔 바라보았다. 어딘지 모르게 쓸쓸한 느낌의 음성이었다.

성무달은 속으로 '혹시 서문영이 유화를 마음에 두고 있었 나?' 생각했지만, 이내 떨쳐 버렸다. 성가장을 생각하면 아쉽 지만 이미 지나간 일이었다.

"아우님이 중매를 서기 위해 그렇게 노력했는데…… 이렇듯 우습게 될 줄 누가 알았나?"

"모두가 하늘의 조화인 게지요."

서문영이 씁쓰름한 표정으로 하늘을 바라보았다. 정말이지 저 하늘의 뜻은 알 수가 없다. 독고휘와의 만남과 헤어짐도 그 랬다. 그렇게 마음을 주고, 또 그렇게 헤어지게 될 줄은 꿈에도 몰랐다. 가슴 한구석이 살짝 시려왔다.

그리 오래전의 일도 아닌데, 벌써 아득한 느낌이 드는 것은 또 뭐란 말인가!

서문영은 독고휘에게 미안하다고 중얼거렸다.

성무달은 갑자기 서문영이 처연한 표정을 짓자 저도 모르게 한마디 툭 던졌다.

"이제라도 아우님이 좋은 남자를 물색해 주게. 유화도 아우님의 말이라면 잘 듣지 않겠나."

물론 성무달이 염두에 둔 좋은 남자란 서문영 자신이었다.

서문영은 성무달의 말뜻을 알아듣지 못했지만, 이미 좋아하는 사람이 있는 성유화에게 다른 남자를 소개해 주고 싶지도 않았다.

"형님, 남녀 간의 일이란 인위적으로 어떻게 한다고 해서 되는 것이 아닙니다."

월하서생으로 잔뼈가 굵은 서문영의 말에는 묘한 울림이 있었다. 한편으로는 답답했지만 성무달은 그저 고개를 끄덕이기만 했다.

　　　　　＊　　　＊　　　＊

서문영은 연공을 끝내고 아쉬움이 가득한 표정으로 자리를 떠났다. 모처럼 만의 연공이었지만 생각만큼 오래 하지 못한

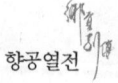
향공열전

탓이다. 연공에 천천히 공을 들이기에는 주변에서 지켜보는 눈이 너무 많았다. 전처럼 비무를 해달라는 사람은 없었지만, 경외감에 가득 찬 시선은 비무 요청만큼이나 부담스러운 것이었다.

그렇게 서문영이 연무장을 떠나자, 멀찍이서 지켜보던 문도들이 하나 둘씩 연무장 중심으로 모여 들었다.

연무장은 다시 시장바닥처럼 떠들썩한 기합으로 가득 찼다.

사무정으로 돌아와 명상에 잠겨 있던 서문영이 눈을 떴다. 가벼운 발자국 소리가 들려왔던 것이다. 타오르는 듯한 저 기운은 성유화다.

서문영은 옷매무새를 바로잡았다.

"서 대협, 들어가도 되나요?"

성유화는 특무대장 악무송의 사건 이후로 서문영을 깍듯이 서 대협이라 부르고 있었다.

"예."

성유화가 들어오는 동안 서문영은 성유화에게 강론할 책을 꺼내 서탁에 올려놓았다. 다소 빠른 준비였지만 그렇게라도 하지 않으면 안 될 것 같은 조바심이 들었던 것이다.

성유화는 서탁 맞은편에 앉자마자 배시시 웃었다.

"오늘도 주역(周易)인가요?"

"성무십결의 구단공을 깨우치시려면 역시 주역에 능통해야 하니까요."

"이른바 무공은 깨달음이라는 뜻인가요?"

"아는 만큼 배우고, 아는 만큼 깨닫기 마련이지요. 오늘은 선천(先天)과 후천(後天), 상생(相生)과 상극(相剋)에 대한 이야기입니다."

서문영이 바로 강론으로 들어가려 하자 성유화가 웃으며 말했다.

"오라버니가 서 대협의 걱정을 많이 하시더군요."

"무달 형님이 제 걱정을요?"

"예, 쓸쓸해 보이신다고."

"하하, 괜한 걱정입니다. 저 외로움이니 하는 것들과 거리가 좀 있습니다."

"외로운 사람들이 그런 말들을 하더군요."

"그런가요? 그렇다면 가주님은 자신에 대해서는 어떤 말씀을 하고 싶으신가요?"

서문영이 성유화의 눈을 정면으로 바라보았다.

성유화의 말을 듣고 있자니 은근히 화가 났던 것이다. 성유화는 좋은 혼처를 찾아주겠다던 약속을 영영 지킬 수 없게 만들었다.

더구나 성무달의 말에 의하면 이가장주는 무능력한 남자였다. 성유화 같은 재녀에게 전혀 어울리지 않는.

성유화가 서문영의 시선을 피하며 답했다.

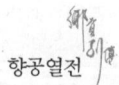

"저도 아직은 그런 부분에 대해 자신 있게 말할 수 있는 처지가 아니에요."

"무달 형님에게 듣기로는 그렇지도 않던데요?"

"그건, 무달 오라버니가 그렇게 보고 있는 거구요. 보이는 것과 실제는 다르니까요."

"그럼, 실제는 어떤가요?"

"글쎄요. 이렇다라고 꼬집어 말하기 어렵네요."

"그렇군요."

서문영은 성유화가 부끄러워서 솔직하게 말하지 않는 것으로 받아들였다.

잠시 침묵하던 서문영은 대화의 주제를 다른 곳으로 돌려야겠다고 생각했다. 자신이 성유화의 남자관계에 대해 말할 수 있는 처지가 아닌 까닭이다.

하지만 성유화의 생각은 다른 모양이다.

"서 대협은 어떤가요?"

"예? 뭐가요?"

"외로움과 거리가 멀다고 했지만, 실제로는 어떠시냐고요. 무달 오라버니는 뭔가 사연이 있는 것 같다고 말씀하시던데…… 마음에 두고 있는 사람이라도 있으신가요?"

"있었습니다."

"……."

성유화의 눈에 이채가 스치고 지나갔다. 서문영이 과거의 일처럼 말한 까닭이다.

"지금은요?"

조금 지나친 질문임을 알면서도 성유화는 다시 물었다. 서문영과 같은 사람에게 여자가 없다는 사실을 받아들이기 어려웠던 것이다.

서문영은 성유화의 부담스러운 질문에도 선선히 답했다.

"없습니다……"

잠시 망설이던 서문영이 말을 이었다.

"신책군에 있을 때 알게 된 사람이 있습니다. 평생을 책임지고 싶은 사람이었지요. 하지만 몇 달 전…… 알 수 없는 일에 휘말려 목숨을 잃었습니다."

"……"

성유화는 너무도 뜻밖의 말에 할 말을 잃고 말았다. 사연이 있는 것 같다는 말은 얼핏 들었지만, 그래도 죽었다니?

"관부(官府)에서 조사 중에 있습니다. 하늘이 돕는다면 정적(政敵)들에게 암살을 당한 건지, 무림의 음모에 희생이 된 건지 알게 되겠지요."

"아!"

"어느 쪽이든…… 원한은 몇 배로 갚겠지만…… 그래도 제가 지켜주지 못했다는 사실에는 변함이 없겠지요."

"미안해요. 그런 줄도 모르고……"

"아닙니다. 형님이나 가주께서 진심으로 저를 위해 주고 있

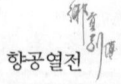

다는 것을 알고 있습니다."

성유화가 안타까운 눈으로 서문영을 바라보았다. 남부러울 것이 없어 보이는 서문영에게 그런 아픔이 있을 줄은 꿈에도 몰랐다.

안 됐다고 생각하면서 한편으로 묘한 안도감이 들었다.

성유화는 그런 자신이 마음에 들지 않았다.

"강론해 주세요."

일체의 감정이 실리지 않은 성유화의 요청에 서문영이 묵묵히 주역을 펼쳤다.

"선천(先天)은 체(體), 후천(後天)은 용(用)입니다. 또 선천은 상생(相生), 후천은 상극(相剋)이라고도 할 수 있습니다. 선천은 생(生)하는 원리가 지배하고 있어 생생지(生生之)라 하는데, 이 생생지의 궁극지는 대자연입니다. 대자연의 낳고, 낳는 원리는 불변입니다. 후천은 무엇인가를 이루는 과정으로, 선천과는 그 작용이 다릅니다. 예컨대 생생지로 낳고 낳기를 반복했으면 질서가 잡혀야 합니다. 그 질서를 잡아 주는 작용을 상극의 이치가 맡고 있습니다. 약육강식의 원리가 바로 질서의 작용이지요."

성유화는 서문영의 말이 귀에 들어오지 않았지만 고개를 끄덕였다.

속으로는 쉬지 않고 '서 대협에게도 빨리 좋은 사람이 생겼으면 좋겠다'고 중얼거리면서 말이다. 물론 그 좋은 사람 중에는 어쩌다가 자신의 모습도 들어 있었다. 그럴 때마다 성유화는 흠칫 놀라 고개를 휘휘 젓곤 했다.

성유화가 고개를 저을 때마다 서문영은 지나간 설명을 다시 반복했다.

다른 날보다 강론이 길어졌지만, 서문영은 답답해하지 않았다. 강론을 잘 알아듣지 못하는 성유화 역시 지루해하지 않았다.

강론은 거의 저녁식사 시간 즈음에야 끝이 났다. 서문영이 알아서 끝을 낸 것이 아니다. 멀리서 손님이 찾아와 흐지부지 끝이 나고 말았다.

서문영을 찾아온 사람은 하남성 등봉현의 현위(縣位; 현의 치안책임자) 상유고였다.

서문영은 성유화를 배웅하고 돌아와 서탁을 앞에 두고 앉았다.

맞은편의 상유고를 바라보는 서문영의 눈에서 한순간 광망이 쏟아져 나왔다. 수사를 하다가 더 드러난 사실이 있으면 성가장이나 서가장으로 서찰을 보내라고 했었다. 그런데 성가장으로 상유고가 직접 찾아왔다. 뭔가 결정적인 증거가 발견되었으리라.

"상 현위, 오랜만이구려. 뭔가 새롭게 알아낸 것이 있소?"
"예, 대인. 그간 무탈하셨습니까?"

"……."

상유고가 머리를 조아리자 서문영이 손짓을 했다. 속히 본론으로 들어가라는 뜻이다.

잠시 머뭇거리던 상유고는 결연한 표정으로 말문을 열었다.

"너무도 뜻밖의 일인지라…… 대인께 직접 전해 드리기 위해 소관(小官)이 직접 달려왔사옵니다."

"무슨 일이오?"

"대림사의 독살사건 발생 직후 소관은 관병들을 이끌고 대림사의 주변을 샅샅이 뒤졌습니다. 그러나 아무것도 발견할 수 없었지요. 사흘이 지나도 소득이 없자 대림사에 설치했던 임시 지휘본부를 철수시킬 수밖에 없었습니다. 그런데 지휘본부가 철수되고 보름쯤 지났을 무렵, 등봉현에 큰 비가 내렸습니다. 그 비가 그치고 땅이 좀 말랐을 무렵의 일입니다. 사냥꾼 장 씨가 사람의 팔 하나가 땅 위로 튀어나와 있는 것을 발견하고는 관부에 신고를 했습니다."

"큰 비에 시체를 덮었던 흙더미가 쓸려나간 것이로군."

"그렇습니다. 소관은 즉시 관병들을 이끌고 팔뚝이 솟아오른 곳으로 달려갔습니다. 그리고 그곳에서 시체 두 구를 발굴해 냈습니다."

서문영이 다소 긴장한 표정으로 상유고를 바라보았다.

"그들의 신분을 알아냈소?"

"예, 소지품까지 고스란히 지닌 채 매장이 되어 있던 터라 어렵지 않게 그들의 신분을 확인할 수 있었습니다. 그들은 무당파의 청수도사와 청해도사였습니다."

 말과 함께 상유고가 품안에서 보자기를 꺼내 서탁에 올려놓았다.

 "이것은 시체에서 나온 호패(號牌)와 간단한 소지품입니다. 다행히 가죽 주머니에 들어 있어서 손상되지는 않았습니다."

 "무당파 도사들의 사인(死因)은 무엇이오?"

 "바로 그것 때문에 소관이 직접 달려온 것입니다. 그들도 대림사와 같이 칠보절명산에 당했습니다. 같은 날 범인이 무당파 도사들에게 하독(下毒)을 했거나…… 용독술에 어두운 무당파 제자들이……."

 상유고가 말끝을 흐렸다. 무당파 도사들이 독을 사용했을지도 모른다는 말은 차마 할 수 없었던 것이다. 아무리 관부가 무림보다 위에 있다고 해도 상대는 무당파다. 무당파의 원로 도사들은 황실과도 밀접한 관계를 맺고 있는 터라 최대한 조심해야 했다.

 "그들의 당일 행적과 주변 인물들에 대한 조사는?"

 "예, 소관이 은밀히 조사한 바에 따르면…… 청수, 청해도사와 평소 어울려 다니던 무당파 사람은 금산인, 허임생, 공천, 이 세 사람입니다. 청수, 청해는 무당파 본산(本山)의 제자임에 비해 금산인, 허임생, 공천은 속가제자였습니다. 거리가 있을 것 같아 보이는 이 다섯 명의 본산과 속가의 제자들에게 공통점이 있었습니다. 그들 모두가 담운도사의 수족(手足)과 같은 사람들이라는 것입니다."

"담운……."

서문영의 전신에서 살기가 쏟아져 나왔다.

상유고가 서문영의 눈치를 살피며 계속해서 말했다.

"사건 당일 아침까지 다섯 사람 모두가 숭산 소림사에 함께 있던 것이 확인되었습니다. 그 뒤로 사라졌다가, 이틀 후 속가 제자들만 소림사에 복귀를 했더군요. 현재 청수, 청해도사는 담운도사의 명으로 천명회를 감시하러 갔다가 실종된 것으로 알려져 있습니다. 단심맹에서는 천명회의 고수들에게 피살당한 것으로 잠정 결론 내린 것 같았습니다."

"그렇다면 금산인, 허임생, 공천을 잡아 족치면 되겠군."

서문영의 스산한 말에 상유고가 조심스럽게 답했다.

"현재 소재가 파악된 사람은 금산인과 허임생입니다. 공천은 척사대(斥邪隊)와 함께 천명회가 장악한 호남성으로 파견을 나갔습니다. 호남성 출신이라 특별히 선발되었다고 하더군요."

"천명회가 장악한 곳이라면…… 생사를 가늠하기 어려운 곳이 아닌가?"

"그렇습니다. 만약 담운이 직접 보낸 것이라면…… 꼬리를 자르기 위한 것으로 생각됩니다. 본래 '특별히'니 '선발'이니 하는 말들에는 그런 의미가 내포되어 있으니까요."

서문영이 감탄의 눈으로 상유고를 바라보았다. 오랜 경험 때문일까? 범죄에 관한 상유고의 견해는 존경스러울 정도였다. 돌아보면 등봉현에서도 상유고의 수사는 늘 한 걸음 앞서 있었다. 자신이 갈팡질팡할 때 상유고는 벌써 하오문을 들쑤시고 다니지 않았던가!

"금산인과 허임생은?"

"공식적으로는 단심맹 총관인 담운의 경호를 맡고 있었습니다."

"담운이 고작 속가제자들에게 경호를 맡겼다고?"

"직책은 경호지만, 따라다니며 잔심부름을 해주는 정도였습니다. 실제 단심맹 주요 인사들의 경호는 천검대(天劍隊)에서 담당하고 있으니까요."

"과연! 수상한 놈들이로군. 천검대가 있음에도 따로 속자제자들을 데리고 다닌다?"

"보고에 의하면 한시도 두 사람을 떼어 놓지 않는 것 같았습니다."

"배신을 걱정하고 있다는 건가!"

"소관도 그렇게 생각하고 있습니다."

"그렇다면 우리도 서둘러야겠군. 공천이 적지에서 죽으면 그 다음은 금산인과 허임생의 차례가 될 테니 말이야."

"대인께서 직접 손을 쓰시려는지요?"

상유고는 은근히 그러기를 바라는 얼굴이었다. 상대가 무당파인지라 진두지휘를 하는데 어려움이 있었던 것이다. 사실

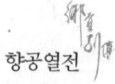
향공열전

고작 현위의 직책으로 담운의 주변을 조사한다는 것은 무리였다. 이러니저러니 해도 담운은 무당파의 장로이자, 단심맹의 총관인 까닭이다.

"복수까지 남의 손에 맡길 수는 없지 않은가?"

"모든 것은 대인의 뜻대로 될 것입니다."

상유고는 이마가 방바닥에 닿을 정도로 머리를 조아렸다.

복수를 다짐하는 서문영의 앞에서 현위랍시고 국법(國法)을 논하고 싶지는 않았다. 입장을 바꾸어 자신이 서문영이라고 해도, 그렇게 했을 것이다. 아니, 지금까지 확실한 증거가 나올 때까지 참고 기다려 준 것만 해도 존경받아 마땅하다.

단심맹과 무당파의 뒤를 조사하던 중에 서문영과 담운, 상무극 등이 얽혀있는 기이한 은원을 알았다.

하나의 작은 길거리 비무에서 시작된, 사소하다면 사소하고 크다면 큰 은원. 결과적으로 보면 작은 돌덩이가 잔잔한 호수에 던져져 상상할 수도 없이 큰 파문을 일으킨 꼴이다.

답보상태에 놓여 있던 수사는 대림사 근처에서 도사들의 시체가 발굴되고, 담운의 제자가 관계되었다는 것이 드러나면서부터 활기를 띠었다. 장안(長安)의 현위와 공조를 통해서 큰 그림을 다 그릴 수 있었다. 이 정도면 범인을 잡은 것이나 마찬가지였다.

사실 서문영 정도 되는 위치라면 담운과 제자들을 먼저 잡아도 상관없다. 하지만 감히 그런 제안은 하지 못했다. 소림사에서 그렇게 멸시를 당하고도 신분을 드러내지 않은 서문영이다. 그런 서문영에게 확실한 증거도 없이 권력을 앞세우자고 말할 수는 없었다.

 그 정도로 감정을 절제할 줄 아는 서문영이 마침내 복수라는 말을 했다.

 서문영은 무관(武官) 최고의 지위에 있었다. 어디 그뿐이랴! 지금 강소성에서 검공의 무공은 천신(天神)에 비교되고 있다.

 권력이든 무력이든, 검공 서문영의 앞에 내세울 만한 것이 없다는 뜻이다.

 '담운과 세 사람의 속가제자들은 자신들이 지옥에 초대되었다는 것을 알까?'

 상유고는 진득한 살기에 다시 한 번 몸을 부르르 떨었다.

 문득 사신(死神)이 눈앞에 나타나기 전까지 차라리 모르고 있는 편이 나을지도 모른다는 생각이 뇌리를 스치고 지나갔다.

*　　*　　*

 다음날 아침, 책을 읽고 있던 서문영은 마당에서 들려오는 인기척에 마루로 나갔다.

 작은 마당 한가운데 서서 부자연스럽게 헛기침을 터뜨리고 있는 사람은 뜻밖에도 이가장의 장주인 이주성이었다.

 "어이쿠! 서 대협 계셨군요!"

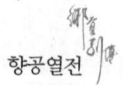

이주성은 서문영과 눈이 마주치자 과장된 동작으로 머리를 숙여 보였다.

"……."

삼 년쯤 전 서문영이 성가장에서 무공을 배울 때, 이주성은 서문영을 아우라고 불렀다. 그런데 지금 이주성은 아무도 뭐라고 하지 않았는데 서문영을 대협이라고 했다. 스스로를 그만큼 낮추고 있는 것이지만, 서문영이 볼 때는 순수해 보이지 않았다.

서문영은 다소 떨떠름한 표정으로 마주 인사를 했다.

기다렸다는 듯 이주성이 쾌활한 음성으로 말문을 열었다.

"하하! 오랜만입니다. 진작에 인사를 왔어야 하는데…… 늦었습니다."

이주성의 얼굴은 웃고 있었지만, 눈빛은 심연(深淵)처럼 어두웠다. 뭔가 불편한 이야기를 하러 왔다는 뜻이다.

"별말씀을요."

서문영은 내키지 않았지만 담담하게 응대했다. 상대가 성유화의 남자이니 어느 정도 예의를 지켜 주고 싶었던 것이다.

"서 대협, 잠시 시간을 내주실 수 있겠습니까?"

"무슨 일로 그러시는지요?"

서문영은 대답 대신 용무를 물었다. 사내답지 않게 변해 버린 이주성이 마음에 들지 않았다. 성무달이 귀에 딱지가 앉도록 무능한 남자라고 한 이유를 알 것도 같았다. 성유화의 남자가 아니었다면 정말 가까이 하고 싶지 않은 사람이었다.

"……."

억지로 웃음 짓고 있던 이주성의 표정이 가볍게 굳었다. 그제야 서문영도 자신에게 그다지 호의적이지 않다는 걸 느낀 것이다.

잠시 망설이던 이주성이 절박한 표정으로 말했다.

"그럼 단도직입적(單刀直入的)으로 말씀드리겠습니다. 서 대협께서는 모든 것을 가지고 계십니다. 하지만 저에게는 화매 하나뿐입니다."

"무슨 말씀이신지?"

"도와주십시오."

"무엇을 도와달라고 하시는 겁니까?"

서문영의 물음에 이주성의 호흡이 거칠어졌다. 극도의 긴장으로 가슴이 뛰고 있는 것이다.

"좋습니다. 말씀드리지요. 저는…… 서 대협께서 저와 화매의 관계를 인정해 주시기를 바랍니다."

서문영이 기가 막힌다는 표정으로 이주성을 바라보았다. 성유화와 그의 관계를 왜 자신이 인정을 해줘야 한다는 말인가?

"이 장주님, 뭔가 오해가 계신가 본데……. 저는 성 가주의 부모도 아니고, 그렇다고 혈육도 아닙니다. 그런 저의 인정이 대체 무슨 의미가 있다고?"

"……."

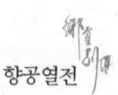

뜨거운 눈빛으로 서문영을 응시하던 이주성이 다시 말했다.
"서 대협, 저도 화매에게 들은 것이 있습니다. 화매의 부친께서 서 대협에게 화매의 중매(仲媒)를 부탁했다면서요. 바로 그 부친과의 약속 때문에 화매는 요즘 저를 피하고 있습니다."
이주성이 결례를 무릅쓰고 불쑥 찾아온 이유는 거기에 있었다. 서문영이 돌아온 이후로 성유화가 자신을 피하는 느낌을 받은 것이다.
실제로 지난 두 달 동안 성유화를 만난 횟수는 손에 꼽을 정도였다. 이주성은 성유화가 서문영의 눈치를 살피고 있다고 믿었다.
"확실히 과거에 그런 일이 있었지만, 지금 두 분의 관계에 대해서는 딱히 드릴 말씀이 없습니다. 혼인은 인륜지대사(人倫之大事)가 아닙니까? 일개 문도가 가주(家主)의 혼사문제에 왈가왈부(曰可曰否)하는 것은 분수에 맞지 않다고 생각합니다. 더구나 이 장주님에 대해 모르는 제가 두 분의 중매를 하다니요? 있을 수 없는 일입니다."
"……."
뜻밖의 대답에 이주성이 뜨악한 표정으로 서문영을 바라보았다. 대충 예의상 알겠다고 하며 잘 넘어가 줄줄 알았다.
그런데 서문영은 전대의 약속이 별 의미가 없는 것처럼 말하면서도, 정작 자신과 성유화의 사귐에 대해서는 반대하는 것 같았다.

"그, 그 말씀은…… 저와 화매의 교제를 반대한다는 뜻입니까?"

"반대가 아니라, 제가 이 장주님의 인물 됨됨이를 모르니, 어떤 말도 할 수 없다는 것입니다."

"……."

망연자실한 표정으로 서 있던 서주성이 조심스럽게 물었다.

"서 대협, 제 말을 오해 없이 들어주십시오. 혹시…… 서 대협께서 성가장에 돌아온 것은…… 화매 때문이었습니까?"

"……."

서문영은 이주성을 지그시 바라보았다.

마루 아래의 이주성은 맥없는 표정이었지만 눈을 피한다거나 고개를 돌리지 않았다.

이래서는 여자 하나를 놓고 남자 둘이 싸우고 있는 꼴이다.

"아닙니다. 이만 돌아가십시오."

서문영은 뒤도 돌아보지 않고 안으로 들어가 버렸다.

마당에 남겨진 이주성은 땅이 꺼져라 탄식을 터뜨리다가 어디론가 사라져갔다.

자리에 앉은 서문영은 신경질적으로 책을 덮었다.

이주성에게는 아니라고 했지만, 그런 마음이 전혀 없다고 하면 거짓말일 것이다.

신책군으로 변방을 떠도는 내내 성가장 사람들을 그리워했다. 그 속에는 성유화도 있었다. 그러나 그것은 인지상정(人之常情)일 뿐, 특별히 성유화를 이성(異性)의 대상으로 추억해 본 적은 없다.

지난 몇 달간 성유화를 가르쳤지만 다른 감정을 느끼지 못했다.

하지만 정말 그뿐일까?

     *   *   *

성유화가 사무정에서 있었던 일에 대해 전해들은 것은 그날 점심 무렵이다.

서문영에 대한 문도들의 관심이 높다 보니, 멀리서 사무정을 기웃거리는 사람들이 많았다. 그들 중 하나가 우연히 이주성이 하는 말을 들었던 모양이다.

평소 성가장의 제자들은 이주성을 못마땅하게 생각하고 있었다. 이가장이 망하는 와중에 가주인 이주성이 성가장을 뻔질나게 드나들어, 애꿎은 성유화까지 세인들의 입에 오르내렸기 때문이다.

이가장의 몰락을 두고 혹자는 이주성이 성유화에게 눈이 멀어 이가장을 내팽개친 것으로 말하기도 했다. 성가장의 사람들이 그 소문의 주역인 이주성을 좋게 생각할 리가 없다.

어쨌든 질투에 눈이 먼 이주성이 감히 사무정까지 쳐들어갔다는 식으로 이야기는 부풀려져, 성유화의 귀에 들어가고 말았다.

성유화가 분을 이기지 못하고 연무장의 기물을 때려 부수고 있을 때, 일은 터지고 말았다. 아침 일찍 사무정에 들렀다가 소득 없이 돌아갔던 이주성이 성유화를 다시 찾아온 것이다.

성유화를 만나기 위해 연무장까지 갔던 이주성은 석상처럼 그 자리에 굳어 버리고 말았다.

반파(半破)된 연무장 한가운데 성유화가 귀신처럼 산발한 머리를 흩날리며 서 있었다. 성유화의 전신에서 광기(狂氣)가 줄기줄기 뻗어 나오고 있었다.

거의 이 년 가까이 성유화를 따라다녔지만 지금과 같은 모습을 보기는 처음인지라, 이주성은 입을 쩍 벌리고 멍하니 서 있기만 했다.

"오라버니! 오늘 아침에 어디를 갔다고요?"

단번에 십 장의 거리를 날아온 성유화가 번들거리는 눈으로 이주성을 노려보았다.

이주성은 뱀 앞의 개구리처럼 덜덜 떨며 답했다.

"사, 사무정에 갔었다."

"왜요? 더듬거리지 말고 빨리 말해요! 어서!"

"서, 서 대협을…… 만나기 위해서……."

성유화가 펄펄 뛰자 이주성은 아예 눈을 내리깔고 시선도 마주치지 못했다.

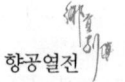

그런 자신 없는 이주성의 나약한 모습에 성유화의 숨결이 더욱 거칠어졌다.

"오라버니가 서 대협을 왜 만나야 하는데요! 왜! 왜! 왜!"

성유화가 소리를 빽 내지르며 발을 굴렀다.

콰지직.

바닥에 깔려 있던 석판이 요란한 소리와 함께 부서져 나갔다.

"입이 있으면 대답해 봐요!"

성유화가 번개처럼 검을 뽑아 들었다. 대답이 마음에 들지 않으면 금방이라도 베어 버릴 기세였다.

생전 처음 당하는 일에 놀란 이주성은 살기 위해 빠르게 입을 놀렸다.

"네, 네가, 요즘 나를 피하는 것 같아서…… 서 대협에게 부탁해서 우리 사이를 좀 더 돈독하게 해볼까…… 서 대협이 화매의 중매를 선다는 말을 들었으니까…… 그런데 서 대협은 부모가 아니라고 하고…… 나는 좀 확실하게 해두려고……."

거의 횡설수설에 가까운 답이었지만 용케도 성유화는 알아듣는 것 같았다. 하지만 지금의 경우 오히려 알아듣는 게 이주성에게는 재앙이었다.

이성을 상실한 성유화가 검으로 이주성을 후려쳤다.

퍽.

다행히 검면(劍面)에 맞은 이주성은 삼 장이나 날아갔다.

"서 대협에게 왜 그런 소리를 하는데요! 오라버니, 아니, 당신은 자존심도 없어요? 당신이 서 대협에게 한 헛소리를 내가 모를 것 같아요? 서 대협에게 성가장에 왜 돌아왔냐고 헛소리를 했다면서요! 당신이 뭔데 서 대협에게 그런 망발을 해대는 거예요?"

"오, 오해야! 오해!"

이주성이 벌떡 일어나 두 손을 허우적거렸다.

씩씩거리던 성유화가 득달같이 달려들며 검을 휘둘렀다.

"오해고 육해건 간에 당신이 왜 서 대협에게 찾아가 이상한 소리를 해대냐고! 당신이 내 남편이라도 된다고 생각해? 당신은 그냥 이가장의 가주일 뿐이잖아! 이가장의 가주가 왜 아침부터 성가장에 와서 문도들에게 가라마라 해대는 거냐고!"

퍼억.

다시 검면에 맞은 이주성이 이번에는 담장 밑까지 굴러갔다.

"쿨럭, 쿨럭, 화, 화매! 제발 믿어줘! 나는 서 대협에게 가라마라 한 적이 없어! 아마 누군가 잘못 들은 걸 거야! 왜 왔냐고 한 적도 없어! 나, 난 그저, 서 대협에게 화매 때문에 성가장에 돌아왔냐고 물은 것뿐이야! 제발, 살려줘!"

바람처럼 달려온 성유화가 검을 하늘 높이 치켜들었다.

"오냐! 너 한번 죽어 봐라! 나와 서 대협의 관계를 이상하게 만들려고 작정을 했다 이거지! 당신 미쳤어? 서 대협이 나 같은 여자를 거들떠나 보는 줄 알아? 왜 잘 지내고 있는 나까지 이상한 사람을 만들어! 당신 때문에 서 대협이! 서 대협이!"
 검날이 햇살을 받아 반짝였다.
 이주성은 이번에는 진짜 죽는구나 싶어서 눈을 질끈 감았다.
 나찰옥녀, 나찰옥녀 말로만 들었지 이 정도로 심각할 줄은 몰랐다. 지난 이 년 동안 알고 지낸 성유화가 진짜 마녀였다니!
 '그래 죽여라, 죽여! 내가 여자 보는 눈이 없었다!'
 이주성은 이를 갈며 어리석은 자신을 저주했다. 성유화의 미색(美色)에 홀려 그 속의 악마를 보지 못했으니 백번 죽는다 해도 할 말이 없었다.
 "……"
 하지만 정작 성유화는 검을 치켜든 채 미동도 하지 않았다. 분노에 눈이 뒤집힌 성유화라고 믿어지지 않게 말이다.
 소심한 이가장주 이주성에게는 절체절명의 순간이었지만, 성유화는 머릿속으로 자신이 쏟아내던 말들을 생각하고 있었다.
 '왜 잘 지내고 있는 나까지 이상한 사람을 만들어! 당신 때문에 서 대협이…… 서 대협이…….'
 그런데 그 다음 말들이 떠오르지 않았다.
 아무리 생각해도 그 다음에 뭐라고 말하려고 했는지 알 수 없었다. 상당히 중요한 말이 숨겨져 있는 것 같은데, 끄집어 낼 수가 없다.
 "하아!"
 돌연 성유화의 입에서 한숨이 흘러나왔다.

자신의 생각에 몰두하다가 들끓던 감정이 가라앉은 것이다.
 그제야 담장 밑에 처연한 표정으로 눈을 감고 있는 이주성이 보였다.
 이주성은 입과 코로 피를 흘리고 있었다. 얼핏 보아도 내상(內傷)을 입은 모습이다. 상황을 보니 아무래도 자신이 두들겨 팬 모양이다.
 "오라버니, 정말 미안해요."
 울 것 같은 얼굴로 이주성을 내려다보던 성유화가 조용히 돌아섰다. 이주성을 보고 있자니 마음이 아프고, 서문영을 생각하니 머리가 복잡했다. 지금은 누구와도 말을 하고 싶지 않았다.
 깜짝 놀란 이주성이 눈을 번쩍 떴다.
 성유화가 멀어져 가고 있었다. 곱기만 한 그 뒷모습은 나찰옥녀가 아니라, 자신이 목숨처럼 사랑하는 성유화였다.
 "쿨럭, 쿨럭."
 담장에 기대어 몇 번이고 마른기침을 토해내던 이주성이 자리에서 일어났다.
 부서진 연무장을 둘러보던 이주성은 성가장의 제자들이 하나 둘 모여들자 자리를 떠나갔다. 성유화에게 곤죽이 되도록 얻어맞은 모습을 보이고 싶지 않았던 것이다.

지난 몇 년 동안 잠잠하던 성유화가 이주성을 두들겨 팼다는 이야기는 금방 문도들 사이에 퍼져 나갔다. 성무달은 소문의 진위를 확인한 다음 곧바로 사무정으로 달려갔다.

성무달은 성유화가 흔들리고 있다고 생각했다. 그리고 그런 성유화를 서문영이 잡아주었으면 했다. 하지만 성무달이 사무정에 도착했을 때, 서문영은 짐을 꾸리고 있었다.

"헛! 아우님, 저 짐은 뭔가?"

성무달이 서탁 위에 놓인 봇짐을 가리키며 물었다.

"아, 군의 복무기한이 마침 끝나서요. 개인적으로 해결할 일도 있고, 부탁받은 일도 있어서 겸사겸사 황도(皇都; 장안)에 가볼까 합니다."

물론 해결할 일이란 단심맹 총관 담운의 제자들을 잡아서 족치는 것이다. 하지만 그 부분에 대해서는 자세히 말하지 않았다. 괜히 성가장의 문도들에게 걱정을 끼치고 싶지 않았던 것이다.

개인적으로 해결할 일이 있다는 말을 성무달은 다른 뜻으로 받아들였다. 평소 서문영이 관직에 미련을 두지 않았기에 그쪽으로 생각했던 것이다.

"관직을 버리려고 한다더니…… 참말이었군."

"예, 아무리 생각해 봐도 할 짓이 아니라고 여겨져서 이참에 그만 두려고요. 서찰 하나만 보내면 괜히 일이 복잡해질 수도 있어서…… 직접 관직을 반납하고 귀향(歸鄕)할까 합니다."

귀향이라는 말에 성무달이 인상을 찡그렸다. 돌아온 서문영을 가족처럼 생각하고 있었는데, 갑작스럽게 귀향이라니?

"귀향이라면…… 서가장으로 돌아가려고 하는가?"

"예. 수구초심(首丘初心; 여우가 죽을 때 머리를 자기가 살던 굴쪽에 둔다는 뜻)이 그저 책속의 이야기만은 아니더라고요. 생각해 보면 자기 집만큼 편한 곳도 없는 것 같습니다."

"……"

성무달이 한숨을 푹푹 내쉬었다.

서문영은 웃으며 말했지만 기분이 썩 유쾌해 보이지는 않았

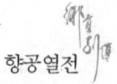

다. 아무래도 이주성의 방문으로 심경에 변화가 생긴 것 같았다.
 '죽일 놈 같으니!'
 성가장과 무슨 억하심정이 있다고 서문영에게 찾아가 지랄을 떤단 말인가! 그렇지 않아도 여자문제로 우울해하고 있는 서문영에게 말이다.
 '그놈은 이가장을 말아먹더니, 성가장까지 말아먹으려고 그러나.'
 생각할수록 화가 난다. 성유화가 요즘 왜 이주성을 피했는지 몰라도, 이참에 성가장의 출입까지도 금지시켰으면 하는 바람이다.
 "쯧! 성가장이 어째서 남의 집인가? 성가장에 섭섭한 일이 있으면 다 말하라고. 혹시 아침에 이주성이 찾아와서 헛소리 해댄 걸로 기분이 상했나? 그놈은 그 일로 유화에게 죽도록 맞고 쫓겨났으니까, 그냥 잊어버려. 성가장의 진짜 식솔은 이주성 같은 놈이 아니라 바로 아우님일세. 나와 유화의 마음을 그렇게도 모르겠는가?"
 "형님, 이 장주와는 관계가 없는 일입니다. 그런데 성 가주가 이 장주를 때리다니요?"
 서문영은 성무달의 말에 놀라 눈을 휘둥그렇게 떴다.
 물론 성유화가 아직 팔단공에 머무르고 있으니 감정의 폭주를 참지 못할 것이다. 그런데 하필 사귀고 있던 이 장주를 때렸다니? 혹시 사무정에서의 일로 그렇게 된 것일까? 거기까지 생각하니 머리가 지끈거리기 시작했다.

"이주성이 아침에 아우에게 찾아가서 헛소리를 했다면서?"

"찾아온 건 맞지만 헛소리를 했다기보다는……."

"솔직히 그놈이 주제넘은 소리를 한 바람에 아우가 집까지 싸게 됐잖은가! 그러니 맞아도 싸지. 내 손에 걸렸으면 뼈마디가 부러졌을 걸세."

"형님, 그의 잘못이 아닙니다."

완강한 성무달의 말에 답답해진 서문영이 고개를 설레설레 저었다. 이번 일을 두고 잘잘못을 따지자면 자신의 잘못이 더 컸다. 솔직히 이주성이 실례되는 말을 한 것은 사실이지만, 그가 못할 말을 한 것은 아니다.

성유화와 별 관계도 아닌 자신이 성가장에 계속 머무는 것 자체가 이상한 일이 아닌가 말이다!

게다가 사무정이라니? 자신이 성유화의 혈육도 아닌데, 성가장의 직계들처럼 전각을 소유하고 주인 행세를 했다.

성유화와 사귀고 있는 이주성의 눈에는 모든 것이 이상해 보였을 것이다. "성유화 때문에 돌아온 것이냐?"는 질문은 "성가장에서 당신은 어떤 사람인가?"를 묻는 말이다. 다소 유치해 보이는 이주성의 질문은, 오히려 정곡을 찌르는 말이었다.

이주성이 아니었다면, 사무정에서 좀 더 뭉그적거리고 있었을 것이다. 그러나 자신의 그런 행동은 성유화와 그녀의 남자를 힘들게 만들 뿐이다. 자신이 성유화의 인연이 아니라면, 성유화의 남자가 될 마음이 없다면, 떠나주는 것이 옳은 행동이었다.

"형님, 성가장에서 지금의 제 위치는 너무 애매합니다. 고작 글 선생에게 너무 무게중심이 쏠려 있어요. 이대로 시간이 지난다면…… 성 가주도 힘들어지게 될 겁니다."

"아우가 유화의 곁을 지켜주면 되지 않겠나."

"형님, 바로 그런 마음들이 문제가 되는 겁니다. 성 가주나, 이 장주나, 저 모두에게 말이지요."

"……"

성무달이 알 듯 말 듯한 표정을 지었다.

서문영이 성유화의 남자가 되어 준다면 고민거리는 없을 것이다. 성가장의 미래도 보장이 된다.

하지만 성유화에게는 하필 이주성이라는 남자가 있다. 그럼에도 불구하고 적지 않은 사람들이 이주성을 못마땅해 하기 때문에, 서문영이 떠나려고 하는 것일 게다.

성무달은 저도 모르게 중얼거렸다.

"유화가 너무 성급했어……."

"……"

서문영은 못들은 척했다.

성유화에게 남자가 없었다면 지금 같은 고민이 없었을지도 모른다. 하지만 그렇다고 해도 문제가 사라지는 것은 아니다.

"유화에게 작별 인사는 해야지?"

끝나지 않은 이야기

"예, 지금 가주를 만나보고 떠날 생각입니다."

"그건 안 되네. 늦었으니 떠나더라도 내일 아침에 떠나게. 보내는 사람의 마음도 생각해 줘야지."

"……."

잠시 생각하던 서문영은 고집을 부리지 않고 선선히 고개를 끄덕였다. 마음 같아서는 당장이라도 성가장을 나서고 싶었다. 하지만 성무달의 말마따나 갑작스럽게 떠나보내는 사람의 마음도 헤아려 줘야 했다.

게다가 시간상 성가장을 나가자마자 객점부터 찾아야 할 판이니, 아침에 출발하는 게 여러모로 나았다.

"하하! 잘 생각했네. 잠시 앉아 있게. 오늘 밤은 이 우형(愚兄)과 함께 코가 삐뚤어지도록 술을 마셔보자고."

"그럴까요?"

서문영이 봇짐을 한쪽으로 치웠다.

"잠시만 기다리게. 내가 나가서 술상을 준비시키고 오겠네. 가는 김에 유화도 불러올 테니 자연스럽게 인사를 하게나."

"그래 주시면 감사하겠습니다."

"어허! 감사는 무슨! 형제간에 그런 겉치레는 피하자고."

성무달이 소란스럽게 돌아나갔다.

방 안이 고요해졌다. 방금 전까지의 떠들썩함이 믿어지지 않을 정도였다.

순간 서문영의 입에서 한숨이 길게 흘러나왔다.

성가장의 식솔들과 함께 있으면 사람 사는 느낌이 났다. 이렇게 푸근한 곳을 두고 다시 비정한 강호로 나가야 한다고 생각하니 씁쓰름했다.

성무달은 주방과 안채를 뛰어다니며 작은 송별회의 진두지휘를 했다. 총관 석장원이 출타중이어서 모든 것을 성무달이 직접 지시할 수밖에 없었다. 그래도 성무달은 서문영과 성유화를 위한 자리를 제안한 사람이 자신인 까닭에 군소리 없이 뛰어다녔다.
그래도 급하게 준비한 술상치고는 화려했다. 오늘날 성가장의 위상을 말해 주듯 수십 가지의 요리가 차려졌다.
강소성의 명주(名酒)라고 하는 것들까지 종류별로 한 항아리씩 사무정으로 들어왔다. 가뜩이나 좁은 사무정의 마당은 술항아리로 발 디딜 틈도 없었다. 성무달이 작정을 하고 벌인 일이니 당연한 결과인지도 모른다.
마침내 서문영과 성유화, 성무달이 푸짐한 요리와 미주(美酒)를 사이에 두고 마주 앉았다.
세 사람 모두 처음에는 묵묵히 요리와 술을 마실 뿐이었다.
서문영은 결과적으로 자신의 애매한 처사가 소란의 원인이 된 것 같아서 침묵했다.
만약 자신이 성유화를 향해 티끌만큼의 감정도 가지지 않았다면, 이런 일들은 벌어지지 않았을지도 모른다. 모든 것은 자신이 성유화에 대한 감정과 태도를 불분명하게 한 탓이다. 그래서 열혈남아 이주성이 분개한 것이리라.

그런 미온적인 감정은 마지막 술상을 함께하고 있는 이 순간에도 여전했다. 하지만 그게 전부다. 기분 좋은 설렘은 있지만, 성유화를 향해서는 독고휘만큼의 단호한 결심이 서질 않았다. 성유화의 곁에 이주성이 없었다 해도, 그것은 변하지 않았을 것이다.

'평생 성유화와 성가장은 아련한 추억으로 기억 되겠지……'
서문영이 씁쓰름한 미소와 함께 술잔을 비웠다.

한편 성유화는 성유화 대로 이주성이 벌인 일 때문에 좀처럼 입을 열지 못했다.

조금 전까지만 해도 뭐가 뭔지 모를 정도로 혼란스러웠다. 하지만 성무달에게 서문영이 떠난다는 말을 전해 듣는 순간, 거짓말처럼 마음이 정리되었다. 더불어 자신이 지난 두 달 동안 왜 이주성을 피했는지도 알게 되었다.

'모두 내 잘못이야……'
자신의 마음이 흔들리지 않았다면, 서문영과 이주성 사이에 아무 일도 일어나지 않았을 것이다. 지난 두 달 동안은, 이주성보다 서문영을 더 가까이했다. 이주성이 그걸 느끼지 못했을 리가 없다. 하지만 그런 이주성을 도리어 두들겨 패기까지 했다.

성유화가 한숨과 함께 술잔을 들이켰다.

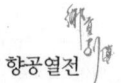
향공열전

"하아."

뜨거운 한숨이 흘러나왔다.

성가장의 은인인 서문영에게는 그런 봉변을 당하게 해서 미안했고, 이주성에게는 정을 나눈 만큼의 의리를 지키지 못해서 미안했다.

자신의 변덕으로 서문영은 성가장을 떠나게 된 것이나 마찬가지다. 아마 이주성도 치를 떨며 자신을 떠나갈 것이다.

성유화가 자신의 잔을 채우기 위해 술병으로 손을 뻗어갔다. 순간 서문영이 술병을 먼저 집어 들었다. 그리고 성유화의 잔을 채웠다.

"성가장에서 제게 보여주신 호의(好意)는 잊지 못할 겁니다."

마침내 서문영이 말문을 열었다. 그것은 분명히 성가장을 떠나겠다는 뜻이 담긴 말이었다.

성유화가 웃으며 고개를 끄덕였다. 긴 세월 살아가다 보면 손님으로 만나는 날은 있을지언정 가족으로는 지금이 마지막이 될 터였다. 섭섭함으로 눈시울은 붉게 달아올라 있었지만, 성유화는 끝까지 웃음을 잃지 않았다.

성무달이 술잔을 불쑥 내밀었다.

"아우, 나도 한 잔 줘봐."

"예."

서문영이 성무달의 잔을 가득 채웠다. 성무달은 단숨에 술잔을 비웠다.

"한 잔 더."

"……."

서문영이 다시 잔을 채워 주자, 성무달은 다시 잔을 비웠다. 연달아 석 잔의 술을 마신 뒤에 성무달이 웃으며 말했다.

"푸하하! 감히 검공 서문영에게 술을 세 번이나 따르라고 말할 수 있는 사람은 나밖에 없을 거야! 아우! 넓은 세상으로 가! 나가서 성가장 사람들의 근성을 보여주라고! 단심맹이건 천명회건, 아우 앞에서 어깨에 힘주고 껄떡거리는 것들은 다 때려 부숴! 우리는 자존심 하나 지키면서 살아 보려고 무공을 배운 거잖아! 안 그래? 조직이고 권위고 다 개나 주라고 그래!"

"예! 형님 말씀대로 하겠습니다!"

서문영은 성무달의 말에 깨달아지는 것이 있었다. 처음 성가장에서 무공 입문할 때의 마음가짐을 기억해낸 것이다. 자신이 무공을 배운 것은 성무달의 말마따나 서생으로 갈고 닦은 고고한 자존심 하나를 지키기 위해서였다.

답답하던 마음이 조금은 후련해졌다.

지금이야 이런저런 일로 책임이 막중해져 있다고 해도, 근본적으로 자신이 무림에 투신한 것은 그런 이유에서다. 불의한 권력이나 무력 앞에 머리를 굽히지 않고 사는 것 말이다. 돌이켜 보면 관직을 버리기로 작정한 것도 그런 이유에서였다.

두 사람이 제법 씩씩하게 대화하는 동안 성유화가 살짝 고

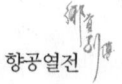

개를 돌렸다. 그리고 옷깃으로 재빨리 눈가를 찍어 고인 눈물을 닦아냈다. 더 이상 눈물이 묻어 나오지 않자, 다시 아무 일도 없었다는 듯 웃으며 고개를 돌렸다.

순간 성유화의 얼굴이 붉게 달아올랐다. 자기들끼리 신이 나서 떠드는 줄 알았는데, 성무달과 서문영이 자신을 멀뚱멀뚱 바라보고 있었던 것이다.

"성무십결의 부작용이에요. 아직 대성을 하지 못해서, 작은 일에도 민감하고, 감정을 잘 추스르질 못해요. 아시잖아요."

성유화의 변명에 서문영이 웃으며 말했다.

"구단공에 드시면 지나간 일들은 다 아름다운 과거로 기억될 겁니다."

"아우, 성무십결의 구단공에 들면 감정이 사라지게 되는 건가?"

성무달의 얼굴에는 호기심이 가득했다. 자신도 익히고 있는 성무십결이니 부작용의 치료과정이 궁금한 것이다.

"감정이 사라진다기보다는 늘 평상심(平常心)을 유지할 수 있게 되는 거지요. 불문(佛門)의 선승(禪僧)들처럼 말입니다."

"그런데 왜 유화만 부작용에 시달리고 있는 건가? 다른 제자들은 아무 이상 없이 성무십결을 익히고 있는데…… 아우도 알겠지만, 돌아가신 백부님(성일권)만 해도 유화처럼 저런 증상은 없었지 않은가?"

"그래요. 왜 저만 이러죠?"

성유화가 서문영을 물끄러미 바라보았다.

"그건 아마도…… 성 가주님의 재능이 남달라서 그런 것 같습니다. 성무십결은 보통 사람들이 익히기에는 너무 난해한 무공입니다."

서문영은 엉터리라는 말을 난해하다는 말로 바꿔서 말했다. 성무십결이 엉터리인지 아닌지는 그것을 대성한 자신도 확신할 수 없었기 때문이다.

예컨대 지금 자신의 무공은 성무십결이 전부라고 해도 과언이 아니다. 그러니 성무십결이 엉터리라고 할 수는 없지 않은가? 하지만 무공의 면면을 보면 거의 철학적인 사색에서 출발한 상상의 무공이었다.

주역(周易)을 피터지게 공부해야 겨우 이해가 가는 구결과 초식이라면 알만하지 않은가!

이런 기괴한 무공을 여러 사람들이 모여서 공동으로 창안했다는 이야기도 믿어지지 않았다.

어쩌다가 그런 사람 하나가 찾아왔다면 납득할 수도 있다. 하지만 그런 괴짜들이 성가장에 모여서 성무십결과 같은 형이상학적(形而上學的)인 무공을 창안했다니?

서문영이 머리를 설레설레 흔들었다.

믿을 수도 없고, 믿지 않을 수도 없는 기이한 이야기다. 마치 자신이 구마선사를 만나 법륜(法輪)을 전수 받은 것처럼 말이다.

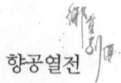

"다른 분들은 성무십결의 진의(眞意)를 떠나 외형(外形)만을 익히는데…… 성 가주께서는 나름대로 해석한 성무십결의 또 다른 세계로 들어가신 것 같습니다."

"그럼, 제가 잘못 익히는 바람에 부작용이 생긴 거라는 뜻인가요?"

성유화가 진지한 얼굴로 물었다. 성가장의 주인이 성무십결을 잘못 익혔다면 큰 문제이니 근심이 되지 않을 수 없는 것이다.

"제가 경험한 성무십결은 유사점과 차이점이 상존하는 기공이었습니다."

"유사점과 차이점요?"

"그렇습니다. 예를 들자면 제가 펼치는 일단공과 성 가주께서 펼치는 일단공은 같지만 다릅니다. 그건 단지 무공의 경지가 달라서 생기는 문제가 아닙니다. 성 가주님과 저는 같지만 다른 길을 가고 있습니다. 아마도 성 가주님과 다른 문도들 역시 비슷하지만 조금씩 다른 길을 가고 있을 것입니다. 그것은 서로의 생각과 깨달음이 다르기 때문일 수도 있고, 근본적으로 성무십결이 그렇게 만들어졌기 때문일 수도 있습니다."

"그렇게 만들어지다니요?"

"제 느낌이지만 성무십결의 발현은 각 개인의 삶의 방식과 깨달음에 좌우되는 것 같았습니다."

"아!"

성유화가 고개를 끄덕였다. 뒤늦게 서문영이 하고자 하는 말을 알아들었던 것이다. 서문영과 자신의 무공이 달랐듯 자신과 문도들의 무공에도 차이가 있었다.

단지 자신이 팔단공에 들어서가 아니다. 자신이 일단공에 머물러 있을 때도, 제자들과는 달랐다. 경지가 높아질수록 그 차이는 심해져서, 가끔씩은 '서로 다른 무공을 익히고 있는 건 아닐까?' 하는 생각이 들 정도였다.

"그건 그래. 나도 오단공이지만, 유화의 오단공과는 어딘지 모르게 다른 느낌이거든. 대체 우리 성가장은 어떤 무공을 익히고 있는 거지?"

성무달이 술잔을 내려놓으며 투덜거렸다. 사람마다 무공의 성취가 다른 것은 당연한 것인지도 모른다. 하지만 성무십결의 경우는 그게 좀 심했다.

"짜깁기가 너무 심해서 그런 건가?"

성무달의 자조적인 푸념에 성유화가 웃으며 말했다.

"오라버니, 천하에 다른 무공의 영향을 받지 않은 것은 없답니다. 모든 것은 서로에게 어느 정도 영향을 주기 마련이에요."

"성 가주님의 말씀대로입니다. 성무십결은 무학의 좋은 점들만 모아 놓은 것이라, 부정적으로 보면 흉내 내기고, 긍정적으로 보면 현존하는 최고의 무공이지요. 물론 성무십결을 제대로 연성해냈을 때의 이야기입니다만……."

성무달이 화들짝 놀란 눈으로 서문영을 바라보았다. 서문영

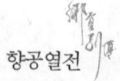

과 같은 고수가 극찬을 하니 믿어지지 않았던 것이다.

게다가 서문영은 성무십결의 초라한 탄생비화까지 알고 있다. 그런 서문영이 성무십결을 현존하는 최고의 무공이라고 말하다니!

"아우, 성무십결이 정말 최고의 무공이라고 생각하나?"

"그럼요. 최고라는 말도 부족합니다."

"……"

성무달은 자신이 알고 있는 성무십결을 곰곰 생각해 보았다. 하지만 아무리 생각해도 어떤 점이 대단하다는 것인지 알 수가 없었다. 성무십결의 구결들은 정말 무공에 좋은 말만 간추려 모아 놓은 것이었다.

언젠가 비도문에서 성무십결의 구결을 훔치기 위해서 거액의 돈으로 제자를 빼간 적이 있다. 제자의 입에서 나온 구결을 다 기록한 뒤에 비도문의 문주가 한 말이 있다.

"이런 제길! 죄다 어디선가 한 번쯤 들어본 것들이구면!"

물론 간간이 전혀 새로운 이야기들도 있었을 것이다. 하지만 기본적으로 성무십결은 무림계에 두루 통용되는 구결들로 가득했다. 게다가 새로운 이야기라고 할 만한 것도, 그것만 따로 뽑아서는 그다지 특별한 점이 없는, 두루뭉술한 표현이 대부분이었다.

그런 성무십결을 강소성 최고의 고수로 알려진 검공 서문영이 최고라 말하고 있는 것이다. 물론 서문영이 성무십결로 강소성 최고수가 되기는 했지만 말이다.

그런 성무달의 마음을 알았던지 서문영이 한 마디 던졌다.

"널리 알려진 것이 가장 안전한 길이지요."

"맞아, 맞아!"

이쯤에서는 성무달도 더 이상 토를 달지 않았다. 성무십결이 그냥저냥 무난한 무공이라는 데에는 전적으로 동의할 수 있었던 것이다.

"그런데 어째서 유화만 부작용에 시달리는 거야? 그 안전한 길을 다 같이 가고 있는데."

성무달이 취기가 오른 눈으로 서문영을 바라보았다. 아까 서문영이 뭐라고 말한 기억이 나는데, 정확하게 그 의미를 파악하지 못했기에 다시 묻고 있는 것이다.

"한 마디로 말하자면, 성 가주께서는 일종의 금제(禁制)에 걸린 것 같습니다. 뜻하지 않게 성무십결의 오의(奧義)에 도달한 대가라고 할 수 있지요."

"금제? 그런 게 있었나?"

"요즘 들어 느끼는 것이지만, 성무십결에는 의도적인 결함이 곳곳에 있습니다. 그것이 절세신공인 성무십결을 짜깁기 삼류무공으로 착각하게 만들기도 하지요."

구마선사에게 법륜(法輪)을 전수 받은 이후로 서문영은 조금씩 변하고 있었다. 정신적으로 더 성숙해진 것은 물론, 눈에 보이는 현상 너머의 실체까지 들여다볼 수 있었다.

마치 구마선사가 유마경에 '무상(無常)의 법'을 담아 놓았던 것처럼, 성무십결의 창시자는 그 속에 도리어 금제를 담아 둔 것 같았다.

"바로 그런 성무십결의 불완전함이 의외의 부작용을 불러일으킨 것입니다. 전대 가주께서 '구단공에 들면 부작용이 사라질 것이다'라고 하신 것으로 보아, 그런 성무십결의 부작용에 대한 주의를 시조(始祖)께 전해 들으신 것 같습니다."

서문영은 성무십결의 제작과 전승에 관해 알려지지 않은 사연이 많을 거라고 생각했다.

성일권은 평생 오단공의 문턱을 넘지 못한 사람이기 때문이다. 오단공에 머문 사람이 어찌 경험하지도 못한 구단공의 세계에 대해서 알 수 있단 말인가?

"사실 허황되어 보이는 성무십결의 구결로 팔단공까지 든 성 가주께서 대단한 겁니다. 무공의 창시자가 평범함과 불완전함 속에 무공의 진체(眞體)를 꼭꼭 숨겨 두었는데, 성 가주께서 그 감추어진 오의에 도달하셨으니 말입니다."

"오오!"

성무달이 새삼스러운 눈으로 성유화를 바라보았다. 성무십결에 그런 비밀이 숨겨져 있을 줄이야!

서문영의 말을 듣고 나니 성무십결이 새삼 대단하게 생각되었다. 그리고 그런 절세의 기공을 홀로 팔단공까지 터득한 성유화도 존경스러웠다. 하지만 성유화는 그런 대단한 무공을 팔단공까지 터득하고도 그다지 기쁜 표정이 아니었다.

'아무래도 잠시 자리를 피해 줘야 할 것 같군.'

성무달은 성유화와 서문영이 따로 해야 할 이야기가 있을 것으로 생각했다. 성유화의 시름 가득한 얼굴을 보고 있자니 그런 생각은 확신으로 굳어졌다.

아닌 척했지만 서문영을 향한 성유화의 감정이 제법 깊었던 모양이다. 그게 단순한 친밀감이든 애정이든 간에 말이다.

그런 성유화를 보고 있자니 갑자기 이주성의 얼굴이 떠올랐다. 서문영과 이주성을 비교하던 성무달은 "쯧쯧!" 하며 혀를 차고 말았다.

사람의 인연은 알다가도 모를 일이 아닌가 말이다. 검공 서문영과 한솥밥을 먹던 성유화가 하필 이주성과 같은 놈팽이를 선택하다니!

"아우, 난 잠시 하던 일을 마무리하고 오겠네. 그리 오래 걸리지는 않을 걸세. 유화와 대작(對酌)을 하고 있게나."

말과 함께 성무달이 자리에서 일어났다. 그리고 서문영이나 성유화가 잡을까 봐 뒤도 돌아보지 않고 방을 나섰다.

남겨진 서문영과 성유화는 한동안 말없이 잔을 비우고, 아직은 따스한 음식을 먹는데 열중했다. 두 사람 모두 그렇게라도 하지 않으면 왠지 어색했던 것이다.

결국 먼저 말을 건넨 사람은 성유화였다.

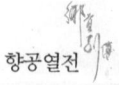
향공열전

라고 하는 말이 서 대협처럼 잘 어울리는 사람도 없다고 생각했어요. 서 대협은 하루가 다르게 발전했으니까요. 그러다가 현천문과의 싸움에서 서 대협의 무공을 목격했을 때는…… 정말 믿어지지 않았답니다."

"……."

"제가 팔단공에 들 수 있었던 것도 실은 서 대협 덕분이에요. 서 대협을 생각하면서 늘 각오를 새롭게 다지곤 했으니까요. '먼저 배운 나는 뭔가?' 하는 마음의 채찍질 같은 거랄까……."

"……."

서문영은 아무런 말도 할 수 없었다.

자신은 늘 성유화의 재능에 감탄했고, 종종 부러워하기도 했다. 만약 유마경과의 인연이 없었다면, 그것은 지금도 마찬가지였을 것이다.

솔직히 자신이 성무십결을 대성할 수 있었던 것은 유마경 덕분이다. 그러나 성유화는 순수하게 자신의 노력만으로 엉터리 같은 무공을 팔단공까지 터득했다. 성유화의 무재(武才)가 얼마나 뛰어난지 알만하지 않은가!

"그러면서도 서 대협에게는 글 선생, 중매쟁이 이상의 의미를 부여하지 않았어요. 서 대협에게 제가 어떻게 대해야 하는지 알 수가 없었거든요. 서 대협을 모시고 온 아버지는 돌아가시고…… 성가장의 가주라는 막중한 책임을 떠맡게 된 상태에서…… 정말 뭘 어떻게 해야 할지 모르겠더라고요."

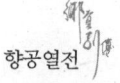

향공열전

"서 대협, 오늘 아침에 있었던 이 장주님의 결례를 용서해 주세요. 평소 생각이 깊으신 분인데…… 저 때문에 실수를 하신 것 같아요."

"괜찮습니다. 마음에 두지 마세요."

"사람의 선입견은 무서운 것 같아요."

"……."

서문영은 조용히 성유화의 다음 말을 기다렸다. 무슨 말을 하려고 저런 식으로 운을 떼는지 알 수 없었던 것이다.

"처음 선친(先親)께서 서 대협을 모시고 왔을 때가 기억나네요. 글 선생이라고 소개를 하는데…… 그날 제 눈에는 서 대협이 어리숙한 무림인의 등이나 처먹으려는 고약한 사람으로 보였거든요."

"하하!"

서문영의 얼굴에 부드러운 미소가 감돌았다. 성유화를 처음 만나던 날이 떠올랐다. 그때의 성유화는 자신감으로 똘똘 뭉친 여장부였다.

"그 뒤로도 서 대협에 대한 인식은 크게 변하지 않았어요. 중매를 선다는 구실로 쓸데없는 일을 벌이고 다니는 것 같았죠. 서 대협이 무공을 배운다고 할 때는 '어디까지 버티나 보자'는 생각이 더 컸어요. 그런데 서 대협은 포기하지 않았죠. 대장간을 드나들며 자신의 검을 만들고, 개방의 기인에게 괴롭힘을 당하면서도 무공에 매달렸어요. 일취월장(日就月將)이 과거를 떠올리던 성유화가 나직이 한숨을 내쉬었다. 서문영에게 글 선생 이상의 의미를 부여하지 않으려고 한 것에는 자신의 혼란한 감정도 한몫 했다. 서문영에게 기울어지는 마음을 다잡으려고 애써 거리를 두었던 것이다.

그때는 정말 그랬다. 타인에게 의지하려는 마음을 추하고 어리석은 것이라 믿었다. 그래서 쓰러져 가는 이가장의 장주 이주성에게는 쉽게 마음이 열렸다.

이주성에게는 의지하지 않아도 되니까. 아니 오히려 이주성은 의지할 사람이 필요한 사람이니까.

"서 대협께서 서가장으로 떠나시고 나서, 굉장히 어려웠어요. 강소성의 좀 유명하다 하는 문파들은 전부 우리에게 적대적이었으니까요. 그들은 성가장을 그대로 두면 현천문처럼 패도적인 길로 빠져들 거라고 생각했던 것 같아요. 아니, 무천관과 비도문의 입김이 작용했는지도 모르죠. 그들은 시도 때도 없이 성가장을 음해했으니까요."

성유화는 잠시 숨을 돌렸다.

서문영은 묵묵히 잔을 기울이며 다음 이야기를 기다렸다.

"그때 서 대협이 군문에 들어가셨다는 소식을 들었어요. 앞이 캄캄하더군요. 절망 속에서 버둥거리고 있을 때, 제 옆에 다가온 사람이 이가장주였어요. 이가장주와 한 달, 두 달 지내다 보니 저도 모르게 마음이 열리더군요. 이가장주와는 통하는 부분이 많았어요. 그분도 현천문과의 싸움에서 부친을 잃었고, 이가장을 떠맡은 상황이었거든요."

서문영은 이해한다는 듯 고개를 끄덕였다. 비록 이주성의 이야기를 하는 동안 성유화의 얼굴에 후회와 연민이 가득했지만 말이다.

"저의 인생에 가장 큰 영향을 주고 있는 사람은 서 대협이에요. 그건 부인할 수 없죠. 하지만 서 대협에게 의지하고 싶지 않았어요. 다른 사람에게 도움을 주면 줬지 받으며 살고 싶지는 않았거든요. 그때는…… 그런 게 좋아하는 마음과는 아무 관계가 없다는 걸 몰랐어요. 지금의 이 장주님과 만나면서 겨우 그걸 깨닫게 되었죠. 만약 우리가 의지하는 마음과 베풀어 주는 마음으로 사랑하고 있다면…… 그거야말로 끔찍한 일이 아니겠어요?"

"좋은 말씀이십니다."

"……."

서문영의 동조에 잠시 침묵하던 성유화가 갑자기 물었다.

"서 대협께서는 어떤 마음이셨나요?"

"……."

서문영은 선뜻 답하지 못했다. '어떤 마음'이 정확히 무엇을 가리키는 것인지를 성유화가 말하지 않았기 때문이다.

성유화 자신을 향한 마음인지, 아니면 사랑에 대한 개인적인 견해를 묻는 것인지, 아직까지는 확실치 않았다.

"어떤 마음이라는 말은 무엇에 대한……."

서문영의 말은 채 이어지지 않았다.

요란한 발소리와 함께 방문이 덜컥 열렸기 때문이다.

한달음에 달려와 방문을 연 사람은 일을 마무리하겠다며 나갔던 성무달이었다.

성무달이 탁자 위에 붉은 배첩을 툭 내던지며 말했다.

"잠잠하던 현천문에서 일을 냈다. 설지(雪智)가 납치됐어. 그 미친놈들이……."

"예? 현천문이 언니를 납치했다고요? 그리고 이건 뭐죠?"

성유화가 배첩을 가리켜 보였다.

성무달이 자리에 털썩 주저앉으며 답했다.

"동행했던 여제자의 말을 들으니 무환(武環)이가 보고 싶다고 해서 함께 개선사(開善寺)에 갔다더군."

"아!"

성유화의 입에서 탄식이 흘러나왔다.

성무환은 성유화의 사촌오빠로 본래 성가장의 후계자였다. 하지만 과거 현천문과의 첫 번째 싸움이 일어났을 때, 화과산(花果山)에서 부친인 성일권과 함께 사망했다. 설지가 아직도 죽은 오빠를 잊지 못해 개선사에 갔다고 하니 안쓰러웠던 것이다.

"휴! 설지는 무환이의 위패 앞에서 한참 동안 멍하니 서 있기만 했는데. 그리고 돌아오던 길에 손인보(孫隣保)를 만난 거지. 설지가 인단의 여제자 둘을 데리고 갔지만, 그놈 하나를 당해

내지 못하고…… 결국 여제자 둘만 돌아오게 된 거야. 그 빌어먹을 배첩을 가지고 말이지."

성유화가 이를 갈며 배첩을 펼쳤다.

현천문과 성가장의 화해와 협력을 위해 삼자(三子) 손인보와 설지를 혼인시키고자 합니다.
성가장의 가주께서 직접 내왕(來往)해 주신다면 좋은 날을 잡아 혼례를 치르도록 하겠습니다.

현천문주 손만호(孫滿瑚) 배상(拜上)

"미친놈들!"

성유화가 배첩을 와락 구기며 소리쳤다.

정인(情人)을 잊지 못해 괴로워하고 있는 설지를 납치해 강제로 혼인시키려 하다니! 그것도 설지의 정인이자 오빠인 성무환을 죽인 장본인들이…….

서문영이 서탁 위에 내팽겨 쳐진 배첩을 집어 들었다.

배첩을 읽는 서문영의 표정이 어둡게 가라앉았다. 허인보 아니, 손인보와의 오래된 악연(惡緣)이 떠오른 것이다.

손인보는 자신과 함께 무공을 배우고, 일을 하고, 술을 마시던 친우(親友)였다. 하지만 손인보와의 우정은 현천문과의 싸움에서 끝이 났다. 결정적인 순간 손인보는 자신에게 암수를 쓴 뒤에 스스로 현천문주의 아들임을 밝혔다.

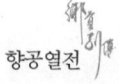
향공열전

떠나기 전 그가 남긴 말이 어제의 일처럼 생생했다.

"나라고 그를 해치고 싶어 해쳤겠습니까? 그와 나의 길이 너무 달라서 어쩔 수 없이 손을 쓴 것뿐입니다. 상대의 목숨을 취하고자 하는 싸움에 정도(正道)가 어디 있고 사도(邪道)가 어디 있단 말입니까? 그저 그에게 운이 없었다고 생각하십시오."

한숨을 내쉬던 서문영이 중얼거렸다.
"손인보가 설 단주님을 연모한다고 하더니…… 그 말이 영 거짓은 아니었던 모양입니다. 아무리 그래도 이렇게 사람을 납치하다니…… 쯧!"
겉으로 화해와 협력을 내세웠지만 설지를 납치했다. 강제적인 혼인을 빙자해 성가장에 도전장을 보낸 셈이다. 현천문은 오랫동안 강소성의 패자로 군림했었다.
그런 현천문이 지난 몇 년간 너무 잠잠했다. 이제 현천문에 적대적이던 십대무가가 해체되고, 새로 등장한 오대무가마저 유명무실해지자, 그 틈에 슬쩍 성가장을 건드려 보는 것이리라.
성무달이 서문영에게 시선을 돌렸다.
"아우, 자네는 어떻게 할 생각인가?"
"어떻게 하다니요? 우리가 어디 남입니까? 그들이 와달라고 먼저 배첩을 보냈으니, 초대에 응해야지요. 형님은 안 가실 생각이었습니까?"

끝나지 않은 이야기

성무달의 얼굴이 환하게 밝아졌다. 검공 서문영과 함께라면 염라대왕 앞이라고 해도 겁날 게 없었다. 오대무가를 모두 동원하여 가는 것보다, 서문영 하나가 더 든든하지 않은가!

"하하! 내가 언제 안 간다고 했나? 가야지! 암! 가서 그 빌어먹을 놈들의 뼈마디를 쓰다듬어 줘야지! 그래야 하고말고!"

"그럼, 내일 아침에 출발하는 것으로 하겠어요. 서 대협, 괜찮겠어요?"

성유화가 굳은 얼굴로 서문영을 바라보았다. 예전과 달리 오대무가와 사이가 좋지 않은 터라 서문영의 도움이 절실했다. 하지만 서문영이 먼저 성가장을 떠나겠다는 의사를 밝힌 뒤에 일어난 일이라, 묻지 않을 수도 없었다.

"예, 현천문을 들러서 가도 문제될 것은 없습니다. 무엇보다 설 사부의 안위(安危)가 우선이지요."

서문영은 과거 설지에게 무공을 사사 받았기에 사부라고 했다. 물론 설지에게는 구박을 받은 기억밖에 없지만 말이다.

"감사해요. 서 대협의 은혜는 평생 잊지 않겠습니다."

성유화가 머리를 숙여 보였다.

"어이쿠! 별말씀을요. 저도 성가장의 문도이니 당연히 해야 할 일입니다."

서문영이 마주 머리를 조아렸다.

얼떨결에 시작된 서문영의 송별회는 그렇게 끝이 났다.

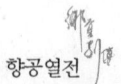

향공열전

제5장

호랑이 없는 곳에

 강소성의 최북단에 있는 운합산(云合山)은 현천문의 본산(本山)으로 더 알려져 있었다. 강소성에 많은 무관이 있지만 현천문만큼 인상적이지는 않다. 성가장이 최근에 유명해지기는 했지만 현천문에 비할 정도는 아니다.

 현천문이 강소성 무림인들 사이에 독보적인 존재로 인식되고 있는 것은 그들이 지독하리만치 강한데 원인이 있다.

 십대문파를 제외하고, 문파 단독으로 현천문만큼 압도적인 무위(武威)를 보여준 무관(武官)은 아직 없었다. 그래서 현천문은 더욱 두려움과 호기심의 대상으로 사람들의 입에 오르내렸다.

늦은 밤, 그 현천문의 심처에 일남일녀가 마주 앉아 대화를 나누고 있었다. 현천문주의 아들 손인보와 그에게 납치를 당해 끌려온 설지였다.

손인보가 설지의 눈치를 살피며 말했다.
"설 소저, 강소성에서 현천문의 행사를 막을 수 있는 문파는 없습니다. 우리의 혼사는 원하든 원하지 않든 이루어질 것입니다. 그러니 괜한 마음고생하지 말고 나를 받아들이도록 하십시오. 아닌 말로 현천문에서 점찍어 놓은 소저를…… 어느 남자가 감히 신부로 맞아들이겠습니까?"
"혼인을 협박으로 하려고 하다니…… 당신이 그 정도로 치졸한 남자인 줄 몰랐군요. 세상에 당신과 같은 사람들만 있다면, 얼마나 절망적이겠어요? 그러나…… 당신이 알지 못하는 것이 하나 있네요. 강소성에서 현천문의 행사를 막을 문파가 없다고 했나요? 두고 보면 알게 될 테니 긴말은 하지 않겠어요. 무슨 말을 해도 내 마음은 변하지 않으니 그만 돌아가세요."
"혹시 성가장을 믿고 버티시는 겁니까?"
"그래요. 당신은 성가장이 두렵지 않은가요?"
"하하! 현천문에서 성가장을 두려워 할 이유가 있습니까? 알고 계시겠지만, 우리는 이미 십대무가까지 물리친 적이 있습니다. 그것도 두 번씩이나요. 정말 성가장이 현천문의 상대가 된다고 생각하십니까?"

"흥! 당신이 기고만장(氣高萬丈)한 것도 검공을 만나기 전까지예요."

"후후! 설 소저, 나는 검공 서문영과 검을 맞대본 사람입니다. 그의 검이 어떠한지는 내가 더 잘 압니다. 그에게 지난 삼 년간 검술의 진보가 있었다고 칩시다. 그동안 나는 놀고 지냈겠습니까? 오늘날 강소성에 '검공이 천하제일이다' 라는 소문이 떠돌고 있는 모양인데…… 호랑이 없는 곳에 여우가 왕 노릇 하고 있는 것에 불과합니다."

"누가 여우인지는 곧 알게 되겠지요. 그때가 되면 당신은 검공을 배신한 것에 대해서도 대가를 치러야 할 거예요."

손인보가 복잡한 눈으로 설지를 바라보았다. 성가장과 검공에 대한 터무니없을 정도로 확고한 저 믿음은 대체 뭐란 말인가?

"설 소저, 혹시 서문영을 좋아하십니까?"

"당신은 나를 개선사의 앞에서 잡아 놓고도 그런 질문을 하나요?"

손인보가 멋쩍은 미소를 지어 보였다.

신경이 곤두서다 보니 하지 않아도 될 실수를 했다. 개선사에 갔던 설지를 납치하고도 어리석은 질문을 했으니 말이다. 설지가 개선사를 드나드는 이유는 정혼자였던 성무환의 위패를 보기 위해서가 아닌가 말이다!

"끙! 소저가 서문영에게 마음이 없다니 그나마 다행이군요.

죽은 사람의 일은 그만 잊으십시오. 산사람은 살아야 하지 않겠습니까? 강소성에서 현천문은 강호에서 십대문파와 같은 위치입니다. 오직 저만이 설 소저를 행복하게 만들어 드릴 수 있습니다."

"당신네 현천문에서 내 정혼자를 죽이지만 않았어도 난 행복하게 살았을 거예요. 말도 안 되는 소리 그만하고 나가 주세요."

"……"

거듭된 축객령에 손인보가 자리에서 일어섰다.

아쉬움이 가득한 표정이었지만 손인보는 서두르지 않았다. 어차피 손안에 든 사람이라는 믿음으로 한껏 여유를 부리고 있는 것이다. 물론 마음의 여유보다 육체의 갈망이 더 강해지면 사정은 달라지겠지만, 아직은 아니었다.

"오늘은 그냥 물러가겠습니다. 하지만 내일도 오늘과 같을 거라는 생각은 하지 마시길……. 죽은 사람을 잊게 만드는 방법이란 얼마든지 있으니까……. 남자와 여자의 관계란 원래 그런 게 아니겠습니까?"

"꺼져요."

"후후, 좋은 밤 되길 바랍니다."

손인보가 조용히 빠져나갔다.

곧이어 검은색 도복(道服)을 입은 두 사람이 나타나 설지의 방문 앞에 버티고 섰다. 현천문 최고의 고수들로 알려진 현의당(玄衣堂) 제자들이었다.

손인보가 나간 뒤에도 한참 동안 설지는 분을 참지 못해 씩씩거렸다. 사람을 납치하는 것으로도 모자라 이제는 감정까지 강요를 하다니! 현천문이 정사지간이라는 것은 진작부터 알고 있었지만, 이 정도로 막 나갈 줄은 몰랐다.
"사파보다 더 나쁜 위선자 같으니!"
사람을 위하는 척 온갖 입에 발린 소리를 했지만 결국은 자신의 욕심을 채우기 위한 행동이다.
겉과 속이 이렇게까지 다르다니! 아무리 좋게 생각하려고 해도 현천문은 정사지간이 아니라 사파(邪派)다. 아니 마도(魔道)다.
설지는 침상에 늘어져 있는 휘장으로 시선을 돌렸다. 정확히는 휘장에 묶여 있는 부드럽고 질긴 천을 바라보았다.
성가장이 단독으로 현천문을 상대할 수 있을까? 아마 힘들지도 모른다. 현천문은 강소성의 십대무가가 전력을 다하고도 어쩌지 못한 문파였다. 검공의 무공이 뛰어난 것은 사실이지만 혼자서 현천문을 상대할 수는 없을 것이다.
손인보의 태도를 보니 내일이면 강제로라도 자신을 취할 모양이다. 하지만 저런 무도(無道)하고 파렴치한 자에게 몸을 허락할 마음은 추호도 없었다.
'성 오라버니, 미안해요. 나는…… 조금 더 기다려 볼래요. 그래도 되죠?'
설지가 창문으로 다가가 문을 활짝 열었다.

밤하늘의 별들이 손에 잡힐 듯 가깝게 느껴졌다.
별빛 사이로 성무환의 호방한 얼굴이 스치고 지나갔다. 성무환은 웃고 있는 것 같았다.

*　　*　　*

현천문주 손만호(孫滿瑚)가 먼발치에 앉아 있는 손인보를 슬쩍 바라보았다.
무공의 성취는 형제 중 제일인데, 심약한 게 흠이다. 미리미리 챙겨주지 않으면 제 밥그릇도 빼앗길 녀석이었다.
"혼례는 내일 올릴 것이다. 너는 신부에게 그 같은 사실을 알려 주었느냐?"
"예……."
"목소리에 힘이 없구나. 강제로 하는 혼인이라 마음에 걸리느냐?"
"아닙니다."
말과 달리 손인보의 얼굴에는 착잡함이 가득했다. 어차피 현천문과 성가장 사이에 화목한 혼인은 기대할 수 없다. 그걸 알기에 못이기는 척 따라가고 있지만 심사가 복잡했다. 그 역시 오랫동안 연모하던 설지를 강제로 취하는 것이 싫었던 것이다.
"다만, 검공 서문영의 소문이 심상치 않은데…… 지금 성가

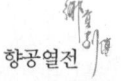

장을 건드린다는 것이 마음에 걸릴 뿐입니다."

손만호가 피식 웃으며 답했다.

"본래 무림의 소문이란 과장되기 마련이다. 너는 삼 년 전에 그와 손을 섞은 적이 있지 않느냐? 그때도 네가 우세하였다. 지난 삼 년간 네가 어떻게 수련했는지 나는 잘 알고 있다. 검공이 아무리 뛰어나다 해도 결코 너를 넘지 못할 것이다. 너는 그가 두려운 게냐?"

"그렇지 않습니다."

손인보가 오연한 표정으로 답했다. 설지를 강제로 취해야 하는 현실이 못마땅할 뿐, 검공 서문영은 두렵지 않았다.

"성가장과 오대무가가 물과 기름처럼 섞이지 못하고 있는 지금이 우리에게 가장 좋은 기회다. 욱일승천하고 있는 성가장의 기세를 꺾지 않으면…… 강소성은 성가장의 것이 될 수도 있다. 썩 내키지 않더라도 일석이조(一石二鳥)라고 생각해라."

"알고 있습니다."

"고적산인은 무당파의 최고수이기도 하지만 본래가 도인(道人)이다. 서문영과 대결할 때에 한참 후배인 서문영의 목숨까지 취할 생각은 없었을 게야. 그렇지 않고서야 고적산인이 서문영과 같은 어린아이에게 패한다는 것은 있을 수가 없는 일이지."

손만호가 잠시 말을 멈추었다. 아들에게 강조해야 할 말이 있어서다.

"너는 그래서는 안 된다. 너는 반드시 서문영을 죽일 생각으로 임해야 한다. 옛정을 생각해서 머뭇거리다가는 고적산인의 꼴이 될 수도 있음이야."

손만호는 아들이 서문영에게 살수를 쓰지 못할까 봐 염려하고 있었다.

삼 년 전에 칼을 맞은 서문영이 오늘날 보란 듯 돌아다니고 있는 것도, 아들의 마음이 독하지 못한 까닭이다. 같은 일이 또다시 반복되어서는 안 된다. 서문영과 같은 고수는 확실히 제거를 해야 뒤탈이 없는 것이다.

"그가 현천문을 찾는다면…… 반드시 죽일 것입니다."

손인보의 음성에 살기가 깃들어 있었다. 엄한 부친의 앞이라고 대충하는 말이 아니다.

설지가 저토록 당당한 것은 뒤에 서문영이 있기 때문이다. 비록 설지가 서문영에게 별다른 감정이 없다 해도, 자신의 여자가 다른 남자를 신뢰하는 것은 용납하기 힘들었다.

"좋아! 아주 좋아! 그래야 무인이지! 암!"

살짝 찌푸려졌던 손만호의 얼굴이 활짝 개였다. 손에 피를 묻히기 싫어하는 손인보가 웬일로 죽이겠다며 벼르고 있다.

그렇다면 성가장의 자랑인 검공 서문영은 이미 죽은 목숨이나 마찬가지다. 물론 현천문에 제 발로 찾아와야 하겠지만 말이다.

"그런데 성가장에서 올 것 같으냐?"

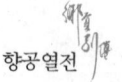

"올 것도 같고, 오지 않을 것도 같습니다."

손인보의 대답은 애매했다. 성가장과 설지의 남다른 관계를 생각하면 반드시 올 것 같았다.

그러나 오대무가의 도움을 받지 못하는 성가장이 단독으로 현천문에 온다는 것은 있을 수 없는 일이었다. 성가장이 설지 하나를 구하기 위해 멸문을 선택할 리가 없지 않은가?

"이렇게 말하면 뭐하지만, 마음 한편으로 나는 그들이 오지 않기를 바란다."

"……."

손인보는 부친의 말을 대번에 알아들었다. 만약 성가장이 단독으로 치고 들어온다면, 그들의 무력은 상상 이상일 것이다.

그런 성가장을 상대하려면 현천문도 상당한 피해를 각오해야 한다. 이율배반(二律背反)적인 마음이 들 수밖에 없다.

"하지만 결국 우리가 승리할 것입니다."

"그래, 성가장이 무너지면 오대무가도 알아서 머리를 숙이겠지……."

현천문주 손만호가 어두운 창밖으로 시선을 돌렸다. 길고 지루하던 강소성의 패권 다툼도 서서히 끝이 보이는 듯했다.

*　　　*　　　*

 이른 아침, 현천문으로 통하는 오솔길에 삼남일녀(三男一女)가 나타났다. 네 사람은 마치 유람이라도 나온 듯 주변 경치를 둘러보며 산을 올랐다.
 성유화, 서문영, 호법 송안석, 성무달이다. 네 사람 모두 움직임이 자연스러워 처음에는 사람들의 이목을 끌지 않았다.
 모처럼 만에 열리는 행사인지라 현천문으로 향하는 길에는 제법 많은 무림인들이 있었다.
 그들은 오랜 세월 현천문의 혈맹인 진천문(振天門), 상요문(像妖門), 마문(魔門)의 문도들이다. 삼문(三門)의 고수들은 오대무가와 왕래가 없어 성유화 일행을 단번에 알아보지는 못했다.
 그렇다고 해도 몇 차례 칼까지 맞댄 사이인지라, 아주 모를 수는 없다.
 삼삼오오 무리를 이루어 산을 오르던 사람들 가운데 몇몇이 고개를 갸웃거렸다. 아무래도 무리들 속에 섞여 걸어가는 저 여자와 남자들의 얼굴이 누군가와 닮았기 때문이다.
 그렇게 느낀 사람들은 황급히 주변을 휘휘 둘러보았다. 하지만 사방이 모두 동문(同門)처럼 가까운 사람들뿐이다.
 '아닌가?'
 감히 현천문의 행사에 극소수의 적들이 온다는 것은 생각할 수 없는 일인지라 사람들은 고개를 갸웃거리기만 했다. 게다

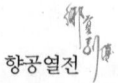

가 곳곳에 파수를 서고 있는 현천문도들이 있었다. 만약 적들의 움직임이 포착되었다면 난리가 났을 것이 분명하다.

'닮은 사람들인가 보군.'

너무 평온한 분위기에 스스로 납득하던 사람들 가운데 한 명이 지나가는 말투로 일행에게 한 마디 툭 던졌다.

"저기 나찰옥녀와 비슷하게 생긴 여자가 있구먼."

그러자 일행 중 하나가 말을 받았다.

"그 옆에 서 있는 남자는 검공과 닮은 것 같지 않은가?"

또 다른 사람이 흠칫 놀란 얼굴로 중얼거렸다.

"응? 자네들도 그렇게 생각했나? 게다가 저 늙은이는 귀영마살 아니야? 아까부터 저들이 참 많이 닮았다고 생각하고 있었는데…… 다들 별 말이 없길래."

"성가장 사람들인가? 하긴 우리 혈맹 가운데 저들과 닮은 사람들이 있다는 말은 들어본 적이 없잖아? 그렇지 않은가?"

"궁금하면 누가 가서 진짜 성가장 사람들이냐고 물어봐."

가벼운 소란과 함께 성유화 일행의 주변으로 사람들이 슬금슬금 다가왔다.

삼문의 사람들이 늘어난 만큼 수군거림도 커져갔다. 하지만 말만 많았지 감히 성유화 일행의 앞을 막아서는 사람은 없었다. 나찰옥녀와 귀영마살의 무공도 대단하지만, 무엇보다 검공 서문영을 상대할 자신이 없는 까닭이다.

오솔길이 넓어지는가 싶더니 산문이 보였다.

산문 좌우에 중무장을 한 현천문도들이 도열해 부리부리한 눈으로 사람들을 쏘아보고 있었다. 오늘의 혼례가 잔치만은 아니라는 의미다.

성유화 일행도 자연스럽게 산문을 지나 안으로 들어갔다.

현천문도들 가운데 가벼운 동요가 일었다. 하지만 그들 역시 닮은꼴인지 성가장의 핵심 인물들인지 미처 확인을 하지 못한 터라 제지하지 않았다.

다만 몇 사람이 성유화 일행의 뒤를 따라 안쪽으로 이동했다. 건물 안으로 들어가려면 먼저 방명록을 작성해야 하는데, 그때 확인할 생각인 것 같았다.

만약 성가장과 오대무가의 인물들이 우르르 몰려왔다면 벌써 활을 쏘고, 쇠뇌를 날렸을 것이다.

그러나 네 사람이 마치 손님들처럼 태연자약(泰然自若)하게 다가온지라, 대현천문(大玄天門)이 자기 앞마당에서 호들갑을 떤다는 게 영 민망했던 것이다.

처음에는 다소 긴장해 있던 성가장 일행이지만, 이제는 그것마저도 익숙해져서인지 담담한 표정들이다.

그중에서도 서문영의 경우는 더했다. 진짜 혼인을 축하하러 온 하객처럼 얼굴에 미소까지 띠고 있었던 것이다.

서문영은 여기저기 손가락으로 가리키며 연신 탄성을 터뜨렸다. 삼 년 전에 침투했을 때는 미처 눈에 보이지도 않던 경

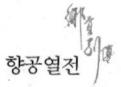
향공열전

관들이다. 그러나 오늘은 길가의 돌맹이와 잡초는 물론, 저 멀리 건물의 외벽에 깃든 세월의 흔적까지 생생했다.

산문을 통과하니 곧 거대한 공터가 나타났다.

공터의 뒤편으로 거대한 대문이 위풍당당한 모습을 드러냈다. 산문까지는 입구고, 저 대문의 안쪽이 진정한 현천문인 셈이다.

대문은 활짝 열려 있었다.

"가주님, 아무래도 방명록을 적어야 할 것 같습니다."

"……."

성유화의 얼굴에 가벼운 긴장이 스치고 지나갔다.

현천문의 정문 앞에는 무림인들로 들끓었다. 지금까지는 별다른 신원확인 없이 단지 '적의(敵意)가 없어 보인다'는 이유 하나로 무사통과했지만, 현천문의 내부로 들어가는 절차는 다소 까다로웠다. 누구라도 먼저 방명록을 작성해야 했던 것이다.

몰려온 사람은 많은데 방명록을 작성하는 곳은 두 자리뿐인지라, 뱀처럼 구불구불한 줄이 길게 늘어서 있었다.

성유화 일행은 그중 짧아 보이는 곳으로 걸어갔다.

나찰옥녀를 알아본 사람들이 수군거리며 손가락질을 했다. 하지만 그들 역시 상대가 겨우 네 명뿐이라는 사실에 안도를 했는지 호기심 어린 눈으로 힐끔거릴 뿐이었다.

그중에는 현천문에서 벌이는 혼례에 손님으로 초대되었을 거라고 생각한 사람도 적지 않았다. 그만큼 성유화 일행들에게서 적의를 찾아볼 수 없었던 것이다.

"내가 적도록 하지요."
 방명록을 내밀던 사내의 눈이 휘둥그렇게 떠졌다. 여자의 얼굴은 보기 드물게 아름다웠다.
 하지만 단지 아름다운 외모에 놀란 것은 아니다. 그녀는 현천문에서 근래 들어 가장 경계하고 있는 성가장의 가주 나찰옥녀였다.
 "어, 어서 오십시오."
 사내는 너무도 뜻밖의 방문자에 놀라 말까지 더듬었다.
 성유화가 방명록에 이름을 적어나갔다.

     성가장 가주 성유화.

 사내가 성유화의 뒤편에 서 있는 세 명의 남자를 가리키며 물었다.
 "다른 분들은?"
 "……."
 성유화가 자신의 이름 뒤에 "외 삼인(外 三人)"이라는 글자를 추가했다.
 그리고 담담한 음성으로 말했다.
 "안내하세요."
 당황한 사내가 잠시 눈을 끔뻑이며 성유화와 남자들을 둘러보았다. 물론 성가장의 사람들이 올지도 모른다는 생각은 했다. 그러나 겨우 네 명이라니? 한바탕 싸우러 온 게 아니라 혼례를 참가하기 위해 온 것이란 말인가?

머뭇거리던 사내가 근처의 제자를 불러 방명록의 자리를 맡겼다.

어쨌든 자신은 문주가 말한 대로 이들을 안으로 안내하면 될 일이다. 피터지게 싸우든, 혼례에 참관하든 그것은 성가장과 웃어른들이 결정할 문제였다.

"따라오십시오. 그렇지 않아도 문주님께서 기다리고 계셨습니다."

"흥!"

성유화가 냉소와 함께 고개를 돌렸다. 분위기를 보니 현천문은 설지와 혼례를 올릴 생각인 것 같았다.

사람을 납치해서 억지로 혼례를 올리다니? 속이 부글부글 끓어올랐지만, 서문영과의 약속을 생각해 참고 또 참았다.

현천문에 적은 수의 사람들이 가야 한다고 주장한 사람은 서문영이었다. 서문영은 괜히 여러 제자들을 이끌고 왔다가는 손실을 입게 될지도 모른다고 했다.

그래서 결정된 사람이 자신과 서문영, 호법 송안석, 천단 단주 성무달이다. 서문영의 계획은 간단했다. 일단 충돌 없이 적의 심장부까지 들어간다. 그리고 현천문주를 제압해 인질로 삼고 설지와 함께 빠져나가는 것이다.

다행히 지금까지는 서문영의 계획대로 아무런 충돌 없이 현천문의 안으로 진입했다.

십대무가가 그토록 두려워하는 현천문의 마당을 지나가자니 기분이 묘했다. '아버지와 무환 오라버니가 함께 있었다면 좋았을 걸…….' 하는 생각이 들었을 정도다.

성유화 일행은 사내의 안내를 받고 정문 안쪽으로 들어갔다.

산문에서부터 따라왔던 현천문도들은 방명록을 확인한 뒤에 황급히 어디론가 뛰어갔다.

사내는 망설임 없이 연무장으로 걸어갔다. 만약 성가장이나 오대무가의 적들이 비무장(非武裝)이면 연무장으로 안내하는 것이 정문에 배치된 사람들의 임무였던 것이다.

당연한 말이지만 연무장에는 여러 가지 의미의 잔치가 언제라도 열릴 수 있게 준비되어 있었다.

"이곳에서 잠시 기다려 주십시오."

사내는 일체의 질문도 받지 않겠다는 듯 뒤도 돌아보지 않고 왔던 길을 돌아갔다.

연무장을 둘러보던 호법 송안석이 중얼거렸다.

"혼인식장 치고는 제단이 지나치게 크군."

성유화와 서문영, 성무달이 제단으로 시선을 돌렸다.

연무장 중심에 세워진 제단은 확실히 크기가 남달라 위압감까지 느껴졌다.

성유화가 냉랭한 음성으로 말했다.

"돈지랄인 거죠."

"……."

송안석과 서문영, 송무달은 성유화의 말을 듣지 못한 척 이리저리 주변만 살폈다.

무슨 이유인지는 몰라도 아직 다른 사람들은 제단의 자리로 안내되지 않았다. 그렇게 해서 현천문의 혼인식에는 성가장이 가장 먼저 자리를 잡게 되었다.

* * *

연무장을 벗어나자 사내는 현천문의 내당(內堂)으로 달려갔다.

내당을 지키던 위사들이 아는 체를 하며 손짓했지만, 사내는 한 번도 멈추지 않았다.

내당 가운데서도 문주일가가 사용하는 현천각에 도착한 사내는 호흡을 다스릴 겨를도 없이 소리쳤다.

"문주님, 성가장의 사람들이 도착하였습니다!"

순간 '쾅!' 하는 소리와 함께 전각의 문이 열렸다.

그리고 현천문주 손만호가 검을 손에 쥐고 튀어 나왔다. 혼례를 빙자한 탐색전을 벌이는 중에, 벌써 적들이 현천문의 심처에 도착하였다니 놀란 것이다.

"뭐라고! 도착이라니? 성가장이나 오대무가의 놈들이 보이면 타종(打鐘)을 하라 이르지 않았더냐!"

"……."

사내가 곤혹스러운 표정으로 손만호와 그 뒤로 줄줄이 나오고 있는 손 씨 일족을 바라보았다. 모두가 병장기를 손에 들고 금방이라도 출수(出手)할 기세였다.

"그게……, 다른 적들은 보이지 않았습니다. 오직 성가장의 가주와 세 명의 남자만이 산문을 넘었습니다. 특별히 초대한 손님들 속에 섞여 올라온지라…… 그들의 정체를 눈치채지 못한 듯합니다. 저도 가까이서 말을 나누지 않았다면, 그들이 성가장 사람임을 확신하지 못했을 것입니다."

"성가장의 장주와 세 명의 남자만 온 게 확실하냐?"

손만호의 음성이 한결 누그러졌다. 겨우 네 명이 찾아왔다는 말에 놀란 가슴을 진정시킨 것이다. 확실히 그 정도 숫자라면 제자들이 헛갈려 할만 했다.

"예, 그 외의 사람들은 없었습니다."

"……."

손만호가 인상을 찌푸리며 연신 고개를 갸웃거렸다. 성가장에서 겨우 몇 사람 왔다는 게 실감이 나지 않았던 것이다.

"확실히 나찰옥녀가 온 것을 보았느냐?"

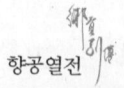

"예, 일전에 나찰옥녀의 검술을 가까이서 본 적이 있어 금방 알아볼 수 있었습니다. 나찰옥녀가 분명합니다."

손만호가 검을 다시 갈무리하며 중얼거렸다.

"이거야 원! 살다 보니 호박이 넝쿨째로 굴러 들어오는 일도 있긴 있구먼."

뒤에 서 있던 손인보가 사내에게 물었다.

"다른 세 명의 사내들은 누구였소? 그중에 검공이 있었소?"

"예, 검공까지는 알아볼 수 있었으나 나머지 두 남자의 신분은 알 수 없었습니다. 방명록에도 나찰옥녀가 그저 '성유화 외 삼인'이라고 적기만 해서……."

사내의 음성이 점점 기어들어갔다. 성가장의 사람들이 왔는데, 그 면면을 아직 모르고 있다는 것이 부끄러웠던 것이다.

그러는 동안 산문 쪽에서 종소리가 들려왔다.

뎅. 뎅. 뎅.

'소수의 적이 출현했으니 주의하라'는 이급 경계의 신호다. 뒤늦게 성가장의 사람 몇이 현천문에 왔다는 것을 알리는 모양이다.

다수의 적이 나타난 상황이면 종을 다섯 번 연타하게 되어 있었으니, 늦어도 한참 늦은 것이다.

손만호가 고개를 설레설레 저었다.

"이놈이나 저놈이나…… 하는 짓들이 왜 저 모양이야."

방명록을 작성한 놈이 연무장까지 안내한 뒤, 다시 현천각에 와서 보고를 할 때쯤에야 경계의 종소리가 나다니! 만약 적들이 흉심을 품고 설치기라도 했다면, 한창 싸움 중에 주의하라는 종소리를 들었을 게 아닌가 말이다.

*　　*　　*

 현천문주 손만호는 진천문(振天門) 문주 구월진인(九月眞人), 상요문(像妖門) 문주 옥아인(玉雅人), 마문(魔門) 문주 혈영귀마(血影鬼魔) 마초은(馬初隱)을 대동하여 연무장으로 향했다.
 현천문의 문도만 해도 이백이 넘는데, 정사지간으로 알려진 삼문(三門)의 사람들까지 함께하자 그 수는 무려 오백에 이르렀다.

 "허허허! 성 가주, 이게 몇 년 만이오?"
 연무장에 도착하자마자 현천문주 손만호가 넉살좋게 인사를 건넸다.
 성유화와 손만호가 직접 대면한 적은 없지만, 삼 년 전의 이차 원정을 빗대어 인사를 하고 있는 것이다.
 원래대로라면 현천문과 성가장은 이런 식으로 인사를 나눌 사이가 아니다. 피차간에 쉽게 털어 버릴 수 없는 은원이 있는 까닭이다.
 "길게 말하지 않겠어요. 설 단주는 어디에 있죠?"

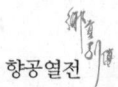
향공열전

성유화는 현천문주의 인사도 받지 않았다. 성유화가 오늘 현천문에 온 것은 혼인을 축하하기 위함이 아니다.

납치된 제자를 구해 가기 위해 온 것인지라, 악적 손만호와 마음에도 없는 인사 따위를 나누고 싶지 않았던 것이다.

"우리 며느리를 보기 위해서라면 잘 오셨소. 곧 나올 것이니 앉아서 기다리시구려."

말과 함께 현천문주 손만호가 가볍게 고개를 끄덕였다.

순간 구월진인, 옥아인, 혈영귀마 마초은 등이 제자들을 이끌고 성가장 주변에 자리를 잡았다. 누가 보아도 성가장을 가운데 두고 삼문이 포위를 한 형태다.

"흥!"

성유화는 사나운 표정으로 주변을 쓸어본 후, 자리에 앉았다.

그러나 겉으로는 아무렇지도 않은 척 냉소를 날렸지만, 가슴은 긴장으로 거세게 뛰고 있었다. 처음부터 현천문만 있을 거라고 생각하지는 않았다.

하지만 예상보다 몰려온 하객(賀客)들이 많았다. 이들은 신부가 납치되어 왔다는 것을 알고 있을까?

불안해진 성유화가 강호 경험이 풍부한 호법 송안석에게 전음을 보냈다.

『송 호법님, 만약 하객들이 신부가 납치되어 온 것을 알게 된다면, 그래도 현천문의 혼인식을 도와줄까요?』

『현천문의 행사에 반대할 사람들은 없을 게요.』

송안석 역시 전음으로 답했다. 망설임 없는 송안석의 답에 성유화가 가볍게 한숨을 내쉬었다. 역시나 성가장의 힘만으로 이 난국을 헤치고 나가야 했다.

성유화의 한숨을 들은 서문영이 웃으며 말했다.

"다 잘될 겁니다."

"네, 그래야지요."

성유화의 얼굴이 조금 편해졌다. 서문영의 말에 왠지 기운이 나는 듯하다.

이렇게 많은 적들 속에서도 믿음을 주는 남자라니! 왠지 가슴이 뿌듯했다. 그런 남자를 문도로 데리고 있는 것이다. 곧 멀리 떠나보낼 문도로 말이다. 그렇게 생각하니 마음이 무거워졌다.

'이주성의 마음이 조금만 더 넓었더라면……'

그랬다면 사무정에 찾아가 소란을 떨지 않았을 것이다. 그랬다면 서문영이 성가장을 떠날 일도 없었다.

문득 서문영을 떠나게 만든 이주성이 원망스러웠다.

하지만 이내 성유화는 자신을 책망했다.

'아니야, 이건 내 잘못이야……'

돌이켜 보면 늘 자신의 어정쩡한 태도가 문제였다. 누구보다 먼저 서문영을 알았지만 그에게 마음을 열지 않았다.

어디 그뿐이랴! 최근에는 이주성에게 믿음을 심어 주지도

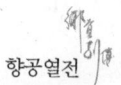
향공열전

못했다. 자신에게는 이주성의 감정적이고 즉흥적인 행동을 탓할 자격이 없었다.

성유화가 또다시 서문영과 이주성과 자신을 놓고 번민하고 있을 때다.

조용히 앉아 있던 삼문의 사람들이 수군거리기 시작했다. 신부의 좌우 팔을 억세게 생긴 여자문도들이 틀어쥐고는 강제로 끌고나왔던 것이다.

"아!"

뒤늦게 그런 설지를 발견한 성유화의 입에서 탄성이 흘러나왔다.

그제야 조금 전 송안석에게 한 질문이 얼마나 철없는 것이었는지 알 수 있었다. 현천문과 같은 정사지간의 문파에게 있어 '강제로 하는 혼인식'이라는 것은 감추어야 할 수치스러운 일이 아니었던 것이다.

주변에 둘러앉아 있던 삼문의 수군거림은 이내 키득거리는 웃음으로 바뀌어갔다. 강제로 하는 혼인식을 즐기는 모습이 역력했다.

여문도들을 뿌리치기 위해 버둥거리던 설지가 돌연 움직임을 멈추었다. 뒤늦게 성유화 일행을 발견한 것이다.

"……."

설지는 아혈(啞穴)이 점해져 있는지 소리를 내지 못했다.

그런 설지를 향해 성유화가 전음을 날렸다.

『언니, 조금만 참아. 서 대협이 구해 줄 거야.』

"……."

설지는 눈시울을 붉히며 고개를 끄덕였다.

성가장에서 자신을 포기했다고 해도 원망할 생각은 없었다. 한 사람을 구하자고 백 명이 죽을 수는 없기 때문이다.

그런데 가주와 호법, 천단의 단주, 그리고 서문영이 와주었다. 성가장의 핵심 인물이 모두 와준 것이다. 그것도 현천문의 한가운데로 말이다.

제6장

죽음에 이르는 병

　설지의 눈이 자꾸 서문영에게로 향했다.
　언제부터인가 서문영이 눈에 들어왔다. 몇 해 전 손인보의 연서(戀書)를 대신 들고 찾아왔을 때도, 화를 냈지만 밉지는 않았다.
　인단(人團)에서 그에게 무공을 가리치던 시절이 가장 즐거웠다. 그가 무공을 배우러 오지 않을 때는 섭섭하기까지 했다. 그래서 성유화에게 찾아가 하소연을 한 적도 있다. 그때는 서문영에게 향한 마음이 분노인지, 그리움인지 알지 못했다.
　서문영이 무천관과 비도문의 등쌀에 밀려 도망치듯 성가장을 떠나던 날 밤, 자신의 마음을 조금 알 수 있었다. 서문영에게 소심하게나마 텃세를 부린 것은 그의 관심을 받고 싶어서 였다. 그에게만은 평범한 여자로 보이고 싶었던 것이다.

그 뒤 개선사에 갈 때마다 서문영을 다시 만나고 싶다고, 만나도 되겠냐고 죽은 성무환에게 물었다. 하지만 성무환은 언제나 말이 없었다.

그러던 어느 날, 서문영이 거짓말처럼 돌아왔다. 그것도 오대무가를 안중에 두지 않아도 될 정도로 절세고수가 되어서 말이다.

하지만 그토록 바랐음에도 불구하고 서문영에게 다가가지 못했다. 죽어서 위패로만 남아 있는 성무환에게 너무 미안했던 것이다. 성무환의 영혼을 위로하기보다는 서문영과 다시 만날 날만 손꼽아 기다려온 자신의 이기심이 부끄러웠다.

그래서 서문영이 머무르고 있는 사무정 근처에는 얼씬도 하지 않았다.

성유화는 매일 밤 서문영에게 주역을 강론 받는 것 같았다. 하지만 자신은 서문영에게 찾아갈 수 없었다.

서문영을 만나면 그에게 자신의 속마음을 들켜 버릴 것만 같았다. 멀리서 서문영의 모습만 봐도 가슴이 제멋대로 뛰니 금방 알아차릴 것 같았다.

이제 성유화는 사귀고 있던 이주성보다 서문영을 더 자주 만났다. 심지어 이주성을 피해 다니기까지 했다. 그런 성유화를 탓할 마음은 없었다. 상대가 이주성과 서문영이라면, 누구라도 성유화와 같은 선택을 했을 것이다.
 그래서 설지는 더더욱 서문영에게 다가가지 못했다.
 서문영을 두고 성유화와 다툴 수는 없었다. 무엇보다 자신에게는 그럴 자격이 없다.
 성유화가 성무환의 사촌동생이기에 더더욱 그래서는 안 되는 것이다. 그런 마음들이 더욱 서문영을 그리워하게 하고, 동시에 서문영에게서 멀어지게 만들었다.
 이주성과 성유화가 서문영의 일로 다투던 날, 개선사로 향했다.
 성무환의 위패 앞에 향을 몇 개나 피웠지만 마음이 가라앉지 않았다. 그날따라 너무 답답했다.
 성유화의 변덕에 따라 이주성과 자신의 삶이 천국과 지옥을 오락가락 하는 게 싫었다. 그러다가 그만 성유화의 변덕스러움을 원망하고 말았다.
 하지만 다음 순간, 성무환과 성유화에게 미안했다. 죽은 사람과 산 사람 모두에게 죄를 짓는 기분이었다.
 문득, 출가(出家)만이 죄를 씻고 번민을 없애는 길이라는 생각이 들었다.
 성무환의 위패 앞에서, 처음으로 출가의 문제를 두고 고민했다.
 '내가 하고 있는 번민은 모두에게 괴로움만 끼칠 뿐이다.'
 '이 괴로움에서 벗어나는 길은 속세를 떠나는 것밖에 없다.'

'죽은 성무환이 원하는 것도 어쩌면 그것일지 모른다.'
 그리고 마침내 출가를 결심했다.
 우습게도 출가를 결심한 바로 그날, 손인보에게 납치를 당해 현천문에 끌려왔다. 그리고 강제라고 하지만 혼인식까지 눈앞에 두게 되었다.
 죽은 성무환의 저주가 내린 걸까?
 정혼자의 위패 앞에서 다른 남자를 생각한 죄의 대가일까?
 어느 쪽이든, 괴로움은 아직 끝나지 않았다. 아니, 어쩌면 영원히 끝나지 않을지도 모른다.
 설지는 눈을 감고 말았다.
 출가도 괴롭고, 강제로 치르게 된 혼인도 괴롭지만, 서문영을 보고 있는 것이 더욱 괴로웠던 것이다.

 탄식하고 있는 설지의 귀로 손만호의 탁한 음성이 들려왔다.
 "무림 동도 여러분, 그간 잘 지내셨소? 오늘 삼남 인보의 혼인식에 와주신 여러분께 진심으로 감사를 드리는 바이오. 지난 세월 동안 여러분은 우리 현천문의 혈맹으로 고락(苦樂)을 함께 나누었소이다. 이처럼 뜻 깊은 날을 맞아 다시 한 번 동도들의 호의와 변치 않는 의리에 감사를 드리는 바이오. 우리 현천문은 앞으로도 여러 동도들과 생사고락(生死苦樂)을 함께 할 것이외다."
 손만호가 감격에 찬 표정으로 하객들을 둘러보았다. 이들

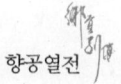
향공열전

삼문은 오랜 세월 현천문과 뜻을 같이해 왔다. 십대무가의 도발도 함께 막았으니 말뿐이 아닌 진정한 의미에서의 혈맹인 셈이다.

"여러분, 오늘은 강소성에 떠오르는 신성인 성가장과 현천문이 피로 맺어지는 뜻 깊은 날이외다. 이 자리를 빌어 성가장의 식솔들께서 특별한 감사를 드리오. 현천문에 성가장의 문도를 보내기로 한 것은 실로 탁월한 결정이외다. 이 시간 이후로 성가장과 현천문의 은원은 역사 뒤편으로……."

현천문주 손만호는 성가장의 사람들이 혼인식을 인정하여 참가한 것처럼 밀어 붙이고 있었다. 고작 넷이라는 숫자로 뭔가 할 수 있으리라고 믿지 않은 터라, 입에서 나오는 대로 말하고 있는 것이다.

손만호의 연설을 듣다 말고 서문영이 자리에서 벌떡 일어섰다.

"검공이다!"

"검공이면 뭐?"

"인사라도 하겠다는 건가?"

삽시간에 혼인식장이 소란스러워졌다.

현천문주 손만호가 인상을 찌푸렸다. 서문영이 일어서는 바람에 기껏 잡은 분위기가 흐트러지고 있었던 것이다.

"검공, 무슨 할 말이라도 있소?"

손만호가 억지웃음을 지으며 물었다.

서문영이 천연덕스러운 얼굴로 말했다.

"손 문주님, 신부는 아까부터 저렇게 나와 서 있는데…… 대체 오늘 혼인식의 신랑이 누굽니까?"

"허허허! 신랑이라면 진즉에 말하지 않았소. 본인의 삼남 손인보가 오늘 혼인식의 신랑이외다."

"그 손인보가 어디 있냐고 묻고 있는 겁니다."

서문영의 말이 끝나자마자 월동문으로 예복을 입은 손인보가 걸어 들어왔다.

"서 형(兄), 늦어서 미안하게 됐소. 잊은 물건이 있어 급하게 챙겨 오느라 늦었소이다. 그나저나 오랜만이외다. 삼 년 전에 보고 처음이구려."

"닥치고. 인보 군(君), 급하게 챙겨 왔다는 게 뭔가?"

"……"

서문영의 말에 손인보가 잠시 당혹스러운 표정을 감추지 못했다.

비록 삼 년 전에 서문영에게 살수를 썼지만, 자신은 반가운 마음에 서 형이라고 했다. 그런데 서문영은 닥치라는 말과 함께 "인보 군"이라고 했다. 마치 어른이 손아래 사람을 야단치듯 말이다.

'대체 무슨 뜻이지?'

삼 년 전 서문영을 죽일 수도 있었다. 하지만 그놈의 정이 뭔지! 마지막 순간에 손에 힘이 들어가지 않았다. 서문영 정도

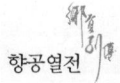

의 경지라면 그런 이치를 알 수 있었을 것이다. 그런데 지금 자신에게 대하는 것을 보면 생명의 빚을 진 사람의 태도가 아니었다.

"그건······."

손인보가 쭈뼛거렸다. 손인보가 가지고 온 것은 검이었다.

예복에 검을 찰 것인가 말 것인가를 두고 고민하다가, 서문영이 무슨 짓을 벌일지 몰라 다시 검을 가지고 온 것이다. 하지만 그런 사실을 말할 수는 없었다.

"저런! 손 군은 중요한 것을 챙기지 못했군."

"중요한 게 뭐요?"

손인보는 너무도 자연스럽게 말하는 서문영의 기세에 눌려 조심스럽게 되물었다.

"군이 제정신을 가지고 있지 않았다는 말이지! 강제로 여자를 납치해서 혼인을 하려 하다니, 대체 정신을 어디에 두고 다니는 건가!"

말과 함께 서문영의 몸이 손인보를 향해 날아갔다.

"헛!"

손인보가 급히 물러나며 검을 뽑았다.

그러나 서문영의 속도는 줄어들지 않았다.

"군이 잊어버린 정신을 내가 챙겨 주도록 하겠다!"

어느새 서문영의 손에도 투박하게 생긴 박도가 들려 있었다.

인사를 하고 있던 현천문주 손만호는 돌발적인 상황에 입을

쩍 벌리고 바라보기만 했다.

　사실 현천문주 손만호나 하객으로 방문한 삼문의 고수들이 끼어들 수도 없는 상황이었다. 그만큼 서문영의 행동은 예측 불가능했다.

　『설 단주의 곁에 계십시오!』

　서문영의 전음에 성유화가 흠칫 놀라 정신을 차렸다.

　그제야 서문영과의 약속이 떠올랐다.

　서문영은 자신이 주의를 끄는 동안 설지를 구해내라고 했었다.

　주의를 끈다는 게 이런 식으로 다짜고짜 싸움을 벌이는 것인 줄은 미처 몰랐다. 하지만 이미 일은 벌어진 뒤였다.

　성유화는 재빨리 송안석과 성무달의 팔꿈치를 건드렸다.

　그제야 두 사람도 정신을 차리고 성유화와 설지를 번갈아 바라보았다.

　"시작하세요."

　말과 함께 성유화가 설지를 향해 날아갔다.

　마치 한 마리 새처럼 날아가는 성유화의 경신술에 삼문의 고수들 입에서 "아!" 하는 탄성이 흘러나왔다.

　성유화는 제단에 내려서자마자 설지에게로 득달같이 달려들었다. 설지의 좌우에 서 있던 여자문도들이 설지의 앞을 막아섰다.

　하지만 이미 성무십결의 팔단공에 도달한 성유화의 상대가

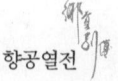
향공열전

될 수는 없었다.

성유화가 검을 휘두르자 검면에 맞은 여문도 두 사람이 제단 아래로 나동그라졌다.

서문영이 손인보에게 날아가는 동안 성유화가 제단에 올라간 것처럼 보일 정도로 두 사람의 호흡은 잘 맞았다.

이번에는 성유화가 설지의 앞을 막아섰다.

현천문주 손만호가 이를 갈며 검을 뽑아 들었다. 서문영의 기습공격에 잠시 시선을 빼앗겼다가 그만 설지를 내주게 생겼기 때문이다.

"감히! 너희들이 현천문의 행사에 초를 치겠다는 것이냐! 하룻강아지 범 무서운 줄 모른다더니! 여기가 어딘 줄 알고! 네까짓 것들이!"

"흥! 어디긴 어디겠어요! 철면피처럼 낯 두꺼운 짐승들의 소굴이지! 뻔뻔한 인간 같으니! 멀쩡한 사람을 납치한 것으로도 모자라 뭐? 혼인식? 손 문주! 당신은 자손들 보기에 부끄럽지도 않은가요!"

성유화의 호통에 손만호의 얼굴이 시뻘겋게 달아올랐다.

"푸헐! 본래 중이 제 머리는 못 깎는 법이다! 너희 성가장에서는 설 소저가 청상과부로 늙어 죽기를 바라는 모양인데, 우리는 그렇게 잔인한 사람들이 못된다. 그러니 강제로라도 새 출발을 시켜 줘야지! 본래 시집을 가기 전에는 부모 곁을 떠나면 죽는 것으로 알아 울고불고 하는 법이다! 하지만 시집가서 호강하며 살다 보면 전에 시집가지 않으려고 울었던 것을 부끄럽게 생각한다고 하지 않더냐!"

"뚫린 입이라고 함부로 말하지 말아요!"

성유화가 참지 못하고 소리를 버럭 지르고 말았다.

그렇게 성유화가 손만호와 대치하고 있는 동안 송안석과 성무달은 설지의 혈도를 풀어 주었다.

설지는 혈도가 풀리자 고맙다는 말과 함께 굵은 눈물을 뚝뚝 흘렸다. 마음속으로 고마움과 미안함이 수도 없이 교차했다.

차차창.

서문영의 박도와 손인보의 검이 얽혔다가 떨어졌다.

뒤로 서너 걸음 물러난 손인보가 놀란 눈으로 서문영을 바라보았다. 단 삼 년 사이에 서문영의 검술은 짐작하기 어려울 정도로 변해 있었다.

"서 형은 이미 활검(活劍)마저 넘어서 버린 거요?"

"알면, 뭐가 달라진다고 생각하나?"

서문영이 차갑게 답하며 박도를 종횡으로 휘둘렀다.

박도의 날에서 파르스름한 검기가 줄기줄기 뻗어 나와 손인보의 전신으로 밀려들었다.

"헉!"

손인보가 정신없이 물러나며 검으로 검기를 쳐냈다.

따따땅.

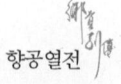
향공열전

손인보의 검이 한 뼘씩 잘려 나갔다.
서문영의 검기는 손인보의 공력으로 당해낼 수준이 아니었던 것이다.
"이럴 수가!"
손인보의 얼굴이 절망으로 검게 물들어갔다.
눈앞에 서 있는 서문영은 다정다감(多情多感)하던 과거의 술친구가 아니었다. 그동안 대체 무슨 일을 겪었던 것일까?
서문영의 검로(劍路)에서는 일말의 망설임도 느껴지지 않았다. 오히려 상대가 누구라도 베어 버리겠다는 필살의 신념이 전해졌다.
'날 죽일 작정인가?'
다시 생각해 보니 자신은 서문영의 은인이 아니었다. 오히려 서문영을 배신하고 살수를 쓴 사람이다. 비록 서문영의 목숨을 취하지 않았다고 하지만, 암습으로 서문영에게 깊은 상처를 준 사람은 자신이었다. 서문영이 그런 자신에게 호의를 갖고 있을 리가 없지 않은가!
그제야 손인보는 감히 서문영의 검기를 상대하겠다는 생각을 버리고 미친 듯이 달아났다. 이대로 맞서다가는 단숨에 베어져 버릴 것 같은 공포가 밀려들었던 것이다.
하지만 손인보는 서문영에게서 벗어나지 못했다.
손인보가 아무리 발버둥을 쳐도, 서문영은 마치 그림자처럼 손인보와 일정한 거리를 유지하고 있었다.

한순간 꾹 다물고 있던 서문영의 입이 열렸다.

"나라고 해치고 싶어 해치겠는가! 군과 나의 길이 너무 달라서 어쩔 수 없이 손을 써야겠다. 상대의 목숨을 취하고자 하는 싸움에 정도(正道)가 어디 있고 사도(邪道)가 어디 있단 말인가! 그저 군에게 운이 없었다고 생각하라!"

"……."

손인보가 흠칫 놀란 눈으로 서문영을 바라보았다. 그건 삼년 전에 손인보가 서문영을 찌르고 한 말이었다.

곧이어 서문영의 신형이 유령처럼 다가왔다.

손인보는 눈을 질끈 감고 말았다.

서문영의 검술에는 일정한 형식이란 게 없었다. 어디로 올지 종잡을 수도 없지만, 안다고 해도 달라질 건 없다. 자신은 이미 죽은 것이다.

서문영의 박도가 손인보의 어깨를 찔렀다.

"아아!"

멀리서 지켜보고 있던 삼문 고수들의 입에서 신음소리가 흘러나왔다. 그 순간 마치 자신들이 찔리는 듯한 느낌을 받았던 것이다.

"윽!"

손인보가 가벼운 신음과 함께 눈을 떴다.

서문영의 날선 박도의 끝이 어깨에 닿아 있었다. 하지만 그뿐이다. 예상했던 것처럼 끔찍하지는 않았다. 서문영은 검기점혈

(劍氣點穴)이라는 고명한 수법으로 자신의 혈도를 점한 것이다. 박도에서 전해진 내력에 상체가 나무토막처럼 굳어 있었다.
"왜 날 죽이지 않았나?"
"아직 군의 목숨이 필요하니까."
서문영이 무심한 얼굴로 손인보의 뒷덜미를 잡았다.

"멈추시오!"
성유화와 몇 합 싸우던 손만호는 귀청을 찢는 듯한 소리에 놀라 후다닥 뒤로 물러났다.
소리가 난 곳으로 시선을 돌리던 손만호의 눈이 부릅떠졌다. 서문영이 손인보를 질질 끌며 제단으로 오고 있었다.
"무, 무슨 짓이냐! 인보를 놓아 주어라!"
현천문주 손만호의 외침에 서문영이 혀를 차며 말했다.
"쯧쯧! 이곳에 모인 무인들의 수가 오백은 넘어 보이는데, 당신 같으면 이 귀한 인질을 놓아 주겠소?"
"오냐! 네놈이 그렇게 나오겠다면, 나도 가만히 구경만 하고 있지는 않겠다!"
손만호가 한쪽에 도열해 있던 오십 명의 현의당 제자들을 향해 돌아섰다.
"너희는 성가장의 연놈들을 모두 잡아라!"
"예!"
오십 명의 현의당 제자들이 막 움직이려고 할 때다.

어디선가 눈부신 백광이 화살처럼 쏘아왔다.

꽈광.

지축을 흔드는 소리와 함께 먼지가 일어났다. 먼지가 가라앉자 현의당 제자들 앞으로 깊게 패인 고랑이 드러났다.

그 끔찍한 검공에 놀란 현의당 제자들은 본능적으로 뒤로 물러섰다. 저 길게 그어진 고랑을 넘으면 큰 사단이 일어날 것 같았다.

아니나 다를까, 서문영의 차가운 음성이 뒤를 이었다.

"누구라도 저 선을 넘으면, 죽는다."

"……."

그 끔찍한 무공 앞에서는 손만호조차도 움츠러들 수밖에 없었다.

서문영이 손인보를 데리고 제단 위로 올라갔다.

주춤주춤 물러나던 손만호가 서문영의 눈치를 살피며 말했다.

"당신은 그렇게 고강한 무공을 가지고서 왜 인보를 인질로 잡는단 말이오?"

서문영이 손만호의 눈을 지그시 바라보며 답했다.

"후후, 손 문주, 뭔가 오해를 하고 있구려. 나는 당신들이 두려워서 손 군을 잡고 있는 게 아니오. 손 군을 잡은 건 내가 피를 보고 싶지 않아서요. 내가 손 군을 놓아주면, 당신은 저 많은 사람들을 부려 우리 앞을 막아서지 않겠소? 그럼 나는 당신들 모두를 베어야 할 테고……."
 서문영이 생각하기도 싫다는 듯 머리를 설레설레 흔들었다. 비록 적이라 할지라도, 피를 보는 것은 지겹고도 슬픈 일이다. 전장(戰場)에서 경험한 것만으로도 꿈자리가 뒤숭숭한데, 사회에 나와서까지 그런 일을 반복할 수는 없지 않은가!
 "결국 손 군은 당신들이 흘리게 될 피를 대신하고 있는 거요."
 "어디서 그런 헛소리를! 인보의 뒤에 쥐새끼처럼 숨어서는 광오한 말만 늘어놓을 셈이냐! 천하의 현천문에서 그런 소리가 통할 것 같으냐!"
 하지만 서문영은 더 이상 대꾸하지 않고 성유화의 곁으로 다가갔다.
 "그만 가시죠."
 "예."
 성유화는 토를 달지 않았다. 서문영이 문주 대신 손인보를 잡았지만 상관없었다. 설지를 구했으니 이제는 나가는 일만 남은 셈이다. 현천문에 대한 복수는 훗날을 기약해도 늦지 않았다.
 성유화가 호법 송안석에게 고개를 끄덕였다. 이만 물러나자는 뜻이다.
 호법 송안석이 성무달과 함께 앞장서 걸어갔다.
 성유화가 설지를 데리고 그 뒤를 따랐다.

서문영은 손인보를 끌고 일행의 가장 뒤에서 느긋하게 걸어갔다. 서문영의 표정은 아무 때라도 덤빌 테면 덤벼 보라는 듯 태연하기만 했다.

멀어져 가는 서문영과 손인보를 바라보고 있던 현천문주 손만호가 삼문의 문주들에게 다가갔다.

"여러분, 이대로 놈을 보낼 수는 없소. 이대로 가면 강소성은 성가장의 천하가 되고 말게요."

진천문의 문주 구월진인이 맥없는 음성으로 말했다.

"손 문주님, 저 연무장 바닥에 패인 고랑을 보십시오. 검공을 잡으려다가 진천문의 대가 끊어지면 장차 죽어 선조들을 무슨 면목으로 볼 수 있겠습니까? 이후로 진천문은 성가장의 일에서는 손을 떼야 할 것 같습니다. 손 문주님의 말씀처럼 오랜 세월 고락을 같이한 것은 사실이지만, 죽을 줄 알면서 사지(死地)로 제자들을 보낼 수는 없습니다. 미안합니다."

"허어! 진인, 그래봤자 검공은 한 사람이오! 여러분 그렇지 않소이까!"

상요문의 문주 옥아인과 마문의 문주 혈영귀마는 애써 손만호의 눈길을 외면했다.

"손 문주님, 솔직히 상요문의 무공으로는 검공을 당해낼 수가 없어요. 우리가 할 줄 아는 것은 옷 벗고 춤추는 것이 전부인데…… 검공의 매끈한 얼굴을 보아하니 이미 그쪽으로 닳고 닳아 통하지 않을 것 같고…… 괜히 망신살만 뻗치느니 참는

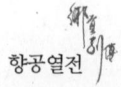
향공열전

게 좋을 것 같네요."
 두 사람의 말을 듣고 있던 혈영귀마도 심드렁한 표정으로 한 마디 했다.
 "확실히 검공의 면상을 보니 살기가 층층이 쌓인 게⋯⋯ 사람을 한두 명 잡은 상이 아니더이다. 성가장은 대대로 정파의 무가라고 들었는데, 그런 곳에서 어찌 저런 살귀(殺鬼)가 배출되었는지 모르겠소."
 "⋯⋯."
 혈영귀마의 말에 느껴지는 바가 있는지라 아무도 입을 열지 않았다.
 사람들이 무언의 동의를 하는 듯하자 혈영귀마가 헛기침을 터뜨리며 말했다.
 "흠! 흠! 소나기는 피해 가라고 하지 않소? 검공은 우리 인생에 소나기 같은 놈이오. 저런 놈을 상대해 봤자 몸만 축날 뿐이니⋯⋯ 남의 집의 소나 닭 보듯 합시다."
 "아! 정말 그 말이 딱 맞네요. 맞아요. 검공은 소나기예요. 소나기는 피하는 게 상책이지요."
 옥아인의 말에 구월진인이 고개를 주억거렸다.
 "검공이 고적산인에게 이겼다는 말을 들었을 때 믿지 않았는데⋯⋯ 오늘 보니 그보다 더한 말이 나돌아 다녀도 의심하지 못할 것 같소이다. 피할 건 피합시다. 천둥 번개가 칠 때 동굴 안으로 피하는 것은 부끄러운 게 아니지요."

현천문주 손만호가 버럭 화를 냈다.

"지금 내 눈앞에서 셋째인 인보가 끌려가고 있는데, 무엇을 피하자는 말이오? 생사를 함께했건만, 삼문의 의리가 고작 이 정도일 줄은 몰랐구려!"

말이 혈맹이지 지금까지 삼문은 현천문을 따랐다. 그런데 검공 하나 때문에 현천문의 지위가 흔들리고 있었다.

손만호는 삼문의 문주들을 잡아먹을 듯 노려보았다.

삼문의 문주들은 멀어져 가는 검공과 이를 갈고 있는 손만호 사이에서 이러지도 못하고 저러지도 못했다.

검공을 건드리자니 계란으로 바위를 치는 격이고, 현천문주 손만호의 말을 거역하자니 후환이 두려웠다. 삼문이 힘을 합친다고 해도 현천문을 당해내지 못하기 때문이다.

삼문의 문주들이 망설이는 듯하자 손만호가 은근한 음성으로 말했다.

"우리는 오백이나 되지 않소? 그에 비하면 상대는 고작 한 명이오. 무신이 강림한다고 해도 혼자서 오백을 당해내지는 못할 것이오. 운 좋게 우리 중에 누군가 검공의 목이라도 베면, 강소성 제일의 고수라고 불리지 않겠소?"

한 명과 오백 명.

삼문의 문주들 눈에 생기가 감돌았다. 소나기니, 천둥번개니 하며 몸을 사리던 사람들이지만, 오백이라는 숫자를 두고 다시 생각하니 갑자기 용기가 생겼다. 어쩌면 멀어져 가는 서문영의 뒷모습이 작고 초라하게 보여서 마음이 홀라당 뒤집어 졌는지도 모를 일이다.

"흐음! 본래 우리 삼문은 현천문이 가는 길이라면 사지(死地)도 마다하지 않았습니다. 하물며 삼공자께서 인질로 끌려가는 마당에 어찌 우리의 안위(安慰)만 살필 수 있겠습니까? 그렇지 않습니까?"

구월진인의 말에 혈영귀마가 떨떠름한 표정으로 고개를 끄덕였다. 썩 내키지는 않았지만, 구월진인의 마음이 돌아선 마당에 고집 부려봤자 좋을 게 없었던 것이다.

"옳으신 말씀이오. 삼문의 문주들은 손 문주께서 이끌어 주신다면…… 검공이 아니라 염라대왕 앞이라도 함께할 것이외다."

혈영귀마는 한 발 늦은 대신 조금 더 강력하게 지지를 표명했다.

두 남자의 갑작스러운 변덕에 옥아인도 반대를 할 수는 없었다. 삼문은 지금까지 늘 같이 움직여 왔다. 그 바람에 삼문과 현천문은, 서로 떨어져서는 살아남기 힘들 만큼 적이 많았다.

"삼공자를 생각하면 확실히 가만히 있을 수만도 없지요. 일단 삼공자를 구하자는 건지, 검공과 끝장을 보자는 건지를 분명히 한다면…… 더 좋을 것 같네요."

옥아인은 가급적 검공과 잘 풀어지기를 바랐다. 검공과 같은 고수를 적으로 돌린다는 것은 생각만 해도 끔찍한 일이었

죽음에 이르는 병 183

다. 현천문주 손만호가 화를 가라앉히면 피차간에 칼을 세울 일도 없었다. 깨진 혼인에 미련을 두지 말고 이제는 손인보만 되찾으면 되는 것이다.

하지만 손만호는 그럴 생각이 없는 듯했다.

"인보를 구하는 즉시, 검공을 없애 버려야 하오. 검공이 살아 있는 한, 현천문과 삼문은 강소성에서 얼굴을 들고 다니지 못할 것이오."

"……."

옥아인을 제외한 두 남자는 묵묵히 고개를 끄덕였다. 맞는 말이다. 오늘의 일이 밖으로 새어 나가면, 현천문과 삼문은 겁쟁이들로 인구(人口)에 회자될 것이었다.

"갑시다."

마침내 현천문주 손만호가 앞장서 걷기 시작했다.

현의당 제자들과 삼문의 고수들이 손만호와 함께 연무장을 가로 질러 갔다.

멀리 정문이 보일 때쯤, 서문영은 뒤에서 몰려오는 사람들의 소리를 들었다. 쉽게 넘어가 주나 했는데, 역시 일이 꼬이려는 모양이다.

서문영이 황급히 성유화에게 말했다.

"아무래도 그냥 보내 줄 것 같지 않군요. 가주께서 일행을 이끌고 먼저 돌아가셔야겠습니다."

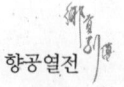
향공열전

성유화가 걱정스러운 표정으로 물었다.
"백지장도 맞들면 낫다고 하는데…… 우리도 남아서 서 대협을 돕는 게 좋지 않겠어요?"
"하하! 괜찮습니다. 제가 달아나려고 마음먹으면 현천문과 삼문 정도로는 저를 잡을 수 없습니다. 대충 시간을 끌다가 피할 테니, 가주께서는 최대한 빨리 현천문의 세력권에서 벗어나십시오. 저도 곧 따라가도록 하겠습니다. 우리가 온 길로 되돌아가면, 다시 만나는데 어려움이 없을 겁니다."
잠시 생각하던 성유화가 선선히 고개를 끄덕였다. 확실히 서문영의 무공이라면 피하는데 어려움이 없을 것이다.
"네, 서 대협의 말씀대로 하는 게 나을 것 같네요. 그래도 너무 무리하지는 마세요. 저들도 우리와 반 시진 정도 거리가 벌어지면 포기할 거예요."
"예, 잘 알았습니다. 그럼 속히 떠나십시오."
"……."
성유화가 목례를 해 보인 후, 식솔들을 이끌고 급히 떠나갔다.
홀로 남겨진 서문영은 방명록을 작성하던 탁자를 대문 앞으로 끌어다 놓았다. 탁자 하나로 막힐 대문이 아니지만, 서문영은 그것으로 만족했다.
어차피 누구도 이 대문을 넘지 못할 것이었다.

한참 달려가던 설지는 힐끔 뒤를 돌아보았다.

멀리 서문영의 뒷모습이 보였다.

처음 서문영을 만나던 날이 떠올랐다. 매사에 번지르르한 말만 앞세울 것 같던 향공 서문영이 저렇게 대단한 무인으로 변할 줄이야……. 성가장의 누구도 향공 서문영이 검공(劍公)이라는 칭호를 얻게 될 줄은 몰랐을 것이다.

서문영.

그 이름 세 자를 속으로 가만히 되뇌이자 또다시 가슴이 요동쳤다.

하지만 여기까지다.

설지는 애써 마음을 가다듬었다. 검공 서문영은 자신에게 과분한 사람이다. 서문영과 자신이 맺어 질 일은 없을 것이다.

누가 보아도 자신은 그저 성가장의 여자였다.

문득 현천문주 손만호의 말이 떠올랐다.

"너희 성가장에서는 설 소저가 청상과부로 늙어 죽기를 바라는 모양인데, 우리는 그렇게 잔인한 사람들이 못된다. 그러니 강제로라도 새 출발을 시켜 줘야지!"

생각할수록 치욕스럽지만, 그게 현실이었다.

그래도 분한 건 있다. 하필 서문영의 앞에서 그런 소리를 하다니……. 아까는 정말 모멸감에 혀라도 물고 죽고 싶었다.

하지만 덕분에 자신의 현실이 무엇인지 자각했다. 다른 사람들에게 자신의 삶이 어떻게 보이고 있는지도 알았다.
 설지는 처연한 눈으로 하늘을 우러러보았다.
 성무환이 죽던 날 자신은 한 번 죽었다.
 그리고 오늘, 마지막 자존심까지 짓밟혔다.
 서문영이 구해주기를 기다린 건 정말 잘한 짓일까?
 설지는 세차게 머리를 흔들었다.
 '더 이상 서문영에 대해 생각하지 말자.'
 서문영을 생각할수록 자신만 더 초라해질 뿐이다. 더 이상 상처 받지 않기 위해서라도, 서문영은 잊어야 했다.
 결연한 표정으로 달리고 있는 설지의 눈에서 방울방울 눈물이 흘러내렸다.
 마음과 달리 몸이 제멋대로 눈물을 쏟아냈다.
 이렇듯 한심하게 잊을 거였으면서 삼 년간이나 기다린 이유는 뭘까?
 그가 곁에 있어도 할 말이 없는데, 왜?
 갑자기 자신을 남겨두고 떠나간 성무환이 원망스러웠다.
 '아니야, 내가 나쁜 년이지.'
 성무환이 죽은 지 얼마나 됐다고, 서문영에게 마음을 주었단 말인가!
 '인과응보(因果應報)야……'
 설지가 고통스러운 표정으로 눈을 감았다.
 마음에서 시작한 통증은 이내 몸으로 전해졌다.

설지는 가슴이 찢어지는 듯한 고통에 저도 모르게 신음을 흘렸다.

"으음!"

균형을 잃은 듯 설지의 상체가 크게 흔들렸다.

다음 순간 설지의 몸은 요란한 소리와 함께 땅바닥을 굴렀다. 쓰러진 설지는 정신을 차리지 못했다.

설지의 붉은 입술에서 선홍색의 핏줄기가 흘러나왔다.

*　　　*　　　*

삼문의 고수들을 이끌고 기세 좋게 달리던 손만호는 정문에 이르자 멈춰 섰다.

정문 한가운데 놓인 작은 탁자에 길이 막혀서가 아니다. 탁자에 걸터앉은 검공 서문영과, 그 아래에 앉아 있는 아들 손인보 때문이다.

"이놈! 정말 해보겠다는 거냐!"

현천문주 손만호가 버럭 고함을 내질렀다.

뒤따르던 삼문의 고수들이 인상을 찡그릴 정도로 강한 내력이 실린 소리였다.

서문영은 관심이 없다는 듯 대꾸조차 하지 않았다.

답답해진 손만호가 다시 말했다.

"그렇게 자신이 있다면 먼저 인보를 풀어라!"

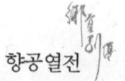
향공열전

갑자기 서문영이 손인보의 어깨를 박도로 툭 건드렸다.

"손 군(孫君)도 내가 풀어주기를 바라나?"

"……"

잠시 망설이던 손인보는 뜻밖에도 고개를 저었다. 그리고 더 이상 미련이 없다는 듯 눈까지 질끈 감아 버렸다.

서문영의 눈에 이채가 서렸다.

당연히 풀어 달라고 할 줄 알았는데, 그냥 인질로 남아 있겠다고 한다.

손인보는 대체 무슨 생각을 하고 있는 것일까? 삼 년 전에도 그랬지만 지금도 여전히 이해하기 어려운 남자였다.

'그렇다고 해서 달라질 건 없지만.'

서문영이 담담한 눈으로 손인보를 바라보았다.

자신이 단심맹으로 가는 것까지 미루고 현천문에 온 것은 설지를 구하기 위해서다.

전쟁의 경험으로 피아(彼我)의 구별이 몸에 밴 자신에게, 설지보다 앞서는 것은 없다. 하물며 자신에게 검을 꽂은 남자의 심리상태 따위야.

돌연 서문영이 손만호를 향해 시선을 돌렸다.

"보았소? 당신의 아들이 인질로 남아 있고 싶다고 하니 그만 물러나시오!"

서문영의 마지막 말에는 묘한 위엄이 서려 있어 아무도 쉽게 발작하지 못했다.

문득 손인보는 '서문영이 진짜 고위무관일 수도 있겠다'는 생각을 했다. 그러자 저도 모르게 한숨이 흘러나왔다.

'하아! 왜 감군총사니 어림친위군의 부대장이니 하는 소문을 귓등으로 흘려버렸을까?'

오늘 아침까지도 자신을 포함한 현천문의 원로들은 "서문영이 강소성을 떠난 지 삼 년인데 어찌 그런 자리에 오를 수 있겠는가?"라며 서문영에 관한 이야기를 부정했다.

하지만 지금 서문영의 기도는 비범함을 넘어서 있었다.

저 모습은 단지 절정고수에게서 느껴지는 절대의 기운이 아니다. 서문영의 말속에는 수천, 수만 명을 손짓 하나로 부리는 대장군(大將軍)의 권위가 담겨 있었다.

'현천문도 끝인가……'

절정의 무공에 어림친위군의 지휘관이라면 '무소불위(無所不爲)의 힘을 가지고 있다'고 해도 과언이 아니다. 그런 검공 서문영에게 칼을 들이밀고 있으니 멸문은 기본이고, 이후로 손 씨 중에 몇이나 살아남을지 짐작이 가지 않았다.

현천문주 손만호의 얼굴이 잔뜩 찌푸려졌다. 삼문의 고수들 앞에서 체면이 서질 않았던 것이다.

잔뜩 몸 사리는 사람들을 겨우 설득해서 끌고 왔더니, 정작 인질이 된 아들은 적의 손에 남아 있겠다고 한다. 이보다 더 망신스러운 일도 있을까?

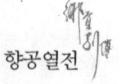
향공열전

이상한 것은 그뿐이 아니다.

갑자기 손인보는 모든 것을 포기한 얼굴로 한숨만 푹푹 내쉬고 있었다.

자기 아들이지만, 일족(一族) 중에서 손인보만큼 생각이 깊은 사람도 드물었다. 그렇다면 자신이 놓치고 있는 뭔가가 있다는 뜻이다.

아들의 행동이 마음에 걸린 현천문주 손만호는 화를 꾹꾹 참았다. 어차피 아들이 적의 손에 있는 이상 막 나갈 수도 없었다.

"검공에 관해 많은 소문을 들었소만, 명불허전(名不虛傳)이구려."

"소문난 잔치엔 먹을 게 별로 없더이다."

"……"

손만호의 눈썹이 꿈틀거렸다.

서문영의 대답이 자신이 소문처럼 대단하지 않다고 겸양의 말을 하는 것인지, 현천문이 소문과 달리 별 볼일 없다고 비아냥거리는 것인지 알 수가 없었던 것이다.

하지만 서문영이 딱딱하게 나오자 손만호의 태도는 더욱 부드러워졌다. 절대적으로 불리한 상황에서 끝까지 당당한 것을 보면 뭔가 있다는 뜻이 아니겠는가? 그리고 그것은 현천문에서 의식적으로 부정했던 소문과 무관하지 않을 것이었다.

"검공께서 고위 관직에 계시다는 말은 들었소. 현천문을 방문한 것은 무림인으로서요, 아니면 관인(官人)으로서요? 물론 관인으로 왔다고 해서 상황이 달라질 건 없지만, 검공이 스스로를 어떻게 생각하고 있는지 알고 싶구려."

서문영이 피식 웃으며 답했다.

"나는 이미 관직을 버리기로 작정한 사람이오. 그러니 당신은 내가 권세로 당신들을 핍박할 거라는 착각에서 벗어나도록 하시오. 솔직히 관직 따위가 아니더라도, 나에게는 당신을 상대할 방법이 많소. 그 방법을 알고 싶소?"

"허허! 검공께서 구역질나는 관직을 버리시겠다니 경하(慶賀)드리는 바이오. 헌데 그 대단한 관직이 아니라면, 대체 무엇으로 현천문을 상대할 생각이시오?"

"이거요."

서문영이 허리에 매달린 박도를 툭툭 쳐 보였다.

"검공의 무공이 대단하다고 들었지만, 혼자서 현천문을 당해낼 수 있다고 생각하시오?"

"왜 혼자서 현천문 전체를 한꺼번에 상대할 거라고 생각하시오? 물론 하려면 못할 것도 없겠지만 나는 힘든 일은 질색인지라……. 다행히 나는 천하제일의 경공을 익혔소. 내 한 몸 돌보면서 현천문을 망하게 할 자신이 충분히 있소이다. 당신들이 아무리 떼거지로 몰려온다 해도, 마음먹고 달아나는 나를 잡을 수는 없을 것이오. 그러니 결국은 당신들은 나를 당해내지 못할 것이요."

향공열전

"헐! 천하의 검공이 달아날 생각으로 싸운다고 하면 사람들이 비웃지 않겠소?"

"하하하! '복수하지 마라. 강가에 죽치고 앉아 있으면 원수의 시체가 떠내려 올 것이다'라고 가르친 성현도 계신데, 그에 비하면 나의 싸움은 실로 대단한 것이라 할 수 있소. 그러니 그런 쓸데없는 걱정은 삼매진화(三昧眞火)로 홀렁 태워 버리시오."

"……."

현천문주 손만호가 한숨을 길게 내쉬었다. 과연 먹물을 제법 먹었다고 하더니, 말로는 도무지 당해낼 수가 없다.

"하아! 좋소. 검공께서 그런 각오로 싸움에 임한다면, 우리가 당해내지 못한다는 것을 인정하겠소. 이렇게 합시다. 노부는 검공께서 현천문에서 벌인 일들을 더 이상 따지지 않겠소. 보아하니 검공께서도 칼부림을 원치 않으시는 것 같은데…… 이쯤에서 우리 사이의 은원을 정리하는 것은 어떻소?"

"……."

뜻밖의 제안에 서문영이 눈을 끔벅였다.

이렇게까지 일이 커졌는데 은원을 없애자니? 무의미한 피를 보고 싶어 하지 않는 자신의 바람이 상대에게 통한 것일까?

"흠! 듣던 중 현명한 말씀이십니다. 현천문을 생각하면 지금도 단전(丹田)이 쓰라려 오지만…… 폭력이 답은 아니기에 받아들이겠습니다."

"그럼, 이제 인보를 넘겨주시구려."

"그렇게 하겠습니다."

서문영은 즉시 손인보의 혈을 풀어 손만호에게로 보냈다.

성유화 일행도 현천문의 세력권에서 벗어났을 시간인지라, 더 이상의 실랑이는 의미가 없었다.

"그럼, 소생은 이만 가던 길을 가야겠군요. 앞으로 다시 만날 일이 없기를 바랍니다."

비록 은원을 없애자고 했지만, 다시 만나면 또 시비가 벌어질 게 분명했다. 서문영은 현천문과 다시 얼굴을 마주하고 싶지 않았다.

제7장
육음(六淫)과 칠정(七情)

서문영이 막 돌아섰을 때다.

뒤에서 현천문주 손만호의 늙수그레한 음성이 들려왔다.

"후후! 뭘 그렇게 서두르시오. 우리의 개인적인 은원이 해결되었다고 해서 문파 간의 은원까지 정리되는 것은 아니지 않겠소?"

어느 틈에 돌아갔는지 현의당 제자들이 하나 둘씩 서문영의 뒤로 모습을 드러냈다.

서문영이 고개를 설레설레 저으며 다시 손만호에게 시선을 돌렸다. 정사지간의 인물이라고 하더니 정말 종잡을 수 없는 사람이라는 생각이 든다.

손만호가 비릿한 미소를 지으며 말했다.

"개인적으로 검공에게 감정은 없소. 하지만 문파의 법규라는 게 있지 않겠소? 현천문도 그렇지만, 삼문의 문주들께서 검공을 그냥 보낼 수 없다고 하시는구려. 어쩌겠소? 사사로운 개인보다는 아무래도 전체가 우선이 아니오?"

"그래서 하고 싶은 말이 뭐요?"

"현천문과 삼문의 밝은 내일을 위해서 죽어 줘야겠소."

"결국 이렇게 되는 건가?"

서문영이 다소 허망한 표정으로 손만호와 손인보를 바라보았다. 왜 사람들은 스스로 무덤을 파려고 하는 것일까?

서문영의 음성이 싸늘하게 식어갔다.

"손 문주, 다 끝난 일을 다시 어렵게 만들어가고 있다는 생각은 해보지 않았나?"

"흥! 누구 마음대로 끝이 났다는 게냐? 현천문의 이름으로 선포된 것은 반드시 이루어진다. 너만 조용히 사라진다면 말이다!"

현천문주 손만호가 삼문의 고수들과 함께 뒷걸음질치기 시작했다.

서문영이 가볍게 인상을 찡그렸다. 현천문주는 당장이라도 덤벼 들 듯하더니 오히려 뒤로 물러서고 있다. 보나마나 뭔가 꿍꿍이가 있다는 뜻이다.

이런 거리에서 현천문이 할 수 있는 공격은 뭐가 있을까?

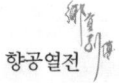
향공열전

과거 현천문과의 싸움을 떠올리던 서문영이 갑자기 손끝으로 손인보를 가리키며 물었다.

"그나저나 군은 현천문의 멸문(滅門)을 원하는가? 봉문(封門)을 원하는가? 옛정을 생각해 선택의 기회를 주겠다."

"나, 나는……."

당황한 손인보가 머뭇거리고 있을 때다.

현천문주 손만호의 입에서 "쳐라!"라는 고함이 터져 나왔다.

순간 오십여 명의 현의당 제자들이 품속에서 벽력탄을 꺼내 서문영에게 던졌다.

"헉!"

서문영의 입에서 헛바람 소리가 새어나왔다.

여기서 갑자기 군문에서나 사용하는 벽력탄이 튀어 나오다니?

하지만 당황할 틈도 없었다. 오십여 개의 벽력탄이 지척까지 날아왔기 때문이다.

팔진팔괘(八進八卦) 건곤환공(乾坤換功; 하늘과 땅이 바뀐다)!

위기의 순간 서문영은 성무십결의 팔단공을 떠올렸다.

본래 성무십결에 기록되기를 '팔단공의 건곤환공에 통달하면 어검비행이 가능하다'고 했다. 하지만 그 글자를 곧이곧대로 믿는 문도들은 없었다. 대부분의 문도들은 팔단공을 어기충소(御氣沖宵; 공중으로 솟아오르는 경신술)와 비슷한 것으로 여겼다. 물론 어기충소를 구경한 적이 없는지라, 그 형태에 대한 생각은 각자 달랐지만 말이다.

서문영이 두 발로 지면을 박차고 허공으로 뛰어올랐다.

삼 장 정도 날아올랐을까? 서문영이 양손을 부드럽게 휘저었다.

순간 서문영을 중심으로 거대한 회오리가 형성되는가 싶더니, 서문영의 몸은 더욱 높이 날아올랐다.

꽈르릉!

요란한 굉음과 함께 현천문의 정문이 가루가 되어 무너졌다.

돌조각과 먼지가 사방 오 장을 자욱하게 덮었다.

먼지가 가라앉자 손만호는 즉시 삼문의 문주들과 함께 서문영이 서 있던 자리로 달려갔다.

정문이 서 있던 자리에 폭이 삼 장이나 되는 구덩이가 파여져 있다.

손만호가 만족한 표정으로 구덩이 주변을 살피며 중얼거렸다.

"음! 가루가 된 건가. 검공과 같은 무공의 고수도 벽력탄 앞에서는 별수 없군. 언젠가 사람들은 칼 대신 벽력탄을 사용하게 될 게야."

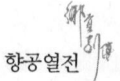

향공열전

"그래, 하지만 아직은 아니지."

"당연히 그만한 물량이 없으니까……. 그런데 누구?"

이상한 기분에 손만호가 좌우로 고개를 돌렸다. 뒤늦게 상대가 반말을 하고 있다는 걸 자각한 것이다. 감히 현천문주에게 반말을 하다니?

가까운데 서 있던 삼문의 문주들이 어리둥절한 표정으로 손만호를 바라보았다. 그들 역시 손만호와 대화를 나눈 사람을 찾고 있었던 것이다.

"어이! 이 위라고."

손만호와 삼문의 문주들이 고개를 들어올렸다.

하지만 햇볕에 눈이 부셔 똑바로 바라볼 수가 없었다.

손으로 빛을 가리자 차츰 물체가 눈에 들어왔다. 찬란한 태양 속에 떠 있는 것은 한 자루 칼이었다.

"헉! 어검비행(御劍飛行)!"

혈영귀마의 입에서 경악성이 흘러나왔다.

그도 그럴 것이, 육십 평생에 실제로 칼을 타고 공중에 떠 있는 사람을 보기는 처음이었다.

"거, 검공이다!"

"검공이 하늘에 있다!"

현천문도와 삼문의 고수들이 혼란 속으로 빠져들었다. 그들도 무인인지라, 칼 한 자루를 타고 하늘을 날아다니는 경지에 대해 주워들은 바가 있었던 것이다.

병장기를 움켜쥐고 떨고 있는 사람들에게 서문영의 담담한 음성이 들려왔다.
 "조금 위험했어. 나도 남자니까, 받은 만큼 돌려 줘야겠지? 요령껏 살아남아 보라고."
 말과 함께 서문영의 몸이 서서히 하강했다.
 "으아악!"
 "비켜!"
 "주, 죽는다!"
 망연자실한 표정으로 서 있던 오백여 명의 무림인들이 메뚜기 떼처럼 사방으로 흩어졌다.
 사람들을 따라 달아나던 손인보가 필사적으로 외쳤다.
 "봉문을 원합니다! 봉문을 원해요! 봉문!"
 손인보의 절규를 들은 현천문과 삼문의 고수들이 이구동성(異口同聲)으로 소리쳤다.
 "봉문!"
 "봉문!"
 서문영이 허공에서 한 번 몸을 뒤집었다.
 발밑에 있던 박도가 서문영의 손으로 빨려 들어와 휘황찬란한 빛을 발했다.
 박도에 맺힌 검광을 보며 서문영이 고개를 갸웃거렸다.
 박도는 성무십결 중 사결을 원하고 있는 것처럼 보였다. 생뚱맞아 보이는 성무십결의 구결들은 어떤 흐름을 가지고 있는 것일까?

 서문영은 무심코 성무십결의 사결을 떠올렸다.

 사삼무진(四三無盡) 천광운영(天光雲影)!

 순간 서문영의 박도에 맺혀 있던 천광(天光)이 사방으로 뻗어나갔다.
 현천문의 외당(外堂) 구석구석에 그 빛이 이르지 않은 곳이 없었다.
 와르르르.
 건물에 균열이 가는가 싶더니 이내 무너져 내렸다.
 "크윽!"
 "악!"
 하필 건물로 달아났던 사람들은 잔해에 깔려 비명을 내질렀다.
 외부에 있던 사람들이라고 무사했던 것은 아니다.
 검광이 스치고 지나간 곳마다 가루가 되어 사라졌다. 그것은 사람이라고 해서 예외가 아니었다. 팔에 맞은 자는 팔을, 다리에 맞은 자는 다리를 잃어야 했다.
 한바탕 소란이 가라앉자 현천문은 공동묘지처럼 고요해졌다.
 운 좋게 대부분이 살아남았지만, 살아남은 자들의 몰골은 처참하기만 했다. 백여 명이나 되는 고수들이 사지(四肢) 중 하나를 잃었다. 그래도 그들은 운이 좋았다며 가슴을 쓸어내렸다. 그들 주변에 십여 구의 머리 없는 시체가 나뒹굴고 있었던 것이다.

서문영이 오백여 명의 고수들에게 걸어갔다.

한쪽 팔이 날아간 현천문주 손만호가 부들부들 떨며 말했다.

"대, 대협, 봉문을…… 허락해 주시오."

"……."

서문영은 대답 대신 손만호의 곁에 있는 삼문의 문주들에게 시선을 돌렸다.

얼굴에 칼자국이 선명한 노인은 다리가 보이지 않았다. 다른 두 사람은 운 좋게도 상처 하나 없었다.

저것은 그들의 업보일까, 운일까?

서문영은 황폐해진 현천문을 둘러보았다.

무너진 건물과 사지를 잃은 사람들의 절망 어린 얼굴이 보였다.

갑자기 성무십결이 무서워졌다. 하지만 이것이 어디 성무십결의 문제이랴! 모든 것은 자신의 내부에 깃든 법륜(法輪)의 무상공력이 만든 일이다.

서문영의 입에서 무거운 한숨이 흘러나왔다. '법륜의 주인이 된다'는 것이 이렇게 힘든 일일 줄이야! 큰 힘에는 그에 걸

맞은 책임이 뒤따른다는 말이 떠올랐다. 자신은 이 무시무시한 힘에 맞는 책임을 가지고 있는 것일까?

만약 그게 아니라면, 세상은 그 힘만큼 도탄에 빠지게 될 것이다.

스승인 마타선사의 당부가 떠올랐다.

"녹은 쇠에서 생기지만 차차 그 쇠를 먹어 버린다. 마찬가지로 마음이 옳지 못하면, 그 마음이 차츰 사람을 먹어 버리게 된다."

서문영은 처음으로 자신의 마음에 녹이 스미지 않기를 기원했다.

독고현의 죽음 이후로 자신의 마음을 돌아보는 일에 소홀했던 게 후회가 됐다. 적어도 그런 노력을 게을리 하지 않았다면, 지금 저들의 앞에 보다 당당한 모습으로 설 수 있었을 것이다. 지금의 자신은 그저 저들보다 월등한 힘을 가진 이기적인 남자일 뿐이다.

삼문의 문주들은 서문영이 자신들을 바라보자 급히 머리를 조아렸다.

하지만 서문영은 재빨리 한 걸음 비키는 것으로 그들의 절을 피했다. 이런 식의 굽실거림은 서문영의 성격에 맞지 않았다.

순간 다리를 잃은 혈영귀마가 오체투지(五體投地)하며 외쳤다.

"대협! 살려 주십시오! 저희 마문도 봉문을 하겠습니다!"

"우리 상요문도 봉문을 하겠어요."

"염치없지만, 허락해 주신다면…… 진천문도 봉문을 하겠습니다."

옥아인과 구월진인도 급히 봉문을 구했다. 자신들의 모습이 어떻게 보이는지는 중요하지 않았다. 지금은 어떻게든 살아야 한다는 생각뿐이었다.

어두운 표정으로 묵묵히 서 있던 서문영이 마침내 입을 열었다.

"당신들은 먼저 성가장에 용서를 구하고, 성 가주에게 봉문을 청하도록 하시오."

지금으로서는 그것이 자신의 최선이었다. 어줍지 않은 인정에 휩싸여 제멋대로 일을 처리해서는 안 된다.

그건 그야말로 강한 남자의 독선일 뿐이다. 결자해지(結者解之). 그것이 지금 자신이 확신할 수 있는 최소한의 인간도(人間道)였다.

"예!"

"그렇게 하겠습니다."

"감사합니다!"

"고, 고마워요."

"……"

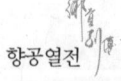

서문영의 다음 지시를 기다리던 현천문과 삼문의 문주들이 슬그머니 고개를 쳐들었다. 너무 조용해서 슬쩍 눈치를 살피고 있는 것이다.

 하지만 서문영은 언제 사라졌는지 보이지 않았다.

 손만호와 삼문의 문주들은 멋쩍은 표정으로 서로를 바라보다가 황망히 일어섰다.

 곧이어 삼문의 문주들이 하나 둘 제자들을 이끌고 떠나갔다.

 현천문주 손만호가 남아 있는 손 씨 일족에게 씁쓰름한 미소를 지어 보였다.

 "그래도 내당(內堂)이 멀쩡한 게 어디냐? 때를 기다리며 힘을 키우다 보면 다시 비상(飛上)할 날이 올 것이다."

 손 씨 일족이 "그렇습니다." 하며 고개를 끄덕였다.

 손만호가 슬쩍 돌아섰다. 서로를 격려하고 있는 식솔과 제자들 보기가 민망한 까닭이다.

 '검공이 살아 있는 동안 현천문에 좋은 날은 다시 오지 않으리……'

 화무십일홍(花無十日紅)이라더니, 지금 지는 현천문의 꽃은 언제쯤 다시 피게 될까?

 어쩌면 이대로 흔적도 없이 사라지게 될지도 모를 일이다. 이 순간 손만호는 현천문과 삼문이 강호에서 수명을 다했다고 생각했다.

* * *

 서문영은 성가장의 문도들과 함께 왔던 길을 되짚어갔다. 당연히 그들과 만나기 위해서다. 서문영은 성가장 문도들을 만나면 대충의 경과를 알려 주고 헤어질 생각이었다. 굳이 그들과 성가장까지 가지 않아도 될 것이라고 믿은 까닭이다.
 경공술로 대략 반 시진쯤 달렸을까?
 멀리 성가장 문도들의 뒷모습이 보였다. 그런데 조금 분위기가 이상했다. 성유화가 설지를 업고 가는 것 같았다.
 '내가 없는 동안 매복 공격이라도 당한 건가?'
 서문영의 발걸음이 더욱 빨라졌다.
 성유화의 지척에 이르자 서문영이 인기척을 냈다.
 "생각보다 멀리 못 가셨군요."
 말이 끝나기가 무섭게 성유화가 돌아섰다. 성유화의 얼굴에는 수심이 가득했다.
 "설 단주님에게 무슨 일이 생긴 건가요?"
 "네, 아무래도 현천문에서 따로 내상(內傷)을 입었던 것 같아요. 갑자기 쓰러진 이후로 정신을 차리지 못하고 있네요."
 성유화가 조심스럽게 설지를 눕혔다.
 서문영이 설지의 얼굴을 유심히 살폈다. 의술을 깊이 있게 연구한 적은 없다. 그저 걱정이 돼서 그러는 것뿐이다.
 "피가……."

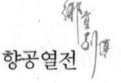
향공열전

설지의 입가에 미처 닦아 내지 못한 핏자국이 보였다.

갑자기 피를 토하고 정신을 잃었다니 '중독이라도 된 게 아닌가?' 하는 의심이 든다.

"혹시 중독은 아니겠지요?"

서문영의 물음에 경험 많은 호법 송안석이 고개를 저었다.

"그렇게 생각할 수도 있겠지만, 노부가 볼 때 중독의 증상은 아닌 것 같네. 의원에게 진맥을 받아 봐야 확실히 알겠지만…… 맥이 고르지 못한 것으로 봐서는 내상이 아닐까?"

"아!"

그러고 보니 독에 당한 사람치고는 전체적으로 깨끗했다. 대림사에서 독살당한 승려들의 시체는 확실히 이렇지 않았다.

"의원이 있는 마을까지는 얼마나 남았습니까?"

"늦어도 유시 말(酉時末; 오후 7시)이면 닿을 것이네."

서문영의 얼굴이 어두워졌다.

아직 태양은 머리 위에 있었다. 다섯 시간 이상 업고 가야 한다는 소리다. 업는 사람도 고되겠지만, 정신을 잃은 사람에게 너무 긴 시간이었다.

"……"

갑자기 성무달이 다가와 서문영의 어깨를 툭 건드렸다.

"예?"

"아니 무슨 생각을 하기에 그렇게 넋이 빠진 거야? 현천문은 어떻게 된 거냐고 물었잖아. 가만히 있을 놈들이 아닌데……."

육음(六淫)과 칠정(七情) 209

"아, 현천문과 삼문에서 성가장으로 사람을 보내올 겁니다."

"사람을? 그놈들이 또 왜?"

성유화와 송안석이 가까이 모여 들었다. 현천문과 삼문에서 사자를 보낼 거라는 말에 긴장을 한 것이다.

성무달까지 조마조마한 눈으로 서문영을 바라보았다.

"그들은 지난 일들을 사과하는 의미에서 성 가주님께 봉문을 요청하겠다고 했습니다."

"그놈들이 봉문을?"

성무달이 믿을 수 없다는 얼굴로 눈을 끔뻑였다.

현천문은 자타(自他)가 인정하는 강소성 최강의 문파다. 그런데 한창 잘나가는 현천문이 봉문을 요청한다니? 그것도 승자(勝者)에게 머리를 조아리고 처분을 기다리는 패자(敗者)의 모습으로? 아무리 서문영의 말이지만 좀처럼 믿어지지 않았다.

하지만 송안석은 내심 짚이는 게 있는지 고개를 끄덕이며 물었다.

"뒤에서 천둥 치는 소리가 희미하게 나는 것 같더니…… 자네와 한바탕 했던 모양이군?"

"예."

"당연히 그들 모두는 자네에게 패했을 테고……."

서문영은 묵묵히 고개를 끄덕였다.

"그런데 봉문을 요구한 것은 자네인가? 아니면 그들이 스스로 원한 것인가?"

향공열전

"그들이 봉문을 하고 싶다기에…… 성 가주께 허락을 받으라고 했습니다. 문파 간의 은원은 역시 우두머리가 풀어야 하는 법이니까요."

"그렇군. 그들이 어지간히 놀랐던 모양이야. 봉문을 요청할 정도면……."

"나름 개과천선(改過遷善)을 한 거라고 생각합니다."

"허허! 그거야말로 겸손의 말이지. 그나저나 자네 덕분에 강소성 무림은 당분간 잠잠해지겠군. 삼 년 만의 평화인가!"

"뭐야? 정말인가 보네? 현천문이 우리에게 항복을 한 거야? 와하하핫! 이제야 두 발 뻗고 잠잘 수 있겠군! 아우님! 고맙네! 고마워!"

"고맙긴요, 우리가 어디 남입니까?"

"그야 그렇지만…… 아우님이 아니었다면 성가장은 벌써 망했을 거야. 휴우!"

성무달은 생각하기도 싫다는 듯 머리를 흔들었다.

"원, 별말씀을 다 하십니다."

서문영이 그러지 말라고 손사래를 칠 때다.

성유화가 서문영의 앞으로 나가 천천히 머리를 조아렸다.

하고 싶은 말은 많았지만, 한 마디도 입 밖으로 나오지 않았다.

선친과 무환 오라비의 얼굴이 눈앞을 스쳐 지나갔다. 갑자기 목이 메어 왔다.

'이렇게 좋은 날이 오는 것을 봤어야 하는데……'

땅바닥으로 굵은 눈물이 방울방울 떨어져 내렸다.

"……"

장내에 침묵이 맴돌았다. 감정에 복받친 성유화를 위해 다들 입을 다문 까닭이다.

그렇게 일각(一刻; 15분)쯤 지났을까?

갑자기 생각난 듯 서문영이 말했다.

"형님, 한 사람이라도 미리 가서 의원을 물색해 놔야 하지 않을까요? 밤에 도착했는데 의원이 다른 곳에 가 있다거나 하면 곤란하지 않겠습니까?"

"오! 좋은 생각이군. 유화야, 어떠냐? 이 근방을 좀 아는 내가 먼저 가는 게 나을 것 같은데……"

성유화가 한결 편안해진 얼굴로 고개를 들었다.

"네, 그렇게 하세요. 그런데 어디로 가야 하는지는 아시죠?"

"알다마다. 관운(灌云) 아니냐."

"그래요. 먼저 가서 의원 곁에 계세요. 마을에 도착하는 대로 찾아갈 테니까요."

"알겠다. 그럼 먼저 가도록 하마. 호법님, 저 먼저 출발하겠습니다. 아우님도 이따가 보자고!"

말을 마친 성무달이 후다닥 멀어져갔다.

성유화가 다시 설지를 업으려 하자 서문영이 제지하고 나섰다.

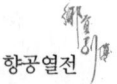
향공열전

"갈 길이 머니 이번에는 제가 안고 가도록 하지요."

"네……."

성유화는 순순히 양보를 했다. 사실 설지를 관운까지 계속 업고 간다는 게 쉬운 일이 아니었던 것이다.

서문영은 조심스럽게 설지를 안고 일어섰다.

문득 독고휘를 안고 대림사로 가던 때의 일이 떠올랐다. 눈발을 헤치고 달릴 때의 그 아득함이란!

몇 걸음 걷다 보니 설지는 독고휘보다 조금 무거운 느낌이다.

서문영은 나중에 설지가 깨어나면 지금의 느낌을 사실대로 말해 주리라 다짐했다.

그런 생각을 하고 있자니 괜히 웃음이 났다.

     *   *   *

"사람의 몸에 병이 나는 것은 여러 가지 원인이 있을 수 있소. 이 환자의 경우 육음(六淫)과 칠정(七情)과 같은 외감에 영향을 받았소. 육음이란 사람의 몸에 병이 나게 하는 여섯 가지 기후적인 요소를 말함이요. 바람 불고[風], 춥고[寒], 덥고[暑], 습하고[濕], 건조하고[燥], 뜨거운 것[火]이 그것인데, 이분의 경우 특별히 화기(火氣)에 의해 내장이 손상을 입은 것 같소."

허연 수염을 길게 늘어뜨린 의원의 말에 성유화가 즉시 되물었다.

"화기요?"

그다지 뜨거운 날씨도 아닌데 화기에 손상을 입었다니 의아했던 것이다.

"소저(小姐), 화기란 단지 날씨에 의해 얻게 되는 것이 아니외다. 마음으로부터 일어난 울화(鬱火)를 다스리지 못해도 장기가 손상된다오. 사람들이 울화가 치민다고 하는데, 그것은 화기에 의해 장기가 손상되고 있다는 뜻이외다."

"의원님, 그럼 칠정이라 함은?"

"칠정은 사람이 기뻐하고[喜], 노하고[怒], 근심하고[憂], 고민하고[思], 슬퍼하고[悲], 놀라고[驚], 두려워하는[恐] 것에 장기와 기혈이 영향을 받아, 음양(陰陽)의 역린이 일어나 기능에 장애가 오게 되는 것을 말함이외다. 노하면 간(肝)이 손상되고, 기쁨이 지나치면 심(心)이 손상되고, 고민이 깊으면 비(脾)가 손상되고, 근심하면 폐(肺)가 손상되고, 크게 놀라면 신(腎)이 손상되는 이치도 거기에 있소."

"저어, 죄송한 말씀인데…… 설 언니는 오래도록 내외공을 익힌 무림인이에요. 그런데 고작 마음의 병으로 쓰러졌다는 말씀이신가요?"

"허어! 고작 마음의 병이라니……. 무림인들이 겪는 주화입마라는 것도 결국은 육음과 칠정에 의한 게 아니오? 아가씨를 위해 좀 더 자세히 설명해 드리다. 지금 환자의 상태는 매우

중할 뿐 아니라, 치료하기도 쉽지 않소이다. 마음에 큰 충격을 받아 음양의 역린이 일어난 상태에서, 무리하게 운기를 하다가 내장이 모두 뒤틀리고 말았소. 하지만 더 큰 문제는 따로 있소. 쓰러진 뒤로 지금까지 의식조차 없다는 것은 환자 자신에게 살 의지가 없다는 뜻이오. 이대로라면 화타(華陀; 한대의 명의)나 편작(編鵲; 전국시대의 명의)이 앞에 있다고 해도, 살릴 수 없을 것이외다."

"……."

성유화의 얼굴이 하얗게 질려 갔다.

그저 중한 내상을 입었으려니 생각했는데, 살릴 수가 없다니? 이 무슨 청천벽력(靑天霹靂) 같은 소리란 말인가!

"의원님, 안 돼요. 언니를, 언니를 살려 주세요. 돈은 얼마가 들어도 좋아요. 제발 부탁 드려요. 언니까지 이렇게 보낼 수는 없어요."

강소성 북부에서 명의로 알려진 노자생(盧子生)이 혀를 차며 중얼거렸다.

"쯧쯧! 이 환자의 경우 자신에게 살 의지가 있어야 함은 물론, 증상에 맞는 영약(靈藥)이 있어야 하오. 죽고자 하는 환자를 살리는 것도 힘이 들겠지만…… 그보다 어려운 것은 영약을 구하는 것이오."

"영약이라구요? 어떤 약이 필요한가요?"

"선친께서는 소림사의 대환단(大丸丹)과 무당산의 태청단(太

淸丹)이 내화(內火)를 다스리는데 특효라고 하셨소이다. 부끄럽게도 나는 아직 내화로 음양의 역린이 일어난 환자를 치료해 본 적이 없소. 그러니 지금으로서는 대환단이나 태청단을 구해 먹인다면 혹 효과를 볼지도 모른다고 밖에는……."

"……."

성유화가 눈을 질끈 감았다.

의원이 말하는 대환단이나 태청단은 그 존재조차 불확실한 전설속의 영약이었다.

백번 양보해서 그런 영약이 있다 해도 그림속의 떡일 뿐이다. 소림사나 무당파의 장문인이 그런 천고의 영약을 순순히 내줄 리가 없지 않은가!

절망에 사로잡힌 성유화에게 노자생이 말했다.

"환자의 몸을 보(保)하는 약을 처방해 드리리다. 하지만 다시 말씀 드리건대…… 그 약으로는 무림인의 주화입마를 치료할 수 없소. 내가 처방해 주는 약은 그저 증세가 악화되는 것을 늦출 뿐이오. 그러니 가능하면 대환단이나 태청단을 구해 보도록 하시오."

노자생은 말을 하면서도 상대의 눈을 똑바로 보지 못했다. 지금 자신의 처방이 얼마나 무책임한 것인지를 잘 알기 때문이다. 자신의 입장에서 "대환단이나 태청단을 구하라"는 소리는, 그냥 앓다가 죽으라는 것과 같은 말이었다.

말을 마친 노자생은 약방문을 써서 성유화에게 건네주었다.

향공열전

"멀리서 오셨으니 한 달 치의 약을 지어 드리겠소. 집으로 돌아가신 뒤로는 이 처방대로 약재를 구해 먹이면 될 것이오."

"……."

멍하니 앉아 있는 성유화 대신 호법 송안석이 나서서 약방문(藥房文)을 받았다.

"감사하외다."

"아니오. 멀리서 찾아오셨는데 도움이 되지 못해 오히려 미안하외다."

송안석의 인사에 노자생이 착잡한 눈으로 환자를 한 번 더 내려다보았다. 환자의 얼굴에서는 안타깝게도 살아 있는 사람의 감정이 느껴지지 않았다.

타고난 미색(美色)에 무표정한 얼굴이 더해지자 환자는 마치 이야기 속의 여신(女神)처럼 보였다.

이토록 아름다운 여인이 마음의 문을 꼭꼭 닫고 죽어가는 이유는 무엇일까?

정말 대환단과 태청단으로 나을 수는 있는 걸까?

노자생의 입에서 한숨이 길게 흘러나왔다.

알 수 없었다.

아무리 성가장이라고 해도 소림사나 무당파에 비교하면 태양 앞의 반딧불이다. 변방의 작은 문파를 위해 소림사나 무당파가 절세의 영단을 아낌없이 나눠 줄 리가 없지 않은가! 게다가 영약이 마음의 병까지 고칠 수 있을지도 의문이다.

의원에서 나온 성가장 일행은 객점의 큰 방 하나를 얻었다.

방 한가운데 설지를 눕혀 놓고 둥그렇게 마주앉은 네 사람은 오래도록 말이 없었다. 설지가 죽어간다느니, 대환단이나 태청단이 필요하다느니 하는 의원의 말에 충격을 받은 것이다.

성무달이 대뜸 욕설을 퍼부었다.

"육시랄 놈 같으니라고! 삼 년 전에는 아우에게 칼침을 놓더니, 이번에는 설 단주를 잡는구나!"

성무달은 설지가 납치와 강제 혼인식의 과정에서 마음에 큰 상처를 입었다고 생각했다. 그러다 보니 모든 일의 원흉인 손인보가 저주스러웠다.

"그 흉악한 놈들은 세상에서 없애 버려야 해! 설 단주에게 무슨 일이 있기만 해봐! 아주 다 죽여 버리고 말 테니까!"

"조용히 하거라. 너는 설 단주의 내부가 진탕되었다는 말을 듣지 못했느냐? 몸이 성한 사람도 주위가 소란스러우면 괴로운 법이다."

"……."

호법 송안석의 나무람에 성무달은 고개를 떨구었다.

확실히 의식을 잃은 환자의 앞에서 큰 소리를 친 것은 자신의 잘못이었다.

철없는 성무달의 행동에 "쯧쯧" 하고 혀를 차던 송안석이 성유화에게 시선을 돌렸다.

"가주, 설 단주의 약을 어떻게 구할지 생각해 둔 바가 있소?"

"아직은……."

"흠! 고민은 고민대로 하되, 일단 소림사와 무당파에 사람을 보내 도움을 요청하십시다. 본래 무엇이든 구하는 자가 얻는 법이라고 했소. 내 살아 보니, 제 몸을 열심히 쓰는 사람이 무엇을 얻어도 얻더이다."

"예……."

"소림사와는 내가 인연이 있으니…… 직접 찾아가 사정해 보리다. 혹시 시간이 된다면 자네도 동행을 했으면 하는데…… 어떤가?"

송안석이 서문영을 바라보았다.

잠시 망설이던 서문영은 고개를 저었다. 자신과 소림사의 은원을 생각하면 오히려 역효과가 날 수도 있었기 때문이다.

"저는 얼마 전에 소림사와 크게 싸운 적이 있어서…… 함께 하지 않는 편이 나을 겁니다."

"소림사와?"

송안석의 얼굴이 어두워졌다. 소림사와 서문영이 싸웠다는 말에 마음이 무거워진 것이다.

"사실 저와 소림, 무당, 화산파는 은원이 중첩되어…… 지금은 견원지간(犬猿之間)처럼 지내고 있는 형편입니다."

"허어! 어쩌다가……."

서문영은 송안석이 나중에 소림사의 말만 듣고 오해를 하게 될까 봐 지난 일들을 대충 말해 주었다.

"십대문파에 그런 후안무치한 놈들이 있었다니! 그리고 자네는! 담운이 그토록 흉악한 놈이라는 것을 알면 따로 손을 썼어야지! 왜 멍청하게 당하고만 있었나! 전쟁터에서 사신(死神)으로 불리던 자네가 아닌가! 그깟 개만도 못한 놈 하나를 더 죽이는 게 뭐가 어려운 일이라고!"

송안석이 흥분해서 고함을 지르자 성무달이 점잖은 목소리로 말했다.

"저어, 말씀 중에 죄송합니다만, 설 단주를 생각해서 언성을 좀 낮추시는 게 어떻겠습니까?"

"끙!"

송안석이 앓는 소리와 함께 눈을 감았다.

단심맹의 한심한 행동을 생각하면 속이 뒤집어지는 것 같았지만, 설지를 생각해 참아야 했다.

그런 송안석의 귀로 성무달의 음성이 계속 들려왔다.

"몸이 성한 사람도 주위가 소란스러우면 괴로운 법인데……."

"알아들었으니 그만 해라."

"아, 예."

성무달의 대답을 끝으로 방 안에는 다시 침묵이 흘렀다.

가장 힘을 발휘할 수 있는 서문영이 소림, 무당, 화산과 적대적이라고 하니 자연 분위기가 암울해진 것이다.

한참 만에 서문영이 송구스러운 표정으로 말문을 열었다.

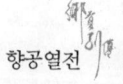
향공열전

"대신 태청단은 제가 아는 분에게 은밀히 부탁을 드려 보겠습니다."

"혹시 고적산인께 청해 볼 생각인가?"

"예."

송안석의 표정이 밝아졌다.

무당파의 최고 어른인 고적산인이라면, 소림사의 속가제자인 자신보다 더 영약을 구할 확률이 높았다.

그뿐 아니다. 서문영과 소림, 무당, 화산과의 불편한 관계도 고적산인을 통해 어느 정도 해소할 수 있을 것이었다.

"확실히 고적산인이시라면 가능할지도 모르겠군……."

무겁던 분위기가 조금 가벼워졌다.

설지를 바라보던 서문영은 문득 독고현을 떠올렸다.

독고현도 산공분에 당해 공력을 잃었을 때, 소림사로 가자고 했다. 하지만 자신은 소림사에 가서 오히려 소동만 일으켰다. 비록 그것이 단심맹 총관인 담운의 수작에 의한 것이라고 해도, 원인을 제공한 사람은 자신이었다.

그 결과 협객들의 모임이라는 단심맹과 원수가 되었고, 대림사의 승려들과 독고현은 독살을 당했다.

작은 다툼이 쌓이고 쌓여 수많은 사람의 생명을 앗아가는 대참사를 낳고 만 것이다. 자신이 조금만 더 현명했더라면, 그런 일이 생기지 않았을지도 모른다.

'권력이나 무력을 행사해서, 적의 도발을 초기에 무력화시

켰다면······.'

 하지만 다시 생각해 보면 꼭 그런 것만도 아니다. 물론 단심맹과의 사이는 좋아졌을지 모른다. 그러나 담운과의 관계까지 그렇게 됐을까?

 담운의 성정(性情)을 생각하면 가능성이 없어 보인다. 만약 담운이 자신에 대한 악의를 버리지 않는다면, 단심맹과의 관계회복은 별 의미가 없다. 지금까지의 정황상, 독살사건은 담운이 측근들을 시켜 벌인 일이기 때문이다.

 사람의 운명이란 미리 정해진 것일까?

 곰곰 생각하던 서문영이 주먹을 불끈 말아 쥐었다.

 아니 다 필요 없다. 만약 운명이라는 것이 정해져 있다면, 그 운명조차 바꾸어 버리겠다.

 '설 사부, 이번에는 망치지 않겠소.'

 같은 실수는 두 번 반복하지 않을 것이다.

 다른 사람의 음모에 이리저리 끌려다니지도 않을 것이다.

 인면수심(人面獸心)의 적에게는 궤계(詭計)를 꾸밀 기회조차 허락하지 않을 것이다.

 그렇게 서문영은 의식을 잃은 설지를 향해 '후회나 아쉬움 따위는 다시 남기지 않겠노라'고 몇 번이나 다짐했다.

 생각에 잠긴 서문영에게 성무달의 음성이 들려왔다.

 "아우, 장안(長安)으로 가는 일이 늦어질 것 같은데······ 괜찮겠나?"

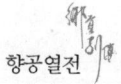
향공열전

"예, 급하게 시간을 요하는 일은 아닙니다."

"그렇다면 다행이고……. 이래저래 아우에게는 신세만 지는군."

"신세라니요. 그런 말씀 마십시오. 성가장에서 무공을 익히지 않았다면, 오늘의 저도 없습니다. 게다가 설 사부는 무공지도까지 해주셨던 분인데 어찌 모른 척할 수 있겠습니까?"

"아! 아우가 설 단주에게 무공을 배운 적이 있었군. 어쩐지……."

"왜요?"

"이 년쯤 전에 아우가 편지를 보낸 적이 있었지?"

"예."

서문영이 고개를 끄덕였다. 확실히 그때쯤 천의단에 있던 화산파 제자 군불위와 비무를 하고, 단주인 상무극에게 편지를 맡긴 적이 있었다.

"그때 자기 이야기만 빠져 있다고 투덜거리는 것을 몇 번 들은 적이 있다고. 나는 그때 왜 설 단주가 기분 나빠하는지 이해가 안 갔는데…… 이제야 좀 알 것 같군. 그런데 두 사람이 티격태격 다툰 것으로만 기억하고 있었는데…… 언제 무공을 배운 건가?"

"기간으로 보면 그리 길지 않지만…… 가주님의 부탁으로 아침마다 설 단주님에게 무공을 배우기는 했습니다."

"그랬군. 편지에 안부도 좀 묻고 그러지 그랬나."

"저야말로 설 사부에게 늘 야단만 맞아서 안부를 물을 엄두도 못 냈습니다."

"에이, 아무리 그래도 유화만 할까? 유화에게는 두들겨 맞기까지 했지만, 그래도 절기마다 편지는 보내더만……."

성무달은 자기가 말하고도 이상한지 애매한 표정을 지어 보였다.

확실히 서문영은 성유화에게 괴롭힘을 당하고도 잊지 않고 편지를 보냈다. 설지가 무서워 안부조차 묻지 못했다는 사람이 할 행동은 아니지 않은가!

묵묵히 듣고 있던 송안석이 지나가는 투로 한 마디 던졌다.

"사내 녀석이 뭘 그렇게 꼬치꼬치 묻는 게냐? 성가장이 그리워서 그랬나 보다 생각하면 될 일을. 나라도 너 같은 녀석에게 편지를 보내느니 유화나 설지에게 보내겠다. 젊은 시절에 객지에서 연서(戀書) 한 번 안 써 본 사람이 어디 있다고."

"오! 연서요?"

성무달이 서문영을 놀리듯 바라보았다.

서문영이 당황한 얼굴로 손을 저으며 말했다.

"호법님, 연서라니요? 공개적으로 여러 사람의 안부를 묻는 편지가 어떻게 연서가 됩니까?"

"그 사람 놀라기는……. 연서가 별건가, 성가장의 식솔들을 그리워해서 쓴 것 같으니 연서라고 하는 게지. 너무 펄쩍 뛰니까 진짜 의심스럽구먼."

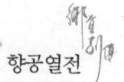

"아! 네, 맞습니다. 그때는 정말 성가장으로 돌아오고 싶어서 몸살이 날 정도였습니다. 군문에서의 생활이 정말 싫었거든요."

서문영이 슬쩍 화제를 돌렸다.

그 심정을 이해하는지 성유화가 배시시 웃으며 말을 받았다.

"두 분이 함께 있는 동안에는 조금 어색했지만⋯⋯ 그래도 설 언니가 서 대협이 돌아오시기를 손꼽아 기다렸다는 걸 알았다면 아마 안부를 물었을 거예요."

"다음에 편지를 보낼 일이 있으면 설 사부의 안부 먼저 묻도록 하겠습니다."

"그래주시면 고맙지요."

성유화가 설지를 향해 시선을 돌렸다.

문득 설지가 서문영의 편지를 가져가서 지금까지 돌려주지 않고 있다는 사실이 떠오른 것이다.

아마 이가장주와 본격적으로 만나기 시작할 무렵일 게다. 설지가 무슨 바람이 불었는지 검공의 편지나 한 번 더 읽어 보게 달라고 했다. 그때 편지를 주고 지금까지 돌려받지 못했다. 아니 이가장주를 만나느라 편지에 대한 생각조차 하지 못했다는 게 맞다.

'언니가 서 대협을 좋아했을까?'

하지만 설지는 죽은 성무환을 잊지 못해 개선사를 자주 드나들었다. 그걸 생각하면 설지가 깜빡 잊고 편지를 돌려주지

육음(六淫)과 칠정(七情) 225

않았을 확률이 높다.

 대환단과 태청단을 구하기 위한 회의가 끝나자 남자들은 모두 옆방으로 자리를 옮겨갔다.
 홀로 남겨진 성유화는 설지의 옷을 조심스럽게 벗겼다. 지금까지 예복을 입고 있었던지라 불편해 보였던 것이다.
 "응?"
 힘들게 예복을 벗기던 성유화가 고개를 갸웃거렸다. 상의(上衣)의 안쪽에서 뭔가 바스락거리는 것이 만져졌던 것이다.
 잠시 망설이던 성유화는 경장(輕裝)의 상의까지 벗겼다. 어차피 피가 안쪽까지 스며들어 갈아입혀야 했던 것이다.
 "이건……."
 성유화의 손이 가볍게 흔들렸다.
 뜻밖에도 설지의 상의 안쪽 주머니에서 나온 것은 오래전에 가져갔던 서문영의 편지였다.
 "언니……."
 성유화가 착잡한 표정으로 편지를 매만졌다.
 설지가 개선사에 서문영의 편지를 가지고 갔을 줄이야!
 성무환의 위패와 서문영의 편지가 한자리에 있는 것을 상상하니 가슴이 아팠다. 죽은 오라비에 대한 미안함과 설지에 대한 연민이 교차했다.
 '그런데 언니는 왜 내상을 입었을까?'

현천문에서 악독하게 내가중수법을 사용한 것 같지는 않았다. 그랬다면 설지를 제단에서 구할 때 알아챘을 것이다.
 설지는 분명히 현천문에서 달아나던 도중에 쓰러졌다. 그때까지 누구에게 암습을 받은 적도 없다. 말 그대로 설지는 혼자서 픽 하고 쓰러졌던 것이다.
 그토록 그리던 서문영을 만났는데, 도리어 설지는 생을 포기하려 하고 있다. 대체 왜 그런 생각을 하게 된 것일까?
 성유화의 입에서 한숨이 길게 흘러나왔다.
 자신이 이가장주와 서문영을 두고 고민했듯, 설지에게도 말 못 할 아픔이 있었을 것이다.
 성유화는 편지를 곱게 접어 설지의 품속에 넣어 주었다.

 서문영은 황도(皇都)인 장안에 가려던 계획을 취소하고 남경의 성가장으로 돌아갔다. 무당파의 최고 원로인 고적산인에게 태청단을 구해 달라고 부탁하기 위해서다. 다행히 고적산인은 남경에서 서문영을 기다리고 있었다.

 "그런 이유로 무당파의 태청단이 필요하게 되었습니다. 어렵겠지만 선인께서…… 그것을 구해 주실 수 있으시겠습니까?"
 서문영이 조마조마한 눈으로 고적산인을 바라보았다.
 이야기를 듣고 난 고적산인이 무심코 자기 수염을 잡아 뜯으며 중얼거렸다.

"허! 태청단이라……. 그놈의 의원은 어디서 그런 묘한 이름을 들었기에……."

"혹시 무당산에 그런 성약(聖藥)이 없다는 말씀이십니까?"

"없다는 게 아니라…… 대체 그 이름을 어떻게 알았는지 궁금해서 그런 거라네. 지금까지 무당산의 성약이라고 알려진 것은 자소단(紫蘇丹)이 아닌가?"

고적산인은 자연스럽게 하대(下待)를 하고 있었다. 모두가 그동안 사무정을 들락거리며 서문영에게 많은 시간을 투자한 덕이다.

지금은 조손(祖孫)지간으로 착각할 만큼 두 사람의 거리도 가까웠다. 서문영이 태청단이라는 이름 앞에서 고적산인을 떠올린 것도 그런 이유에서였다.

"자소단이요?"

아직 서문영에게는 낯설기만 한 이야기였다.

"아! 자네는 문사(文士)로 있다가 군문(軍門)으로 빠졌다니 모를 수도 있겠군. 하여간 무당산의 선단(仙丹)으로 널리 알려진 것은 자소단일세. 지금 검공이 말한 태청단은 십대문파 장문인들이나 알까? 세상에는 존재 자체가 알려지지 않은 비약(秘藥)이라네. 그런데 변방에 있는 의원의 입에서 그런 이름이 나왔다니…… 허! 거참! 세상에 비밀이 없다더니!"

"음! 산인께서도 그 태청단을 구할 수 없다는 말씀이십니까?"

서문영에게 중요한 것은 '무당산에 어떤 약들이 있는가?' 가

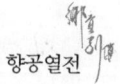
향공열전

아니라, '태청단을 얻을 수 있는가?' 하는 것이었다.

"험! 험! 검공에게 내가 공치사를 하려고 하는 말이 아니라…… 태청단이 그만큼 세상에 알려지지 않은 무당산의 성약이라는 것을 가르쳐 주기 위함일세."

"아! 예, 그런 약이 실제로 있기는 있군요?"

서문영이 환한 얼굴로 고적산인을 바라보았다. 태청단이 환상이라면 모를까, 실재하는 것이라면 구할 수도 있겠다 싶었던 것이다.

"있기는 있네만……."

"무슨 문제라도 있습니까?"

고적산인이 얼굴을 붉히며 답했다.

"무당산의 도사들 가운데는 선단(仙丹)만 전문적으로 제조하는 도사들이 있다네. 그 도사들 중에서도 특별히 득도(得道)를 하여 우화등선(羽化登仙)을 눈앞에 둔 도사들이 있는데…… 그들이 어쩌다가 한두 개씩 만들어 사문(師門)에 남기고 가는 것이 바로 태청단이지. 즉, 우화등선을 하는 도사의 내단(內丹)과 선초(仙草)가 융합한 것이 바로 태청단이라는 말일세. 소림사의 대환단같이 약초를 채집해서 화로(火爐)에 볶아 만드는 선단이 아니라서……."

"아!"

서문영의 입에서 탄성이 흘러나왔다.

태청단이 그 정도로 신비스러운 단약일 줄이야! 그런 선단을 '구해 줄 수 있느냐? 없느냐?'로만 물었다는 게 너무 미안했다.

"제가 어리석었습니다. 그토록 귀한 선단인 줄 모르고 너무 쉽게 말씀을 올린 것 같습니다. 용서해 주십시오."

서문영의 말에 고적산인이 손사래를 치며 말했다.

"아니야, 아니야. 태청단을 자랑하려고 하는 말이 아니라네. 그만큼 신묘한 선단인지라 언제 만들어지는지 알 수도 없거니와, 혹 과거에 만들어진 게 전해져 내려온다고 해도…… 그걸 외부인에게 선뜻 내놓을지도 의문이라서 하는 말일세."

"그렇군요."

서문영의 입에서 한숨이 길게 흘러나왔다.

고적산인 정도의 배분이면 어떻게 될 것 같았는데, 태청단의 제조 과정을 들으니 감히 구해 달라고 말하기도 어려웠다. 아니 부탁을 한다 해도 고적산인의 말대로 그게 있다는 보장도 없고, 설혹 있다 해도 내주지 않을 것 같았다.

"하지만 자네의 부탁이니 내 한 번 구해 보도록 하겠네."

"예?"

서문영이 놀란 눈으로 고적산인을 바라보았다. 그토록 귀한 태청단을 구해 보겠다고 하니 믿어지지 않았던 것이다.

고적산인이 장난기 가득한 얼굴로 말했다.

"이런! 나를 무시하지 말게. 내가 명색이 천하무쌍이라는 고적산인 아닌가? 평생 무당산을 위해 일했으니 태청단 하나

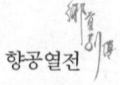
향공열전

쯤 구하지 못할까! 내려오는 태청단이 없다고 하면, 단약을 제조하는 문파의 늙은 도사 하나를 우화등선시켜서라도 뽑아내도록 하겠네."

"태청단을 구해 주신다면…… 산인의 은혜는 평생 잊지 않을 것입니다."

"단, 조건이 있네."

"조건이요?"

"자네와 무당파의 은원을 모두 잊어 달라는 것이 나의 부탁이자 조건이라네."

"……."

잠시 침묵하던 서문영은 고적산인의 시선을 외면했다. 아무리 태청단이 필요하다고 해도, 담운을 용서할 수는 없었다.

"담운이 저지른 일을 잊으라 하시는 것이라면……."

"아닐세. 누가 담운과 같은 놈을 용서하라고 했나. 오히려 그런 놈을 벌주는 게 천도(天道)가 아닌가? 나는 그런 것을 말하고자 함이 아니네. 단지, 담운과 그의 제자들이 벌인 일로 인해서 무당파 전체를 적으로 돌리지는 말아 달라는 말일세. 담운과 몇몇 제자들이 죄를 지은 것은 사실이지만, 그렇다고 무당파 전체가 부도덕하고 불의한 집단은 아니지 않은가?"

"……."

서문영은 반박하지 않았다.

모두 맞는 말이었다. 그저 담운과 몇몇 제자들의 잘못일 뿐이다. 하지만 무당파 제자들이 담운을 보호하려 든다면? 그때는 지금의 약속도 아무런 의미가 없지 않은가?

"제가 드릴 말씀은 이것밖에 없습니다. 무당파에는 아무런 감정이 없습니다. 앞으로도 그럴 것이고요. 하지만 만약 무당파가 담운을 보호하기 위해 저에게 칼을 들이댄다면…… 그때는 저도 어쩔 수 없이 무당파를 벨 것입니다."

"허허, 그 정도면 충분하네. 무당파가 담운의 죄상을 알고도 문도(門徒)라는 이유로 보호하려 든다면…… 먼저 내 손에 박살이 날 걸세. 악을 행하는 자나, 그걸 알고도 침묵하는 자는, 모두 같은 일을 하는 자들이지. 그런 간단한 도리(道理)조차 모른다면 무당파의 이름 아래에서 수도를 할 자격도 없어. 암! 그렇고말고!"

"이해해 주시니…… 감사합니다."

서문영이 고적산인에게 머리를 숙여 보였다.

고적산인이 연민의 눈으로 서문영을 바라보았다. 옳은 일을 하고도 공적으로 몰린 서문영이다.

그동안 십대문파에게 당한 것도 많았을 것이다. 특이하게도 서문영은 권력과 무력을 앞세우지 않아 인생이 심하게 꼬여 버린 경우다.

"자네는 '마음이 원하는 길로 가다가 크게 손해를 보았다'고 생각할 수도 있네. 앞으로도 계속 비슷한 일이 일어날지도 모르지. 어쨌든 적당히 타락한 사람들이 흥(興)하는 세상이니까. 하지만, 자네만큼은 마음이 원하는 길을 끝까지 가주기 바라네. 아무 생각 없이 마음 가는대로 따르는 가운데 더 큰 깨달음이 숨어 있기 때문이지(無常行心微妙法)……. 돌이켜 보면 내가 반선의 경지에 들게 된 것도 바로 그런 마음을 잃지 않았기 때문이라네."

"예."

"좋군, 좋아. 그런데 그 소저는 자네와 어떤 관계인가? 자네가 별 관계도 없는 사람의 일에까지 발 벗고 나설 사람으로는 보이지 않아서 말이야."

고적산인은 내심 상대가 서문영과 각별한 관계이기를 바랐다. 검공 서문영의 사람이 아니라면, 태청단은 정말 눈물이 날 만큼 아까운 것이었다.

"설 소저는 저에게 무공을 가르쳐 주었던 무공사부 중의 한 사람입니다."

"무공사부라……. 단지 그뿐인가?"

"그 정도면 충분하지 뭘 더 바라십니까?"

"헐! 증손녀 같은 아이에게 내가 바랄 게 뭐가 있다고? 자네와 어느 정도 친한 것인지 그게 궁금해서 그런 게지."

"……."

서문영이 창밖으로 시선을 돌리며 중얼거렸다.

"실은, 전에 비슷한 이유로 소림사까지 함께 갔던 여인이 있었습니다."

"혹시 대림사에서 죽었다던 독고 소저를 말하는 건가?"

"예, 산공분을 흡수한 상태에서 오랫동안 혈도가 막혀 있어 몸 상태가 엉망이었지요. 그녀를 고치기 위해서 소림사에 갔지만…… 약을 구하기는커녕 목숨까지 잃어버리게 만들었습니다. 제가 너무 어리석은 탓에 일처리를 미숙하게 했거든요."

"쯧! 괜한 자책 말게. 그게 어디 자네 잘못인가……."

"설 소저가 내상을 입은 것도 제 책임이 큽니다. 현천문을 확실하게 다잡아 두었으면, 납치니 감금이니 하는 일들이 없었을 텐데…… 방심하고 있었거든요."

"세상의 모든 잘못된 일들을 자신의 탓으로 돌릴 필요는 없네."

"의원이 소림사의 대환단이나 무당파의 태청단을 구해서 먹여야 한다고 할 때, 저는 운명의 이끌림을 느꼈습니다."

"운명이라……."

"그렇습니다. 다시 한 번 소림사로 가서, 과거에 하지 못한 일이나, 잘못한 일을 마무리해야 한다는…… 그런 소명(召命) 말입니다."

"그게 왜 나에게는 복수라는 뜻으로 들리는지 모르겠구먼……."

"단지 복수를 위해서만은 아닙니다."

"그래도 소림사에 찾아갔는데 방장이 거절하면…… 자네는 소림사를 뒤집어 놓고도 남을 것 같은데…… 아닌가?"

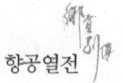
향공열전

"그냥 십팔나한의 무공만 폐할 생각이었습니다."

십팔나한이 공원선사를 죽였으니 그 정도의 대가는 치러야 하지 않겠는가! 십팔나한을 생각하니 갑자기 기운이 크게 일어났다.

"쯧쯧! 소림사의 방장이 십팔나한을 그냥 포기할 리가 없지 않은가……. 자네가 소림사로 간다면 이래저래 은원만 계속 쌓이겠구먼."

"꼭 그런 것만은 아닙니다. 공원선사께서 그들을 죽이지 말라고 하셨으니…… 대환단을 받는 것으로 끝낼 생각이었습니다."

"자네의 뜻은 그래도 무림의 공적에게 대환단까지 내주면서 타협을 볼 소림사가 아니지……."

고적산인이 고개를 설레설레 저었다.

아무래도 무당파에서 빨리 태청단을 구해 주어야 할 것 같다. 만약 서문영이 소림사로 올라가기라도 한다면, 뒷일은 상상도 하기 싫었다.

"이제 어디로 갈 생각인가? 역시 장안(長安)으로 가서 보국왕과 감군원수를 만나봐야 할 테지?"

"예, 군문의 일이 정리되는 대로 송 호법님을 찾아갈 생각입니다."

"송 호법이 소림사로 간다고 했으니, 자네와는 등봉현에서 만나야겠구먼?"

"예, 등봉현의 용문객점(龍門客店)에서 만나기로 했습니다."
"음, 용문객점이라면 어디서 들어봤는데……."
고적산인이 고개를 갸웃거렸다. 분명히 몇 차례 들은 이름이다. 하지만 아무리 생각해도 어디서 들었는지 기억이 나질 않았다.
"저는 잘 모르는 곳입니다. 송 호법님이 소림사의 속가제자로 계실 때 종종 이용하던 객점이라고 하시더군요."
"그랬군. 그렇다면 나도 무당파에 들렀다가 그리 가도록 하겠네."
"감사합니다."
"무당파에 태청단이 있는지 없는지 아직 모르니 너무 기대하지는 말게. 하지만 만약 있다면, 내 반드시 구해서 가도록 하겠네. 그리고…… 소림사에서 지금까지 속가제자에게 대환단을 내어준 역사가 없으니, 송 호법이 구하지 못한다고 해도 너무 실망하지는 말게."
"예……."
"그럼 나는 먼저 출발하도록 하겠네."
말과 함께 고적산인이 자리에서 벌떡 일어섰다.
"아, 벌써 가시게요?"
"만약 태청단이 없다면 만들어낼 만한 도사를 물색해 봐야 하니 서두를수록 좋겠지. 이것도 대환단처럼 약초만 가지고 쑥쑥 뽑아내는 그런 약이었어야 하는데…… 도가의 단약(丹

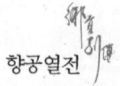

藥) 중에서도 하필 원정내단(原情內丹)이 필요한 단약이라……
쩝!"

"……"

고적산인은 무슨 수를 써서라도 태청단을 구해 올 태세였다.

그런 고적산인의 마음 씀씀이에 서문영은 뭐라 할 말이 없었다. 고적산인과 처음 만나던 날 너무 막말을 해댄 게 부끄럽기만 했다.

서문영은 급히 자리에서 일어난 고적산인에게 머리를 조아려 인사했다.

"어허! 그 사람 머리가 바닥에 닿겠네……."

고적산인은 너무 그러지 말라고 했지만, 얼굴은 웃고 있었다. 검공 서문영에게 어른 대접을 받는다는 게 어지간히 좋았던 모양이다.

그날 밤 서문영은 가주인 성유화와 의형인 성무달, 호법 송안석, 총관 석장원 등을 연이어 만났다. 그리고 성가장을 떠나겠다고 정식으로 인사를 했다. 이미 서문영이 성가장을 떠날 것이라는 사실이 알려져 있던 터라, 다들 아쉬워하면서도 잡지 못했다.

그리고 다음날 새벽 서문영은 조용히 사무정을 떠났다.

성가장의 대문을 열고 밖으로 빠져나가는 서문영의 표정은 어딘지 모르게 시원섭섭해 보였다.

이제부터 성가장의 문도라고 불리는 일은 없을 것이다. 그것은 검진강호를 혼자 힘으로 헤치고 나가야 한다는 뜻이다. 혼자라서 두렵거나 한 것은 없었다.

단지 생사고락을 함께할 사람이 없다는 사실에 서문영은 외로움을 느껴야 했다.

지금 떠나면 성가장에 다시 오게 될 날이 있을까?

어쩌면 성유화와 이주성의 혼인식 날에나 오게 될지도 모른다.

문득 성일권을 만나던 때부터 지금까지의 일들이 뇌리를 스치고 지나갔다. 장면 장면마다 가슴이 요동쳤다. 하지만 언젠가는 이 설렘도 사라지리라.

성가장을 떠나는 것이 잘하는 짓인지는 모르겠지만, 지금 자신의 마음은 떠나라 하고 있었다.

'그래, 마음 가는대로 가보자!'

서문영은 약해져 가는 마음을 추슬렀다.

그리고 "삼 년 전처럼 달아나는 게 아니라, 뜻한 일을 하기 위해 세상으로 나가는 것이다"라고 스스로를 끊임없이 위로했다.

이른 봄, 신 새벽에 강소성 남경에서 일어난 일이다.

훗날 무림인들에게 검공출사(劍公出仕)라 불리는 경천동지(驚天動地)할 일들은 그렇게 시작되었다.

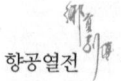
향공열전

*   *   *

한 노인이 복잡한 눈으로 정면에 보이는 거대한 장원을 바라보았다.

장원의 입구에 걸려 있는 현판은 단심맹(丹心盟). 금색으로 빛나는 단심맹이라는 글자 아래에 다섯 명의 무사들이 정광을 빛내며 서 있었다.

잠시 생각하던 노인은 가벼운 한숨과 함께 장원의 정문으로 다가갔다.

"어디서 오신 누구십니까?"

노인이 다가오자 십대문파의 속가제자들 가운데 하나인 탁운도(卓雲刀)가 정중히 물었다.

노인은 중년의 무사에게 담담한 음성으로 답했다.

"가만있어 보자. 어디서 왔냐는 질문에는 어렵지 않게 답할 수가 있겠군. 어딘지는 모르겠으나 눈을 떠보니 음산(陰山)이었네. 그러니 음산에서 온 게 맞겠지. 그러나 누구냐는 물음에는 답하기가 어렵겠구먼. 나도 내가 누군지 기억이 나지 않으니 말일세."

"……"

노인의 애매한 답에 탁운도는 당황하지 않았다. 강호의 기인들이란 본래 뜬구름 잡는 말을 입에 달고 다니기 때문이다.

다만 노인의 눈빛에서 사기(邪氣)가 느껴지는 터라, 왜 단심맹을 찾아왔는지 묻지 않을 수 없었다.

"이곳은 단심맹입니다. 무슨 일로 방문하셨는지요?"

탁운도는 단심맹이라는 말에 힘을 주었다. 십대문파의 고수들이 운집한 곳이라는 것을 노인에게 다시 확인시켜 주기 위함이다.

"내 물건을 찾으러 왔네."

"아! 단심맹에 물건을 맡기신 게 있나 보군요? 어느 분께 맡기셨는지 말씀해 주신다면, 안으로 통보해 만나게 해 드리겠습니다."

탁운도가 만면에 미소를 띠우며 노인을 바라보았다.

"맡긴 게 아니라 그저 이곳에 내 물건이 있을 뿐이네. 그러니 자네는 나를 안으로 들여보내기만 하면 되는 거야. 무슨 말인지 알겠는가?"

"죄송합니다. 저도 도와드리고 싶으나 그런 말씀만으로는 안으로 들여보낼 수가 없습니다. 그랬다가는 제 목이 달아나거든요. 정히 들어가고 싶으시면, 대협의 이름을 가르쳐 주시거나 찾으시는 분의 성함만이라도 알려 주십시오."

노인이 기이한 눈으로 탁운도를 마주 보았다.

"과연! 목이 달아나는 것이었구먼."

"하하! 그런 뜻이라기보다는……."

그러나 탁운도의 말은 채 이어지지 못했다.

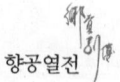
향공열전

노인이 눈 깜짝할 사이에 그의 목을 잡아 뽑았기 때문이다.

"쯧쯧! 진즉에 말을 하지 그랬나. 내가 들어가면 목이 잘린다는 것을……. 나는 꼭 들어가야 하니 내가 뽑아 주는 게 도리겠지."

노인이 손에 들린 탁운도의 눈을 보며 말했다. 마치 살아 있는 사람과 대화를 하듯이 말이다.

그 끔찍한 광경에 다른 네 명의 무사가 일제히 병장기를 뽑아 들었다.

조장인 탁운도가 사망하자 부조장 이광익(李廣益)이 품안에서 대나무통을 꺼내 밑에 달려 있던 줄을 힘껏 잡아 당겼다.

순간 '펑!' 하는 소리와 함께 하늘에서 붉은 연기가 피어올랐다.

노인은 무사들이 신호를 보내거나 말거나 신경 쓰지 않았다. 오히려 붉은 연기를 보며 감탄한 듯 중얼거렸다.

"놀라운 기술이로군. 저런 것이 있다면 종을 치거나 소리를 지르지 않아도 되겠어."

신호를 보낸 이광익이 노인에게 소리쳤다.

"누구요! 누구기에 감히 단심맹에 와서 살인을 저지르는 거요!"

노인이 이광익에게 시선을 돌렸다.

"아까 말하지 않았느냐. 누군지는 모른다고. 어떠냐? 너희도 나를 안으로 들여보내면 목이 잘리느냐? 말해다오."

"……."

이광익은 대답하지 않았다. 괜히 대답 한 번 잘못했다가는 탁운도처럼 목이 잘릴 수도 있겠다는 생각이 불현듯 들었던 것이다.

"십대문파가 무슨 사교(邪敎)라도 되는 줄 아시오! 탁 조장이 방금 '목이 잘린다'고 말한 것은 일자리를 잃게 된다는 뜻이었소!"

"아하! 그런 뜻이었느냐? 나는 정말 목이 잘리는 줄로 알았구나. 난 사람의 말을 모두 믿으니, 너도 조심해야 할 게다."

노인의 말에 이광익이 인상을 찡그렸다.

사람의 말을 모두 믿는다니? 그럼 농담이나 거짓에도 바로 칼부림이 일어날 텐데?

노인이 자연스럽게 몇 걸음 내딛었다.

이광익과 세 명의 무사는 감히 노인을 막지 못하고 뒤로 물러났다.

그렇게 노인의 몸이 무사들에게 둘러싸인 채 단심맹 안으로 들어섰을 때다.

가벼운 발자국 소리와 함께 오십여 명의 십대문파 고수들이 달려왔다. 그들은 모두 외당(外堂)에 배치되어 있던 속가(俗家)의 제자들이었다.

십대문파 속가제자들은 오자마자 병장기를 뽑아 들고 노인을 에워쌌다.

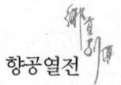
향공열전

어떤 상황인지 이광익이 따로 설명할 필요도 없었다. 노인의 손에 여전히 탁운도의 머리가 들려져 있었던 것이다.
"웬 마두냐!"
"감히 단심맹에 와서 살인을 저지르다니, 간이 부었구나!"
"늙은이가 미쳤구나!"
속가제자들은 일단 숫자의 우위를 믿고 노인에게 욕설을 퍼부었다.
노인이 비릿하게 웃으며 물었다.
"너희들도 나를 들어가지 못하게 할 생각이냐? 응?"
소림사의 속가제자이자 외당 당주(堂主)인 석장명(石長命)이 한 걸음 나서며 물었다.
"노객(老客)께서는 단지 단심맹에 들어오기 위해 그 같은 일을 저지른 것이오?"
"그렇다. 너도 나를 막을 셈이냐?"
"……."
석장명은 묵묵히 노인을 살폈다. 강호에 노인과 같은 인물이 있는지를 기억해 보려는 것이다. 하지만 없었다.
'선풍도골(仙風道骨)의 풍채(風采)를 지녔으나 뱀처럼 번들거리는 눈빛을 지닌 저 노인은 대체 누구란 말인가?'
석장명이 노인과 비슷한 사람의 이름을 떠올리려고 애쓸 때였다.
노인이 성큼성큼 걸음을 옮겼다. 대치하고 있는 외당의 고수들은 보이지도 않는 듯했다.

속가제자들은 불쾌한 눈으로 노인과 석장명을 번갈아 바라보았다. 왜 석장명이 노인을 가만 내버려 두고 있는지 이해할 수 없다는 표정들이었다.

"멈추시오!"

마침내 석장명의 입에서 고함이 터져 나왔다. 노인이 누군지 몰라도 내당까지 곱게 가도록 내버려둘 수는 없었다.

노인이 느긋하게 돌아섰다. 노인의 얼굴에는 한 점의 긴장감도 찾아 볼 수 없었다. 오히려 귀찮아하는 기색이 역력했다.

석장명이 인상을 찡그렸다.

노인의 손에 들린 탁운도의 머리가 크게 확대되는 느낌이다. 순간 가슴 밑바닥에서부터 공포가 차오르기 시작했다. 하지만 이미 쏘아진 화살이다. 명색이 소림사의 속자제자가 마두(魔頭) 앞에서 몸을 사릴 수는 없었다.

"감히 단심맹에서 외당의 고수를 살해하고도 무사할 줄 알았는가! 순순히 투항하지 않는다면 죽음을 면치 못할 것이다!"

순간 노인의 주변에서 아지랑이가 피어올랐다. 그것은 믿을 수 없게도 살기였다.

"허허, 나를 죽이겠다고? 그렇게는 안 되지. 지금까지 나를 죽이겠다고 말한 사람들은…… 모두 내 손에 죽었다."

갑자기 노인의 몸이 외당고수들을 향해 쏘아갔다.

대경실색(大驚失色)한 외당의 고수들은 각자의 병장기를 노

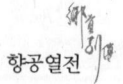

인을 향해 휘둘렀다.

십대문파의 절기가 한 사람을 향해 몰아쳐갔다. 제아무리 무공이 뛰어나도 그와 같은 협공에는 살아남지 못할 것 같았다.

노인의 손에서 붉은 장영(掌影)이 피어났다.

붉은 손바닥은 흐느적거리는 움직임으로 속가제자들 사이를 휘젓고 나서는 홀연히 사라졌다.

붉은 손바닥이 사라지자 장내의 소란도 거짓말처럼 가라앉았다.

철퍼덕.

쿵.

병장기를 휘두르던 속가제자들이 거의 동시에 쓰러졌다.

털썩.

마지막까지 서 있던 외당 당주 석장명이 한쪽 무릎을 꿇었다. 석장명의 입에서 검붉은 피가 꾸역꾸역 흘러나왔다.

노인이 그런 석장명 앞으로 서서히 다가갔다.

"나를 죽인다고 했더냐?"

석장명이 푸들푸들 웃으며 중얼거렸다.

"우리 속가제자들의 복수는…… 사문에서 해줄 것이다……."

노인이 석장명 앞으로 얼굴을 들이밀었다.

"자네들의 복수는 영원히 이루어지지 못할 걸세. 나는 이미 복수의 대상이 아니니까……. 설사 누군가 나를 죽인다 해도, 그건 자네들의 복수가 되지 못한다네."

"……."

석장명은 무슨 헛소리냐고 욕하고 싶었지만 침묵했다. 입을 열만한 힘이 없었던 것이다. 곧이어 그의 눈에서 생기가 사라졌다.

노인은 석장명의 호흡이 끊기자 "쯧쯧!" 하고 혀를 찼다.

"내 물건만 찾으면 되는데 왜들 이렇게 불나방처럼 생각 없이 덤벼드는 지 원……."

노인은 단심맹의 사람들이 죽기 살기로 덤비는 것을 이해할 수가 없었다. 피차 아무런 은원도 없는데 왜 자신을 죽이겠다고 덤벼든단 말인가?

생각에 잠겨 있던 노인의 얼굴에 잔혹한 미소가 떠올랐다.

어느 틈에 백여 명의 고수들이 나타나 자신을 지켜보고 있었던 것이다.

모인 사람들의 복장을 보니 십대문파의 제자들이다. 죽은 사내가 말하던 사문의 고수들이 모습을 드러낸 것이리라.

"나무아미타불, 시주께서 이 혈겁을 일으키신 것이오?"

소림사 나한당(羅漢堂) 수좌인 공지대사(空知大師)가 눈살을 찌푸리며 물었다.

내당과 외당을 잇는 공터는 온통 피바다였다. 모두가 오십여 명의 속가제자들이 죽어가며 토해 놓은 피다. 속가제자들의 외

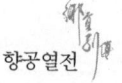
향공열전

부에 상처가 없는 것으로 보아 모두 내부의 파열로 사망한 것 같았다. 대체 어떤 무공이기에 이처럼 끔찍하다는 말인가?

"이 정도를 가지고 혈겁이라고 말하면 섭섭하지……."

노인이 기괴한 미소를 지으며 공지대사를 바라보았다.

"허어! 어찌 인간이 그처럼 잔인할 수가 있단 말인가! 더구나 이들은 모두가 평생 협의만을 실천하며 살아온 사람들이거늘……."

"대사도 나를 막으려고 하는가?"

공지대사가 끓어오르는 살기를 애써 누르며 노인에게 되물었다.

"당신은 왜 단심맹에 와서 살수를 쓰고 있는 것이오? 혹시 천명회에서 나온 사람이오?"

"천명회가 뭐하는 곳인지 몰라도 나와는 관계가 없다. 나는 단지 내 물건을 찾으려고 온 것뿐이다."

"그건 대체 얼마나 대단한 물건이기에 이토록 잔인무도한 짓을 벌인단 말이오?"

공지대사의 얼굴이 붉으락푸르락 변했다. 고작 물건 하나를 찾으러 와서 이토록 많은 사람을 죽였다고 하니 마음의 평정이 무너지고 만 것이다.

"내가 찾고 있는 것은 한 자루 단검이다. 그것만 내어 준다면 그냥 돌아가겠다. 하지만 돌려주지 않는다면…… 너희는 반드시 죽게 될 것이다."

노인의 전신에서 예의 그 살기가 몽롱하게 피어올랐다. 잃어버린 단검을 생각하니 저절로 흥분이 되는 모양이다.

공지대사가 기이한 눈으로 노인을 바라보았다. 아무래도 노인은 대림사에서 온 그 단검을 찾고 있는 것 같았다.

"당신이 찾고 있다는 물건은 혹시 곤륜파의 보물인 용린(龍鱗)이 아니오?"

순간 노인의 전신에서 끔찍한 핏빛 기운이 뻗어 나왔다. 붉은 기운은 거의 사방 삼 장 가까이 뻗어 나갔다가 거짓말처럼 사라졌다.

한 차례 혈기를 방출하고 나서야 마음이 진정된 듯 노인이 입을 열었다.

"나의 적혈비(赤血匕)를 다시 한 번 용린이라고 부른다면…… 모두 죽는다. 일각(一刻)의 여유를 줄 테니 당장 가지고 오너라."

"그것의 이름이 무엇인지는 둘째 치고, 그것이 어째서 당신의 것이라는 말이오? 그건 곤륜파의 보물이라고 들었건만……."

공지대사가 곁에 있던 곤륜파의 장로 송운학(松雲鶴)을 힐끔 바라보았다. 이쯤에서 곤륜파도 한 마디 해달라는 뜻이다.

곤륜파 장로 송운학이 노인을 향해 조심스럽게 말했다.

"귀하가 말하는 단검은 아무래도 우리 곤륜파의 용린 같은데…… 헉!"

송운학은 말을 하다가 말고 급히 뒷걸음질 쳤다. 노인의 몸

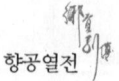
향공열전

이 유령처럼 자신의 앞에 나타났기 때문이다.

어느새 노인의 손은 송운학의 목줄기를 움켜쥐고 있었다.

노인은 숨이 막혀 검게 변해가는 송운학의 얼굴을 코앞까지 끌어당긴 뒤 속삭였다.

"나는 입 밖으로 낸 말은 반드시 지킨다. 다시 말해 주마. 그것의 이름은 적혈비이다. 염라대왕이 왜 왔냐고 묻거든 입을 잘못 놀려 죽었노라고 답하거라."

콰직.

송운학의 목줄기가 뽑혀져 나갔다.

뒤로 스르륵 넘어가는 송운학의 목에서 붉은 피가 분수처럼 솟아올랐다.

피가 사방으로 솟구쳤지만 노인의 몸에는 닿지 않았다. 몸 주위에 무형(無形)의 벽이라도 세워진 것 같았다.

"선천강기(先天剛氣)……."

공지대사의 입에서 신음 같은 소리가 흘러나왔다.

강기에 닿은 핏방울이 안개처럼 흩어지고 있었다. 어느새 노인의 몸은 핏빛 안개로 뒤덮였다.

그제야 공지대사는 노인이 이 자리에 있는 모든 사람을 죽이려고 한다는 것을 깨달았다. 그러고 보니 노인은 "다시 한 번 용린이라고 부르면 모두 죽는다"는 말을 한 것 같았다.

"모두 마음의 준비를 단단히 하시오! 저 살인귀가 우리 모두에게 살수를 쓰려고 하는 것 같소!"

공지대사의 외침에 백여 명의 고수들이 흠칫 놀란 얼굴로 병장기를 뽑아 들었다.

곤륜파의 원로(元老)인 풍천양(風天壤)이 뒤늦게 생각난 듯 소리쳤다.

"혈선강기(血腺剛氣)? 당신은 마제(魔帝) 화운비(華運悲)의 전인(傳人)인가!"

순간 공지대사의 입에서 탄성이 흘러나왔다.

"아!"

그러고 보니 저 피안개는 마제 화운비의 독문무공과 닮은 것 같았다. 삼백 년 전의 천하제일인 마제 화운비에게는 제자가 없었다.

그 바람에 그의 독문무공도 사라진 것으로 알려졌다. 만약 저것이 혈선강기라면, 실전(失傳)되었다는 혈마기공(血魔奇功)이 다시 출현한 셈이다. 무려 삼백 년 만에 말이다.

피안개가 점점 넓게 퍼져 나갔다.

* * *

십대문파 장문인들은 단심맹을 만들고 나서, 다섯 명씩 두 개조로 나누어 단심맹을 운영해 나가기로 약속한 바가 있다.

한 조가 단심맹에 머물러야 하는 날은 여섯 달. 지금은 무당, 화산, 청성, 공동, 개방의 장문인들이 의기전(義氣殿)을 사용하고 있었다.

 내당(內堂)의 중심부에 자리한 의기전이 발칵 뒤집혔다. 외당(外堂)에서 적색 연무가 솟아오르더니, 얼마 지나지 않아 내당의 제자 하나가 허겁지겁 달려와 "한 사람의 노인에 의해 내당의 고수가 모조리 죽임을 당했다"고 전했던 것이다.

 "여러분, 그 살귀가 찾고 있는 물건은 마검(魔劍) 적혈비라고 하더이다."
 청성파 장문인 중산노조(重山老祖)의 음성에는 분노가 가득했다. 단 한 사람에게 백여 명의 제자들이 몰살을 당하다니? 십대문파의 개파 이후로 이런 일은 처음이었다.
 "맹주, 그 빌어먹을 적혈비는 지금 어디에 있는 거요? 내 당장 그놈의 물건을 부수든지 해야지!"
 개방 방주 무적취개(無敵取丐)가 이를 갈며 물었다. 외당에는 개방의 오결제자들도 열다섯 명이나 파견나간 상태였으니 화가 날만도 했다.
 "방주, 화를 낸다고 해결될 일은 아닌 것 같소. 빈도는 먼저 그 노인의 정체부터 알아내는 것이 급선무라고 생각하오. 단신으로 백여 명의 제자들을 죽일 정도로 고강한 무공이라면…… 마땅히 그에 준하는 대비책을 세워야 하지 않겠소?"
 화산파 장문인 태허자(太虛子)의 말에 무적취개가 툴툴거렸다.

"쳇! 대비책이라고 할 게 있소? 우리가 직접 늙은이를 상대하든, 강호에 나가 있는 천의대와 추혼대를 불러들이든 해야지……. 천의대와 추혼대를 부른다고 해도 열흘은 걸릴 텐데, 그때까지 저 살귀가 가만히 손 놓고 앉아 있을 리도 없고……."

태허자가 담담한 음성으로 말했다.

"그렇소. 바로 그것이외다. 우리가 직접 손을 쓴다면 모를까, 그게 아니라면 살귀를 내당에 잡아두어야 하지 않겠소? 그러니 직접 손을 쓰느냐, 살귀를 내당에 잡아두느냐, 어느 한 가지를 결정한 연후에…… 움직이도록 합시다. 맹주의 생각은 어떻소?"

태허자가 단심맹의 맹주인 청암진인에게 시선을 돌렸다.

무당파의 장문인 청암진인이 곤혹스러운 표정으로 태허자를 마주 보았다. 장문인들이 나서야 하는지, 정예를 기다려야 하는지 망설이고 있는 것이다.

청암진인이 머뭇거리고 있을 때다.

아까부터 불안한 듯 손가락으로 탁자를 '톡톡' 두드리고 있던 공동파 장문인 도선진인(道宣眞人)이 힘들게 말문을 열었다.

"빈도(貧道)의 생각으로는…… 장문인들이 지금 당장 살귀를 상대하는 것도 어려운 일은 아니나…… 만에 하나라도 실패할 때를 대비해서…… 천의대와 추혼대를 기다리는 것이 좋을 듯합니다. 장문인들이 나섰다가 살귀에게 당하기라도 한다면…… 지금까지 기회를 엿보고 있던 천명회에 의해 십대문파의 존립 자체가 위협을 받지 않겠습니까?"

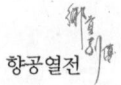
향공열전

"……."

 단심맹에 나와 있던 장문인들 다섯이 서로를 바라보았다. 도선진인의 말대로 자신들이 당하기라도 한다면 그 여파가 실로 엄청났다. 장문인을 잃은 오대문파는 봉문이 거의 확실했고, 나머지 오대문파도 어떻게 될지 몰랐다.

 청암진인이 힘없는 목소리로 중얼거렸다.

 "문제는 살귀를 어떻게 잡아두느냐 하는 건데……."

 살귀에 의해 목숨을 잃은 내당의 제자 백여 명은 현재 단심맹에 상주해 있는 인원의 절반이 넘는 숫자다.

 솔직히 여기 다섯 명의 장문인들이 힘을 합친다고 해도, 내당의 제자 백여 명을 일시에 당해 낼 수는 없다. 살귀를 앞에 두고 망설이고 있는 것도 그런 이유에서다. 살귀가 너무 강했던 것이다.

 화산파 장문인 태허자가 문득 생각났다는 듯 말했다.

 "맹주, 살귀가 찾는 물건이 마검 적룡비라고 했으니…… 개방 방주님의 말대로 그것을 부수겠다고 협박하는 것은 어떻겠소?"

 "마검 적룡비를 부수자고요?"

 청암진인이 놀란 눈으로 태허자를 바라보았다.

 마검 적룡비는 곤륜파의 보물인 용린이다. 그런데 곤륜파 장문인이 없는 자리에서 그런 결정을 내려도 괜찮은 걸까?

 "꼭 부수자는 것이 아니라, 그것으로 살귀와 타협을 볼 수도 있지 않을까 해서 드린 말씀이외다."

"아!"

청암진인이 다소 과장된 동작으로 고개를 주억거렸다. 너무 당황한 나머지 태허자의 말뜻을 깊이 생각하지 못했다는 것을 뒤늦게 깨달은 것이다.

하지만 그래도 문제는 남는다. 누가 살귀에게 그런 말을 한단 말인가?

청암진인이 남모를 고민을 하고 있을 때다.

모두가 몸을 사리자 답답해진 무적취개가 큰소리를 쳤다.

"그렇게 합시다! 적혈비를 부수자고 한 사람은 나니까, 살귀에게도 내가 말하리다!"

그 한 마디 말에 무겁기만 하던 의기전의 분위기도 조금 가벼워졌다. 사실 절정고수인 살귀를 협박한다는 게 말처럼 쉬운 일이 아니었던 것이다.

"여러분, 마침 공산대사께서 마검을 빈도에게 맡기고 가셨으니 찾아오도록 하겠소이다. 잠시만 기다려 주시구려."

청암진인은 부리나케 자신의 집무실인 천추전으로 달려갔다.

의기전을 나서니 숨통이 조금 트인 기분이다. 해결의 실마리가 보여 마음이 가벼워진 탓이리라.

'공산대사에게 마검을 받아 두기를 잘했다!'

문득 단심맹이 설립될 무렵의 일이 떠올랐다.

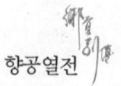
향공열전

공산대사는 대림사에서 전해 받은 마검의 내력을 알게 되자, 곤륜파 장문인의 동의를 구한 뒤 맹주인 자신에게 관리를 위임했다.

그날 공산대사는 여러 장문인들 앞에서 마검을 건네며 말했다.

"맹주, 마검이 곤륜파의 보물임을 알게 된 이상 소림사에서 그것의 소유를 주장하고 싶지는 않습니다. 그렇다고 소림사의 은원에 관계된 물건을 방임(放任)할 수도 없으니, 진상이 드러날 때까지 단심맹에 맡기도록 하겠습니다."

천추전의 집무실로 뛰어 들어간 청암진인은 한쪽에 서 있던 서가(書架)를 밀어냈다.

자신이 뒤편의 벽을 파내어 만든 비밀장소의 모습이 살짝 드러났다. 그 속에서 망설임 없이 마검을 꺼낸 청암진인은 다시 의기전으로 돌아갔다.

제9장

고금제일(古今第一)의 마인(魔人)과 대붕(大鵬)

노인은 내당의 마당에 우뚝 서서 눈을 감았다. 자신의 신물인 마검 적혈비가 정확히 어디에 있는지를 찾고 있는 것이다.

석상처럼 미동도 하지 않고 있던 노인의 눈이 번쩍 뜨였다. 가까운 곳에서 마검 적혈비의 기운이 펄떡이고 있었다.

노인의 얼굴에 부드러운 미소가 번졌다.

놀랍게도 마검은 자신이 있는 곳으로 점점 다가오고 있었다.

적혈비는 제 주인이 이곳까지 왔다는 것을 알고 있는 것일까?

멀리서 다시 한 무리의 무림인들이 우르르 몰려나왔다.

적혈비의 울음은 그 속에서 들려오고 있었다.

노인은 적혈비의 기운이 느껴지는 곳으로 두 팔을 활짝 벌렸다. 마침내 그토록 소망하던 적혈비를 되찾게 된 것이다.

"오너라, 오너라, 오너라……."

극도의 흥분으로 노인의 눈가에 작은 경련이 일어났다. 자기 삶의 목적은 적혈비를 되찾는 것에 있다. 왜 그토록 적혈비가 소중한지는 모른다. 그저 적혈비가 자신의 유일한 혈육인 것처럼 느껴졌다. 적혈비가 있어야 자신의 존재에 의미가 있는 것 같았다.

그리고 적혈비가 가까이 오자, 막연하던 느낌은 곧 현실이 되었다. 갑자기 단전이 활짝 열리며 천지간의 기운이 밀물처럼 몰려든 것이다. 삼백 년 전에도 이루지 못했던 혈사문(血師門) 궁극의 신공인 혈마기공이 완성되는 순간이었다.

노인의 몸에서 일어난 기의 태풍이 주변을 강하게 쓸고 지나갔다.

단지 적혈비가 근처에 있다는 이유만으로 노인은 미증유의 힘을 얻고 있었다.

"빈도는 단심맹의 맹주인 청암진인이외다. 당신은 누구요?"

노인이 고개를 힐끗 돌렸다. 무리들의 한가운데 수염을 길게 늘어뜨린 도사가 보였다.

하지만 노인의 시선은 이내 다른 사람에게로 옮아갔다. 처음부터 단심맹의 맹주 따위에는 관심이 없었던 것이다.

청암진인의 곁에 서 있던 무적취개와 노인의 시선이 허공에

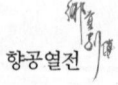

서 마주쳤다.

노인이 늙은 거지를 향해 히죽 웃었다.

노인의 웃음에는 기이하게도 죽음의 기운이 넘실거렸다. 그것은 마검 적혈비에서 흘러나오는 것과 같은 것이었다.

"……."

순간 무적취개는 가슴이 덜컹 하고 내려앉고 말았다. 살귀의 눈에서 흘러나오는 기운은 상상을 초월하고 있었다. 장문인들 앞에서는 큰소리쳤지만 막상 살귀를 대하니 등줄기로 식은땀이 흘러내렸다.

적혈비로 살귀를 협박해야 한다는 생각은 멀리 달아난 뒤였다. 상대가 뿜어내는 사기에 심령이 완전히 눌리고 만 것이다.

노인의 손이 조마조마한 마음으로 떨고 있는 무적취개를 가리켰다.

"너, 이리 오너라."

"헉!"

무적취개는 본능적으로 주춤 물러났다.

생사(生死)를 조롱하는 기행(奇行)으로 널리 알려진 개방의 방주가 두려움에 휩싸여 움츠러든 모습은 다른 사람들에게도 충격이었다.

한편 청암진인은 살귀에게 무시를 당하자 자존심에 상처를 입고 말았다.

"당신이 누구건 간에! 단심맹에 무단으로 침입하여 수많은 생명을 앗아간 죄가 크다! 그러나 우리는 당신에게 죄를 묻기 이전에, 도대체 왜 이런 짓을 저질렀는지 묻지 않을 수가 없다! 당신은 대체 무엇 때문에 이런 잔인무도한 짓을 벌이고 있는가!"

노인은 무적취개에게서 눈을 떼지 않고 답했다.

"나는 오직 내 물건을 되찾아 가길 바랄 뿐이다. 누구라도 내 앞을 막아서는 자, 죽을 것이다. 내 물건에 욕심을 내는 자도 죽는다. 너는 내 물건에 관심이 있느냐?"

"……."

무적취개는 저도 모르게 고개를 저었다.

"후후! 제법 현명한 거지로구나. 잘 생각했다. 신외지물(身外之物)에 목숨을 걸 이유는 없겠지. 내 물건을 가져 오거라."

얼빠진 표정으로 서 있던 무적취개가 품안에서 적혈비를 꺼냈다.

순간 화산파 장문인 태허자가 무적취개의 손에서 적혈비를 가로챘다. 아무래도 무적취개의 표정과 행동이 이상해서 중간에 끼어든 것이다.

"엇?"

무적취개가 당황한 눈으로 태허자와 노인을 번갈아 바라보았다.

뭐라고 말하려는 듯 입술을 움쩍거리던 무적취개가 슬며시 고개를 떨구었다. 뒤늦게 자신의 실태를 깨달은 것이다.

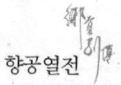
향공열전

태허자는 적혈비를 들고 청암진인의 곁에 우뚝 버티고 섰다.

 "여기 있는 이 적혈비가 당신이 찾던 물건이 맞소?"

 노인이 잡아먹을 듯한 눈으로 태허자를 노려보았다. 금방이라도 달려가 일장에 쳐 죽일 기세였다.

 "네가 감히 나의 물건에 욕심을 내다니……. 곱게 죽고 싶다면…… 지금이라도 나에게 가지고 오너라."

 노인은 이런 와중에도 살려준다는 말을 하지 않았다.

 태허자가 그런 노인을 향해 냉소를 날리며 말했다.

 "흥! 살귀야! 네가 단심맹을 주막집으로 생각하는 모양인데, 아서라. 이곳에 모인 협객들은 죽음을 두려워하지 않는다. 네놈이 정히 이 마검을 찾아가고 싶다면 단심맹의 삼관(三關)을 깨라. 만약 단심맹의 삼관을 깨지 못한다면, 이 마검은 영영 돌려받지 못할 것이다!"

 "허허! 내가 왜 너희들의 말을 들어야 하지?"

 노인의 전신에서 가공할 살기가 뿜어져 나왔다.

 노인의 몸이 안개처럼 번져 나가는 핏빛 살기에 휩싸여 갈 때다. 태허자가 적혈비의 양끝을 손으로 움켜쥐고 소리쳤다.

 "네놈이 삼관을 거절한다면! 지금 당장 이 적혈비를 부러뜨리고 말 것이다! 삼관에 도전할 것이냐! 부러진 적혈비냐! 선택해라!"

 "……."

안개가 서서히 흩어졌다.

"너의 말대로 삼관을 깨주지. 감히 나의 허락 없이 적혈비에 손을 댄 자들의 목숨은 그날 받아내도록 하겠다. 만약 그때 가서 또다시 적혈비로 수작을 부린다면…… 명심해라. 그날로 십대문파는 세상에서 사라지게 될 것이다."

"걱정하지 마라. 만약 네놈이 삼관을 통과한다면, 내가 직접 적혈비와 나의 목숨을 내어 놓겠다. 그리고 삼관이 준비될 때까지 너는 외당(外堂)에 머물러야 한다. 네놈이 외당에서 사라지면, 그날로 적혈비는 한줌 쇳물이 되고 말 것이다."

"헐! 내가 왜 이곳에 머물러야 하느냐?"

"그것은 네가 단심맹의 삼관이 두려워서 아무도 몰래 적혈비를 훔쳐 달아날 수도 있기 때문이다. 네놈의 손에 희생당한 제자들이 저렇게 많은데, 우리가 네놈을 곱게 보내 줄 것이라고 생각하는 건 아니겠지? 단심맹을 상대할 자신이 있다면 외당에서 한 걸음도 벗어나지 마라!"

태허자는 교묘히 상대의 자존심을 긁어댔다. 상대가 자신에게서 적혈비를 탈취해 가는 일을 사전에 차단하기 위해서다.

노인은 그런 태허자의 속셈을 아는지 모르는지 선선히 고개를 끄덕였다.

"허허! 단심맹이 아니라 천하의 무림인들이 모두 오더라도 나를 당해내지 못할 것이다. 원하는 대로 외당에서 한 달을 기다려 주마. 그러나 나도 조건을 걸어야겠다. 한 달이다. 그 안에 삼관을 준비해라. 한 달이 지나도록 소식이 없으면, 십대문파는 멸문을 당하게 될 것이다. 크하하핫!"

우르르릉!

노인이 광소(狂笑)를 터뜨리자 지축이 흔들렸다.

노인의 가까이에 서 있던 전각 하나가 한쪽으로 기울어지는가 싶더니 와르르 무너져 내렸다.

오대문파 장문인들이 암울한 눈으로 노인을 바라보았다. 도대체 누구이기에 저토록 대단한 무위를 지니고 있단 말인가!

노인은 밖으로 휘적휘적 걸어 나가며 소리쳤다.

"외당으로 안내해라!"

맹주인 청암진인이 눈에 띄는 무당파의 제자들에게 손짓을 보냈다. 속히 가서 길안내를 해주라는 뜻이다.

머뭇거리던 몇몇 제자들이 황급히 노인의 뒤를 따라갔다.

태허자는 착잡한 눈으로 백여 구의 시체를 더듬어 나갔다. 피를 머금고 누워 있는 저 시체들은 십대문파의 미래였다. 그들의 죽음을 보고 있자니 가슴이 먹먹했다. 당장이라도 외당으로 달려가 살귀의 목을 베고 싶었다. 하지만 자신에게는 그럴 만한 힘이 없었다.

태허자가 쉰 목소리로 중얼거렸다.

"무공을 배운 나 자신이 원망스럽구나……"

무공을 배우지 않았다면, 이런 세계를 목도(目睹)하지 않아도 되었을 것이다. 무림인이 되지 않았다면, 이런 비굴한 느낌은 모르고 살았을 것이다.

"무욕(無慾)과 청정(淸淨)의 세계에서 살아도 다 얻지 못할 도(道)이거늘······."

이렇듯 답답한 마음으로 어찌 얻을까! 생각할수록 무공에 입문한 자신이 싫어졌다.

태허자에게 맹주인 청암진인이 다가왔다.

"장문인, 덕분에 위기를 넘겼소이다. 이제 남은 일은 삼관을 어떻게 준비하느냐 인데······ 생각해 두신 것은 있소이까?"

청성파 장문인 중산노조(重山老祖)와 공동파 장문인 도선진인(道宣眞人)이 다가왔다. 그들 역시 삼관에 대한 태허자의 이야기가 궁금했던 모양이다.

태허자의 입에서 한숨이 길게 흘러나왔다.

자신은 살귀가 살수를 쓰려고 하는 것 같아서 임기응변으로 삼관을 말했을 뿐이다.

자신도 다른 장문인들처럼 살귀를 오늘 처음 만났는데, 언제 삼관을 구상하고 있었겠는가! 하지만 기대의 눈으로 바라보는 장문인들에게 "아무생각 없다"고 말할 수도 없었다.

"빈도는······."

태허자가 문득 청암진인의 뒤편으로 시선을 던졌다. 개방의 방주인 무적취개가 멀리서 쭈뼛거리고 있었다.

살귀에게 적혈비를 건네주려고 했던 일이 마음에 걸려 다가

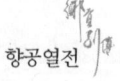

오지 못하고 있는 듯했다. 태허자는 가볍게 고개를 저었다. 무적취개가 적혈비를 내주려고 했던 것은 그의 잘못이 아니다. 살귀의 사기(死氣)가 무적취개를 압도했기에 생긴 자연적인 현상이다. 마치 뱀 앞에서 개구리가 움직이지 못하는 것처럼 말이다.

"방주, 아까의 일은 마음에 두지 마시구려. 불가(佛家)나 도가(道家)의 수도자(修道者)가 아니고서는 살귀의 영성(靈性)을 당해 내지 못했을 것이오."

그제야 무적취개의 어깨가 조금 펴졌다.

"후후, 본래 우리 거지들은 천덕꾸러기들이라서 기가 센 사람의 말은 거역하지 못한다오. 내 처지를 이해해 주시니 감사할 따름이외다."

"그 대신 명리(名利)에 대한 욕심이 없으니 천하에 부러울 게 뭐가 있겠소? 우리 모두 삶의 자리가 다른 만큼 강하고 약한 부분도 다를 것이오. 오늘 방주께서 살귀의 기운에 제압당했듯, 우리가 명리에 집착해 잘못을 범하고 후회할지 누가 알겠소?"

물론 태허자는 그저 해본 말에 불과했다. 하지만 이 말이 얼마 지나지 않아 현실로 드러나게 되리라곤 이 자리의 누구도 알지 못했다. 후회는 아무리 빨라도 늦은 법이지만 말이다.

무적취개가 다가오자 태허자가 담담하게 입을 열었다.

"사실 삼관은 천의대와 추혼대를 염두에 두고 한 말이었소. 일관(一關)은 천의대, 이관(二關)은 추혼대에게 맡겨 살귀를 상대하도록 하십시다."

"삼관은?"

청암진인이 묻자 태허자가 담담한 음성으로 답했다.

"최후의 삼관(三關)은 십대문파의 은거기인들로 구성했으면 좋겠다는 것이 빈도의 생각이외다. 살귀가 단심맹에 살수를 쓴 이상, 단심맹과 살귀는 불구대천의 원수가 되고 말았소. 살귀가 죽거나 우리가 죽어야 끝날 일이 되었으니…… 사문의 은혜를 입은 사람은 모두 모셔 오는 게 좋지 않겠소이까?"

청성파 장문인 중산노조가 고개를 주억거렸다.

"과연! 화산파의 검성(劍聖) 어르신과 무당파의 고적산인이 오신다면, 살귀가 아니라 살귀의 할아비라도 문제가 없을 것이오. 그런데 그분들을 어디 가서 찾을지가……."

중산노조가 말끝을 흐렸다.

검성 심인동과 고적산인은 소문난 방랑자들이다. 워낙 동에 번쩍 서에 번쩍 해대는 기인들인지라, 만나기가 하늘의 별따기 만큼이나 어려웠다. 살귀가 제시한 조건은 한 달, 그 안에 두 사람에게 연락을 하느냐 못하느냐가 관건이었다.

"다행히 화산(華山)에 검성 어르신의 손녀가 있소이다. 검성 어르신께서 손녀를 끔찍이 아끼시는지라, 다른 사람은 몰라도 손녀에게 만큼은 행선지를 귀띔해 주고 계시는 것 같으니…… 서둘러 화산으로 사람을 보내면 기한 내에 가능할 것도 같소. 물론 확실히 그렇다는 보장은 없지만……."

태허자의 말이 끝나자 중산노조가 청암진인을 바라보았다. 무당파의 노신선이라는 고적산인은 어떤가를 묻고 있는 것이다.

"솔직히 무당파에는 고적산인께서 어디서 무엇을 하고 계시는지 아는 사람이 없소이다. 벌써 오 년도 넘게 소식이 끊긴 분이시라…… 이미 우화등선하셨을 거라고 믿는 제자들도 있는 형편이오. 일단 태허궁에 사람을 보내 이쪽 형편을 알려주고…… 좋은 소식이 오기를 기다리는 수밖에……."

"……"

청암진인의 말에 장문인들의 표정이 다시 어두워졌다.

천의대와 추혼대가 십대문파의 최정예라고 해도 살해당한 내당의 고수들보다 조금 앞설 뿐이다.

솔직히 살귀와 대등하게 싸울 수 있는 사람은 검성과 고적산인 정도였다. 그러던 차에 고적산인이 우화등선했을지도 모른다는 말을 들으니 눈앞이 캄캄해진 것이다.

"지성이면 감천이라 했으니…… 최선을 다해 준비해 봅시다. 십대문파가 살귀 하나를 당해내지 못한대서야 말이 되겠소이까?"

호기 어린 태허자의 말에 장문인들이 고개를 끄덕였다.

살귀가 여럿이 아니라 한 사람이라는 생각에 다들 희망을 버리지 않았다. 아무리 무공이 하늘에 닿았다고 해도 상대는 겨우 한 사람인 것이다.

그럴 리는 없겠지만, 최악의 경우에는 봉문을 하고 살귀를 피해 버리면 될 일이었다.

*　　*　　*

아침 일찍 장안(長安)에 도착한 서문영은 즉시 황궁(皇宮)으로 들어갔다.

스쳐 지나가는 금군(禁軍)마다 서문영의 앞에서 감히 고개를 들지 못했다. 대부분의 금군에게 신책군 화장에서 어림친위군의 지휘관으로 벼락출세한 서문영은 숭배의 대상이었다. 서문영의 말과 행동은 금군들 사이에 크게 유행해서 장군검 대신 박도를 차고 다니는 고위무관도 많았다.

금군이 허리를 숙일 때마다 서문영의 얼굴은 더욱 어두워졌다. 관직에 투신한 사람들이 목숨처럼 여기는 가치와 자신이 추구하는 자유는 물과 기름처럼 서로 어울리지 않았다.

서문영은 자신이 권위 앞에 굴종(屈從)하고 싶지 않은 만큼, 타인이 자신에게 굽실거리는 것도 싫어했던 것이다.

서문영은 가급적 금군을 피해 감군원으로 갔다.

그러나 감군원수인 관억을 만나지 못했다. 내관들에게 "원수께서 어디에 계시느냐?"고 물었지만 다들 모른다는 말뿐이었다.

서문영은 감군원에 버티고 앉아 관억이 오기만을 기다렸다.

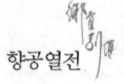

하지만 관억은 드넓은 황궁 어디에 처박혔는지 코빼기도 보이지 않았다.

해가 뉘엿뉘엿 지자 보다 못한 내관들이 "내일 다시 오시는 게 어떻겠느냐?"고 했지만, 서문영은 거절했다. 경험상 관억과 같은 사람은 지금 만나지 않으면 내일도 기약할 수 없었다.

관억의 위치에서 보면 황궁은 넓고, 만날 사람은 많았다. 고의로 피하려고 한다면 일 년이 지나도 만나지 못할 것이었다.

퇴청할 시간이 훌쩍 지나갔다. 하지만 서문영은 감군원을 떠나지 않았다.

관억이 아직 퇴청하지 않았다고 믿은 까닭이다. 내관들이 감군원 주위에 바글거리고 있는 한 관억은 어딘가에서 시간을 보내고 있을 게 분명했다.

얼마나 시간이 더 지났을까?

어둠이 짙게 내려앉을 무렵, 서문영은 마침내 감군원의 원수(元首) 관억(寬抑)과 대면할 기회를 얻게 되었다. 감군원에 나와서 기다린 지 꼬박 다섯 시진 만의 일이었다.

관억은 감군총사를 그만 두겠다는 서문영의 말에 조용히 귀를 기울였다.

하지만 듣는 것과 상대의 말에 동의를 하는 것은 다른 일인가 보다. 서문영이 애써 준비한 '궤관(挂冠; 관직을 그만둠)의 변(辯)'과 '전직 금군 장관 공위수의 구명(求命)'에 대한 일장

연설을 끝냈을 때다. 잠자코 듣고 있던 관억이 아무렇지도 않은 얼굴로 말했다.

"흠! 내가 자네의 심정을 모르는 바는 아니네. 견디기 어렵겠지. 자네처럼 '사람 위에 사람 없고 사람 밑에 사람 없다'는 생각으로 살아가는 선비들에게는 더더욱……. 하지만 이 바닥에 은퇴란 없는 법이라네. 계속 위로 올라가다가 운이 다하면 추락하게 되는데, 그때가 은퇴와 동시에 제삿날이 되는 게지. 내 말이 무슨 뜻인지 알겠는가? 우리 모두는 죽어서야 이 굴레에서 벗어날 수가 있다는 말일세."

"……"

서문영이 심드렁한 표정으로 관억을 바라보았다. 이 노인은 무엇이든 자신의 기준에서 말하는 경향이 있었다. 관직에 앉히는 것이나 물러남에 있어서는 더욱 그랬다. 독고휘를 중하게 기용하고 버릴 때만 봐도 알 수 있었다.

"그건 관 대인의 생각이시고, 저에게는 저의 인생이 있습니다. 제 인생은 저의 것입니다. 관 대인의 것이 아니지요."

"황상(皇上)께서 자네의 인생을 원하시네. 그럼 됐는가?"

"지금까지 황상의 존안(尊顔)을 뵌 적이 없는데 갑자기 왜 황상의 이야기가 나옵니까?"

서문영의 말에 관억이 피식 웃으며 답했다.

"내가 황상의 앞에 나가기까지 걸린 시간이 무려 이십 년이라네. 감군원에 이름을 올린 지 고작 이 년인 자네가 어찌 황

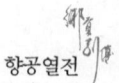
향공열전

상을 뵐 수 있겠나? 그렇다고 해도 황상께서는 자네의 모든 것을 소상히 알고 계시다네. 다만 때가 차지 않아 자네를 부르지 않으시는 것뿐…….”

"상관없습니다. 황상을 뵙느냐 마느냐가 중요한 게 아니니까요. 요는 제가 관직을 그만두고 싶어 한다는 겁니다. 허락해 주십시오."

"그렇게는 못하네. 자네는 싫든 좋든 감군총사이네."

"흥! 관 대인은 허울뿐인 관직으로 나를 옭아맬 수 있다고 생각하는 겁니까?"

서문영이 서늘한 눈으로 관억을 바라보았다.

순간 관억의 눈이 흔들렸다. 서문영의 전신에서 뿜어져 나오는 기운에 심장이 멎는 듯한 충격을 받아야 했던 것이다.

관억은 서둘러 말을 돌렸다.

"으음! 감군총사는 그렇다 치고, 자네는 보국왕 전하를 설득할 자신이 있는가?"

"상대가 누구라도 제 결심은 변함이 없습니다."

"하지만 보국왕 전하께서는 자네를 놓아 주지 않을 걸세."

"상관없습니다. 어림친위군에 얼굴을 내밀지 않으면 언젠가는 직위해제가 되겠지요."

"……"

서문영이 어이없는 말로 맞받아치자 관억은 물끄러미 서문영의 얼굴을 바라보았다.

만날 때마다 느끼는 바이지만 서문영은 대부분의 문제를 직관적으로 풀어나간다.

 바로 그 점이 그를 무책임하고 제멋대로인 사람으로 보이게도 한다. 하지만 그 제멋대로의 방법이야말로 가장 솔직하고 분명한 해답이었다.

 '쯧! 어린아이 같은 놈!'

 말없는 가운데 관억의 표정이 여러 차례 변했다. 서문영의 처리를 두고 고민하는 것이다. 이런 게 싫어서 감군원에 들어오지 않고 퇴청하려고 했었다. 하지만 숨어서 서문영의 기세를 보니 만나주지 않으면 감군원에서 먹고 잘 판이다.

 '하아!'

 관억이 암암리에 한숨을 내쉬었다. '서문영이 무서워서 감군원에 들어가지 못한다더라'는 소문이 돌까 봐, 뒤늦게 왔더니 결국 이 모양이다.

 미련 없이 죽여 버리자니 엄두가 나지 않았고, 살려두자니 왠지 마음이 불안하다.

 한참 동안 갈등하던 관억은 불현듯 자신이 서문영을 정말로 아끼고 있는지도 모른다고 생각했다. 어쩌면 양자(養子)인 독고휘에 대한 미안한 마음으로 그런 것일 수도 있다. 관억은 어느 경우라도 나쁘지 않다고 생각했다.

 한참 만에 관억의 입에서 한숨이 길게 흘러나왔다.

 이 대단한 젊은이가 자신의 능력 밖이라는 사실을 이제는

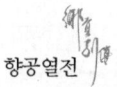
향공열전

인정해야 했다. 권력이나 재물에 욕심이 없으니 어떻게 회유할 방법이 없다.

관억은 애써 '대붕(大鵬)이 구만리(九萬里) 장천(長天)을 날아가도록 놓아 주는 것도 의미 있는 일이다'라고 자신을 위로했다. 하지만 서문영이 자유를 얻기 위해서는 반드시 넘어야 할 높은 산이 하나 있었다.

"하아! 왕야시라면 직위해제를 넘어 반역의 죄를 물으실 수도 있네. 자네는 서가장이 참화에 휩싸이기를 바라는가?"

서문영은 관억의 말에서 진심이 전해지자 잠시 망설였다. 자신은 보국왕에게 그 정도의 잔인함을 느낀 적이 없건만, 관억은 그런 일이 일어날지도 모른다고 주의를 주고 있었다. 자신이 모르는 보국왕의 일면을 관억이 알고 있다는 뜻이다.

"말해 보십시오. 누군가 서가장을 빌미로 저를 협박할 때마다, 저는 그의 말을 들어줘야 하는 겁니까?"

"……"

관억은 차마 답하지 못했다.

얼마나 시간이 지났을까? 관억이 뜬금없이 물었다.

"자네도 지금쯤이면 독고휘를 독살한 자들이 누구인지 알아냈겠지?"

서문영이 관억을 힐끔 바라보았다.

관억은 지금도 독고현을 '휘'라고 불렀다. 여아(女兒)인 독고현을 내관(內官)으로 만든 게 자신인지라, '현'이라고 부르지 못하는 것일까?

"예."

서문영은 관억이 그런 사실을 어떻게 알았는지 묻지 않았다.

대림사의 독살 사건을 자신이 직접 지휘하고, 두 개 현(縣)의 현위(縣位)들까지 수사에 대거 투입되었으니, 모르면 이상한 일이었다.

"그놈들을 어찌할 셈인가?"

"지옥불에 던져야지요."

서문영은 망설임 없이 답했다.

관억이 어두운 창밖으로 시선을 던지며 중얼거렸다.

"꼭 산 채로 던지게."

"……"

관억의 음성에서는 아무런 감정이 느껴지지 않았다. 내관 특유의 무심한 표정과 음성이었지만, 서문영은 그 속에 담긴 분노를 읽을 수 있었다. 자신도 독고현을 죽이라고 지시한 적이 있으면서, 막상 독고현이 독살을 당했다니 괴로운 모양이다.

독고현을 생각하니 더 이상 있고 싶지 않았다.

서문영은 공위수에 관한 대답을 듣지 못했다는 것도 잊고, 자리에서 벌떡 일어섰다.

"그동안 감사했습니다. 보중(保重)하십시오."

"……"

관억은 시선을 돌리지 않았다.

서문영은 그런 관억에게 읍(揖)을 해보이고는 조용히 물러났다.

어두운 창밖을 내다보던 관억이 나직이 중얼거렸다.

"부디 하늘을 벗하여 자유롭게 살아가도록 하게……."

잠시 후 관억은 탁자 위의 등잔에 불을 붙였다. 주변이 환하게 밝아왔다.

"그놈, 성질머리 하고는…… 쯧쯧!"

공위수에 대해서는 묻지도 않고 뛰쳐나간 서문영을 생각하니 어이가 없었다. 하지만 서문영이 마지막으로 남긴 인사를 곱씹어 보니 나름 투박한 정이 깃든 인사 같다. 그렇다면 자신이 공위수의 문제를 잘 처리해 줄 것으로 믿고 있다는 뜻인가?

"공위수야 사람은 좋은데, 있으나 마나한 인물이지……."

자신의 정적(政敵)들을 위험한 순서대로 나열하면 공위수의 이름은 저 바닥에 깔려 보이지도 않는다. 더구나 공위수는 오래전에 삭탈관직(削奪官職)까지 당한 폐물이다. 그런 사람 하나쯤 살려 둔다고 해서 자신의 입지가 흔들릴 이유는 눈곱만큼도 없었다.

"휘야, 내가 너에게 주는 처음이자 마지막 선물이라고 생각하거라."

허공의 한 지점을 멍하니 바라보던 관억은 이내 한숨과 함께 붓을 집어 들었다.

그리고 사면장(赦免狀)에 공위수의 이름 석 자를 천천히 적어 나갔다.

*　　　*　　　*

다음날 아침, 서문영이 묵고 있는 객점으로 금군의 전령(傳令)이 찾아왔다.
전령은 서문영을 보자마자 군례를 올린 뒤 짧게 말했다.
"장군님, 보국왕 전하께서 모시고 오라 하셨습니다."
"어디로?"
"두곡(杜曲)에서 어림친위군의 훈련이 열리고 있습니다. 전하께서도 그곳에 계십니다."
"알겠네. 잠시 기다리게. 내 간단히 준비하고 따라가도록 하겠네."
"예!"
전령이 절도 있는 동작으로 돌아나갔다.
서문영이 가볍게 인상을 찡그렸다. 보국왕이 자신의 위치를 정확히 알고 사람을 보냈다는 사실에 조금 놀란 것이다. 하지만 이내 총부(總部)에서 자신의 숙소를 알려 줬을 거라 생각하고 찜찜한 기분을 떨쳐냈다. 만약 그게 아니라면 보국왕과의 만남은 관액에 비할 바가 아닐 것이었다.

길안내를 하는 동안 전령은 서문영의 눈치만 살폈다.

그런 태도가 마음에 들지 않았지만, 서문영은 이미 금군에서 떠날 결심을 굳힌 터라 아무런 말도 하지 않았다.

서문영의 무관심에 전령은 더더욱 전전긍긍했다.

어색한 분위기 속에서 남쪽으로 한 시진쯤 걷자 절충부 소속의 초병(哨兵)들이 보였다. 군기가 바싹 든 초병들은 양민을 검문하여 금군의 훈련장으로 들어가지 못하게 막고 있었다.

전령이 재빨리 초병들에게 달려가 병부(兵符)를 꺼내 보였다.

초병들이 전령을 향해 군례를 올리는 것으로 보아 전령의 직위가 상당한 것 같았다.

전령이 돌아오자 서문영은 그의 직위를 물었다.

"소장(小將)은 말단 별장(別將)에 불과하니 말씀을 낮추어 주십시오."

"그랬구려. 별장이 왜 전령을?"

서문영의 물음에 금군별장 남궁벽(南宮碧)이 얼굴을 붉히며 답했다.

"장군님을 가까이서 보고 싶은 마음에 전령을 자처했습니다."

"……"

서문영은 젊은 별장에게 괜히 미안한 마음이 들었다. 자신의 무관심이 그에게는 상처가 됐을지도 모를 일이었다.

"쩝! 나라고 별 볼일 있겠소? 알고 보면 그놈이 그놈인 것을."

"아닙니다! 장군님은 우리 금군의 우상과도 같으십니다. 장군님께서 신책군 화장으로 계실 때 세우신 전공(戰功)은 젊은 무장(武將)들 사이에 전설로 전해지고 있습니다."

"신책군의 전공이라고 했소?"

서문영이 고개를 갸웃거렸다.

신책군 화장으로 있는 동안의 기록은 자의반 타의반으로 대부분 삭제되거나 축소되었다. 그러니 내세울 만한 전공이라는 게 무엇인지 알 수가 없었던 것이다.

"그렇습니다. 장군님께서 토번의 행군총관(行軍總觀) 샤카파에게서 안태민 장군을 구하신 것과 포로가 된 돌격여단을 적진 한복판에서 구출해낸 것을 모르는 사람이 없습니다! 어디 그뿐입니까! 토번과의 전투에 백일흔여덟 번 출전(出戰)하시어 사로잡은 포로가 이백이십 명, 구출한 아군 병사가 백팔십칠 명, 무관(武官)은 이십오 명이나 되십니다. 이 정도면 토번에서 장군님을 전신(戰神)이라고 부르는 것도 당연하다고 생각합니다!"

"……."

서문영이 의아한 눈으로 별장을 바라보았다.

지금 그가 말하고 있는 것들은 자신도 기억이 가물가물한 전과(戰果)였다. 그런데 아무 관계도 없는 금군의 별장이 어떻게 그토록 세세히 알 수 있단 말인가!

"귀관은 그런 이야기를 어디에서 들은 것이오?"

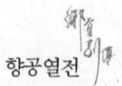
향공열전

"총부의 안태민 장군께서 지난해 겨울 신책군 용무대의 주둔지에서 장군님의 전과를 기록한 문서들을 발견했습니다. 폐기처분할 문서들 속에서 재질이 오래되지 않은 문서를 골라냈다가…… 그 속에서 장군님의 기록을 다량 발견한 것으로 알고 있습니다."

"안태민 장군께서 왜 용무대 주둔지에?"

"아! 모르고 계셨군요? 안태민 장군께서 새로운 신책군의 선발과 편성을 맡으셨습니다. 그 일을 위해 돌격여단의 주둔지 정비를 감독하러 나가셨다가 우연히 발견하게 되었다고 들었습니다."

"쯧!"

서문영은 안태민 장군이 쓸데없는 일을 벌였다고 생각했다. 보나마나 자신에 대한 미안한 마음으로 용무대의 주둔지를 샅샅이 뒤졌으리라.

"진심으로 존경하고 있습니다! 장군님!"

금군별장의 말에 서문영이 고개를 설레설레 저었다.

"그저 운이 좋았을 뿐이오."

"단지 운만으로 그런 전과를 올릴 수 없다는 것을 잘 알고 있습니다!"

"……"

서문영은 더 이상 말하지 않고 휘적휘적 앞으로 걸어 나갔다.

금군별장 남궁벽이 황급히 서문영의 뒤로 따라 붙었다.

멀리 화려한 군막(軍幕)이 보였다.
금색과 붉은색의 깃발이 현란하게 휘날리고 있는 것으로 보아 보국왕의 막사가 분명했다.
서문영이 젊은 별장에게 물었다.
"저것이 보국왕 전하의 군막인가?"
"예."
"수고했네. 그만 돌아가도록 하게."
"예!"
별장이 돌아서 후다닥 뛰어갔다.
"아! 잠깐만!"
"예?"
별장이 몸을 돌려 세웠다.
"자네의 이름이 뭔가?"
"예! 남궁벽이라고 합니다!"
"좋은 이름이로군."
서문영이 웃으며 손을 흔들어 보였다.
"감사합니다!"
금군별장 남궁벽이 머리를 꾸벅여 보인 후 다시 멀어져갔다. 피식 웃던 서문영은 우람하게 서 있는 보국왕의 막사 쪽으로 걸음을 떼어 놓았다.

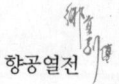
향공열전

*   *   *

"어서 오너라. 무슨 바람이 불어 예까지 찾아온 게냐? 네놈 꿈에 내가 죽기라도 하든?"

소림사의 해월선사(海月禪師)가 활짝 웃으며 모처럼 찾아온 속가제자를 바라보았다.

송안석은 스승에게 절을 올린 후 마주 앉았다.

무려 십 년 만에 스승을 대면한 송안석의 눈빛은 복잡하기만 했다.

소림사에 오르니 잊고 있던 과거의 일들이 하나 둘씩 떠올랐다. 그중에는 기쁜 일도 있고, 슬픈 일도 있었다. 그 와중에 송안석은 잊고 있던 중요한 사실을 하나 깨달았다. 그것은 외부에 고승(高僧)으로 알려진 스승의 항렬이 소림사에서 매우 낮다는 것이다.

소림사의 항렬은 허(虛), 공(空), 무(無), 원(元), 해(海), 정(正), 각(覺), 멸(滅)의 순서에 따른다. 어떻게 된 게 스승인 해월선사는 고희(古稀; 일흔)를 넘긴 나이였지만, 배분상으로는 십팔나한의 아래였다.

십팔나한이 대부분 사십대 중후반이니, 해월선사의 배분이 얼마나 낮은 것인지 알만 하다. 돌이켜 보니 자신도 무공을 배울 당시, 나이 어린 사숙(師叔)과 사백(師伯)들에게 놀림을 많이 받았다.

그런데 지금 소림사의 보물인 대환단을, 배분이 기록적으로 낮은 스승에게 부탁해야 할 판이다. 결과를 생각하니 눈앞이 캄캄해졌다.

"헐헐, 무슨 일이기에 얼굴이 죽상인고?"

"스승님, 왜 그렇게 배분이 낮으십니까?"

제자의 엉뚱한 질문에 해월선사가 크게 웃음을 터뜨렸다.

"푸허헐! 쿨럭! 쿨럭! 이놈아 웃다가 사래 들렸다. 쿨럭! 커허험! 십 년 만에 찾아와 한다는 소리가 고작 그거냐? 그게 궁금해서 예까지 온 게야? 원! 예나 지금이나 엉뚱하기는……."

"스승님, 제가 마음을 다잡고 강소성으로 가지 않았습니까?"

"에라! 이놈아! 말은 바로 해야지! 강소성에 가서도 마음을 못 잡고 사람 여럿 잡지 않았느냐? 네놈 때문에 내가 십 년 이십 년 아래의 젊은 사숙(師叔)들에게 먹은 욕을 생각하면…… 무병장수(無病長壽)도 남의 일이 아니다, 이놈아!"

"……."

벌써 오십대의 송안석이지만 스승의 앞에서는 소년과 같은 언행을 보였다.

해월선사 역시 한때 악명이 자자하던 귀영마살(鬼影魔殺) 송안석을 어린아이 대하듯 했다.

"하여튼 제가 조용히 살기 위해 누님의 집으로 들어가 집사 노릇을 좀 했습니다. 한 십 년 정도 집사로 남의 뒤치다꺼리를 하다 보니 혈기(血氣)가 사라지더군요. 그 덕에 스승님께서 말

쓴하신 적정(寂靜)의 세계도 조금 맛보게 되었습니다."

"헐, 속가(俗家)의 놈이 벌써 적정을 맛보았다니…… 본산(本山)의 제자들이 들으면 입에 거품을 물겠구먼. 그런데 그게 나의 배분과 도대체 무슨 관계냐 이놈아! 생각할수록 화가 나네 그려."

"예, 그렇지 않아도 지금 말씀 드리려던 참입니다. 성가장이 강소성의 패싸움에 휘말려 쫄딱 망하고 말았습니다. 형님과 일가친척들이 거의 다 죽고 조카 하나만 살아 돌아와 가주(家主)가 되었지요. 그런데 얼마 전에 패권 다툼을 벌이던 그놈의 현천문에서 성가장의 여제자를 납치해 갔습니다. 현천문주의 아들과 강제로 혼인을 시키려고 말이지요. 어찌어찌해서 그 여제자를 구해냈는데, 그만 중한 내상을 입고 말았습니다. 고명(高名)한 재야(在野)의 의원이 말하기를……."

갑자기 해월선사가 뒷말을 이어나갔다.

"소림사의 대환단이 아니면 치료할 수 없다고 했겠지?"

"예."

"소림사가 사문이니 잘하면 구해지겠다 생각해서 무작정 달려왔는데, 가만 생각해 보니 스승의 배분이 낮아서 구할 가능성이 없어 보이고?"

"잘 아시는군요."

"에라 이놈아! 소림사의 대환단이 길거리 약장수들이 파는 약이라도 되는 줄 아느냐? 내상을 입은 여제자에게 먹이겠다고 여기까지 오다니…… 네놈이 적정에 들었다더니, 적정이 아니라 격정(激情)이었구나! 다 늙은 놈이 웬 여제자 타령이냐?"

"스승님! 절대 그게 아닙니다. 제가 이 나이에 어린 여제자에게 욕심이 나서 여기까지 왔겠습니까? 내상을 입은 여제자가 하필이면 패권 다툼에 휘말려 죽은 큰조카의 정혼자였습니다. 성가장은 그 때문에 지금 난리가 났고요."

"길게 말할 것 없다. 소환단(小丸丹)이라면 나도 두세 개쯤 융통해 줄 수가 있다. 그러나 대환단은 불가능하다. 내가 내상을 입어 죽게 되었다고 해도 소림사에서는 대환단을 내주지 않을 게다. 그런데 어디 붙어 있는지도 모르는 무가(武家)의 여제자를 위해 대환단을 줄 것 같으냐?"

"강소성에 있는 성가장이라니까요."

"소환단이라도 필요하면 말해라. 대환단은 꿈도 꾸지 말고. 괜히 그런 얘기를 했다가는 나까지도 이상한 늙은이 취급을 받게 될 게다."

"스승님, 밑져야 본전인데, 말이라도 한 번 해보시면 안 되겠습니까?"

"이놈아, 밑지면 개망신이지 어째서 본전이냐? 나는 죽어도 그런 말 못한다. 정 하고 싶으면 네놈이 방장에게 가서 사정해 보거라."

"공산선사께서 저 같은 놈을 만나 주기나 하겠습니까?"

"공산선사를 아는 놈이 여태 그런 말을 해?"

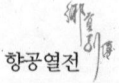
향공열전

"휴우! 그럼 소환단이라도 주십시오."

해월선사가 송안석에게 눈을 부라렸다.

"이놈아! 소환단은 땅 파면 나오는 줄 아느냐? 여기저기 나대지 말고 죽은 듯이 앉아서 나를 기다리고 있거라! 괜히 얼굴 뻣뻣이 들고 다니다가 네놈의 사숙들에게 걸리기라도 한다면 그나마 소환단도 말짱 도루묵이 되느니라."

"예, 예."

해월선사가 선방(禪房)에서 나가며 중얼거렸다.

"그러게 어린 사숙들을 왜 두들겨 패고 달아나? 아무리 철이 없다고 해도 소림사에서 그런 짓이 통할 줄 알았누? 쯧쯧!"

해월선사의 뒤통수를 향해 송안석이 지지 않고 되받았다.

"그 어린놈들이 하도 스승님께 이래라저래라 해대서 그런 것 아닙니까? 그러게 스승을 고르실 때 배분을 좀 신경 쓰셨어야지요! 배분을!"

"허! 그놈 참! 선승(禪僧)이 무슨 쌈박질 할 일이 있다고 배분 타령이냐? 좋은 스승이 계시면 머리 숙이고 찾아가 배우는 게 도리이지."

"쳇! 그렇게 사시니까 하나뿐인 제자가 찾아와도 대환단 하나 못 얻어 주시는 게 아닙니까!"

"그놈 따박따박 말대꾸는! 강소성에 가서 구두공(口頭功)만 익히고 왔나……."

해월선사의 음성이 멀어져갔다.

홀로 남겨진 송안석은 애잔한 눈으로 스승의 선방을 살펴보았다. 십 년이 지났음에도 변한 것이 전혀 없었다.
 만약에 소림사에 생불(生佛)이 나타났다고 하면 분명 해월선사를 두고 하는 말일 것이다. 송안석은 진심으로 그렇게 믿었다.

제10장
검공(劍公), 마땅히 공경 받을 만하다

 장안(長安) 근교의 흥교사(興敎寺) 동쪽으로 길게 뻗은 초원에 군막 백여 개가 자리하고 있다. 모두가 어림친위군의 숙소다.
 그중에서도 가장 화려하고 웅장한 군막이 보국왕의 거처였다. 그 보국왕의 군막 안에 두 사람이 마주 앉아 한 치의 양보도 없이 설전을 벌이고 있었다.

"네가 뭐라고 해도 나의 생각에는 변함이 없다. 나는 허락하지 않는다."
 보국왕이 단호한 음성으로 거절했다.
"왕야, 말을 물가로 끌고갈 수는 있으나 억지로 물을 먹일

검공(劍公), 마땅히 공경 받을 만하다 295

수는 없는 법입니다. 말뿐 아니라, 사람 역시도 그렇습니다. 마음이 떠났는데 몸만 남겨 두면 그것을 무엇에 쓰겠습니까? 병부(兵符)까지 반납하였으니, 앞으로는 어림친위군의 일에 관여하지 않겠습니다."

서문영 역시 조금도 물러서지 않았다. 보국왕을 설득하지 못하면 '관직에서 떠난다'는 원대한 꿈도 수포로 돌아가고 만다.

"본 왕이 병부를 받아둔 것은 네가 그것을 함부로 다루었기 때문이다. 어림친위군의 병부가 어떤 의미인지 알았다면, 너는 감히 그렇게 하지 못했을 것이다."

서문영이 가지고 있던 어림친위군의 병부로 십만의 금군을 움직일 수 있다. 병부를 손에 쥔 자의 마음에 따라 나라가 뒤집힐 수도 있는 것이다.

그런 엄청난 병부를 서문영은 탁자 위에 올려놓고 손을 털었다. 마치 도박을 하다가 그만 두겠다며 자기 패를 내던지듯이 말이다. 보국왕으로서는 통탄할 노릇이었지만, 자신이라도 병부를 회수하지 않을 수 없었다.

"바로 그런 점 때문에 관직에서 물러나겠다고 하는 것입니다. 저 같은 사람이 공직(公職)에 있으면 안 된다는 것을 아시지 않습니까?"

"벌써 사흘째 너는 같은 소리를 하고 있다. 내가 허락하지 않겠다고 했음에도 계속해서 찾아와 같은 소리를 하는 것은,

본 왕의 권위를 무시하기 때문이냐?"

본래 보국왕이 서문영을 부른 것은 그에게 어림친위군의 통솔을 맡기기 위함이었다. 그런데 이게 웬걸?

서문영은 오자마자 관직에서 물러나겠다고 했다. 당연히 불허(不許)하자 매일 찾아와 저렇게 윤허(允許)해 달라고 간청하고 있었다. 그러기를 벌써 사흘째다.

지칠 대로 지친 보국왕은 최후의 수단으로 서문영을 압박하고 있었다. 이 마지막 압박마저 통하지 않는다면? 관억의 불안한 예감처럼 역모로 몰아 갈 수도 있고, 서문영의 소원을 들어줄 수도 있다. 서문영을 아끼는 보국왕이었지만, 지금의 분위기로 볼 때는 어느 쪽도 가능할 것 같았다.

"……"

서문영도 보국왕이 자신에게 최후의 통첩을 보냈음을 깨달았다. 이제는 더 전진해 끝을 보든지, 물러나 평생 보국왕의 눈치를 살피며 사는 길밖에 없었다.

"왕야를 무시하지 않기에 이토록 찾아와 간청하는 것이 아니겠습니까? 상대가 왕야가 아니시라면 저는 뒤도 돌아보지 않고 떠났을 것입니다."

"……"

막사 안에 무거운 침묵이 감돌았다.

보국왕은 이글거리는 눈으로 서문영을 노려보았고, 서문영은 감히 그런 보국왕의 시선을 피하지 않았다.

마침내 보국왕의 입술이 열렸다.

"너는 본 왕의 총애를 믿고 역린(逆鱗)을 건드리려 하고 있다."

"……."

서문영은 애써 변명하지 않았다.

역린을 건드리고 있다는 보국왕의 말은 전혀 틀린 것이 아니었다. 역린이란 용(龍)의 턱 아래에 있다는 비늘이다. '용의 턱 아래 난 비늘을 건드리면 죽임을 당한다'는 전설에서 유래된 역린이란 말은 '왕의 분노'를 의미했다.

"본 왕의 지시에 항명(抗命)하는 것은…… 대역죄에 해당된다."

"자질이 부족해 스스로 관직에서 물러나겠다는 것을 어찌 대역죄라 말할 수 있겠습니까? 오히려 애국충정(愛國忠情)에서 내린 결단이니, 상을 줘도 부족할 것입니다."

"네 이놈! 감히 본 왕을 능멸하다니! 정녕 죽고 싶은 게냐!"

마침내 보국왕이 자리를 박차고 일어났다. 끝까지 뜻을 굽히지 않고 말대꾸를 하는 서문영에게 분노가 일어난 것이다.

서문영은 눈을 지그시 감았다.

보국왕이 그런 서문영을 뚫어져라 노려보았다.

저것은 '더 이상 말하고 싶지 않다'는 무언의 항의일 수도 있고, '처분을 달게 받겠다'는 뜻일 수도 있다.

하지만 어느 쪽이든 결국 자신의 명을 받들 수 없다는 것이

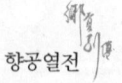
향공열전

니 항명이요, 대역죄다. 이제는 정말 서문영에게 죄를 묻든, 풀어주든 해야 할 순간이 오고 만 것이다.

"너뿐 아니라 구족(九族)이 참수(斬首)를 당할 수도 있다."

순간 서문영의 눈이 번쩍 뜨여졌다.

지금은 보국왕이 서문영의 용린을 건드린 셈이다.

"어떤 의미로 하신 말씀이십니까?"

"정녕 몰라서 묻는 게냐? 너에게 서가장의 흥망(興亡)이 달려 있으니 생각해서 말하라는 뜻이다."

서문영이 담담한 음성으로 말했다.

"왕야, 저의 죄는 저에게만 물으십시오. 그 죄조차도 제가 인정하는 만큼의 무게만 지고 가겠습니다. 그 이상은 사양합니다."

"흥! 죄를 정하는 것은 네가 아니라 나다. 너는 그저 받아들일 수밖에 없다는 것을 알아야 할 것이다. 그것이 이 땅에 태어난 백성들의 거부할 수 없는 운명이다."

"왕야, 군사부일체(君師父一體)라는 말을 들어보셨습니까?"

"너는, 그걸 아는 자가 그토록 안하무인(眼下無人)으로 행동했단 말이냐!"

"오해를 하시는군요. 지금까지 저는 부모나 스승의 바람과 다르게 살아왔습니다. 하물며 나라라고 한들 저의 뜻을 꺾을 수 있겠습니까?"

"……."

보국왕의 얼굴에 경련이 일어났다.

서문영은 군사부일체라는 금언(金言)을 '순종해야 마땅하다'는 의미가 아니라, '부모 말도 안 듣는데 군주의 말을 듣겠느냐?'는 것으로 사용하고 있었다.

"그래서, 결국 서가장과 함께 죽고 싶다는 것이 너의 뜻이냐?"

"……."

침묵하던 서문영이 되물었다.

"왕야께서는 목숨 걸고 지키고 싶은 것이 있겠지요?"

"계속 말하라."

보국왕은 정나미가 떨어진 얼굴로 서문영을 바라보았다. 다루기 어려운 망나니를 앞에 둔 표정이었다.

"왕야께서 굳이 어림친위군의 수장(首長)으로 계시는 것은 왕조(王祖)를 소중히 여기시기 때문일 것입니다. 저에게 서가장이 있다면 왕야에게는 왕조가 그런 대상이겠지요? 제가 서가장을 지키고 싶듯, 왕야께서도 왕족과 충신을 지키고 싶어 하실 겁니다."

"그래서?"

"왕야께서 서가장으로 저를 핍박하지 말아 주십사 부탁드리는 것입니다."

"본 왕이 서가장을 멸하면 너는 황실에 복수라도 할 생각이냐?"

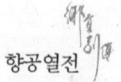
항공열전

"……."

서문영은 대답하지 않았다.

때로는 말보다 침묵이 더 진실을 강변할 때가 있다. 지금이 그랬다.

호국왕은 서문영의 눈에서 자신의 추측이 옳았음을 깨달을 수 있었다. 서문영이 왕조와 왕족, 충신을 들먹였던 것은 바로 그런 이유에서였던 것이다.

"허어! 눈에는 눈, 이에는 이란 말인가……."

보국왕이 멍한 눈으로 서문영을 바라보았다.

평소 그가 제멋대로인 인물이라는 것은 알고 있었다. 하지만 이토록 극단적일 줄이야!

자신이 홧김에 '서가장을 없애겠다'고 협박하는 것과 서문영이 '왕가를 멸하겠다'는 것은 차원이 다른 문제였다.

"정녕 대역무도한 놈이로다! 나라의 동량(棟樑)인 줄 알았건만! 이제 보니 구제불능의 미친놈이었구나!"

"……."

서문영은 꿀 먹은 벙어리처럼 입을 열지 않았다.

서문영이 묵묵부답(默默不答)으로 일관하자 보국왕은 호흡을 가다듬었다.

여우같은 서문영은 '황실에 복수하겠다'는 대역무도한 말을 결코 입에 올리지 않을 것이다. 결국 소재를 바꾸어야 서문영과 대화가 가능하다는 뜻이다.

"그런데 너에게 그런 능력이 있을까?"

"백 명의 관병이 도적 하나를 막지 못한다는 말이 있습니다. 하물며 저같이 무공이 입신(入神)의 경지에 이른 사람을…… 금군이 막을 수 있겠습니까?"

역시 기다렸다는 듯 서문영이 말을 받았다.

보국왕은 자신의 계획대로 되자 내심 실소를 흘리며 말했다.

"백 명이 도적 하나를 막을 수 없겠지만, 만 명이 무림고수 하나를 죽이는 것은 일도 아니다."

"옳으신 말씀이십니다. 전면전(全面戰)을 벌인다면 무림고수가 어찌 황군의 상대가 되겠습니까? 다만 작정을 하고 치고 빠지기를 반복한다면, 누가 저를 당해내겠습니까?"

"……"

가만히 생각하던 보국왕이 눈살을 찌푸렸다.

그러고 보니 서문영의 무공 정도면 가능한 이야기였다.

하지만 여기서 대화를 끝내고 싶지는 않았다.

"네가 준비를 하기도 전에 전면전이 벌어진다면 어쩌겠느냐? 이곳에는 이미 삼만의 어림친위군이 있다. 네가 이곳에서 달아날 수 있을 것 같으냐?"

서문영을 대하는 보국왕의 태도는 많이 누그러져 있었다. 그러고 보면 지금까지 화가 난 시늉을 했던 모양이다.

"왕야를 앞세운다면 못할 것도 없겠지요."

"나를 인질로 잡을 자신은 있고?"

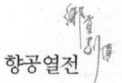
향공열전

"모든 것을 해보기 전에야 어찌 알겠습니까?"

"……."

서문영을 노려보던 보국왕의 눈빛이 조금씩 부드러워졌다.

잠시 후 보국왕의 얼굴에 대역죄 운운했던 것이 믿어지지 않을 정도로 훈훈한 미소가 떠올랐다.

"하하하! 내가 졌다. 나는 네가 그토록 관직을 싫어할 줄은 몰랐다. 네 소원을 들어주도록 하마."

"왕야, 성은이 망극하옵니다."

서문영이 벌떡 일어나 허리를 숙였다.

내심 '보국왕이 미친 척하고 자신에게 대역죄를 적용하면 어쩌나?' 걱정했는데, 다행히 그런 일은 일어나지 않았다. 지난 사흘간 어림친위군에 머무르며 팽팽하게 신경전을 벌인 것이 최고의 결실을 맺은 것이다. 두 번 다시 이런 신경전은 벌이고 싶지 않았다.

'차라리 전쟁을 하라면 하지…… 정말 못할 짓이다.'

생각에 잠긴 서문영의 귓가에 보국왕의 음성이 들려왔다.

"내가 너에게 했던 말들은 잊어라. 너의 뜻이 어느 정도 확고한지 알아보기 위해서 몰아세웠을 뿐이니까 말이다."

"예……."

굳어 있던 서문영의 얼굴이 조금씩 밝아졌다. 전쟁터 한가운데를 헤치고 지나온 듯 온몸이 땀으로 흠뻑 젖어 있었다.

당차게 말했지만 서가장의 존망(存亡)이 달린 일인지라, 심적으로 크게 부담을 느끼지 않을 수 없었던 것이다.

"참! 대림사에서 일어난 독살 사건을 조사한다고 들었다. 아직 미제(未濟)로 남아 있는 것 같던데, 관직 없이 현위들을 지휘할 수 있겠느냐?"

"이미 사건의 전모가 드러난 만큼 처리하는데 어려움은 없을 것 같습니다."

"잘됐구나. 그 사악한 일의 주모자가 누구더냐?"

"무당파 장로인 담운의 제자들이 관계되어 있었습니다."

"흐음! 무당파에 그런 망종이 섞여 있었군. 역시 사람들이란…… 쯧쯧!"

한동안 혀를 차던 보국왕이 부드럽게 말했다.

"그 일로 독고현이 희생되었다는 말은 들었다. 너와도 보통 사이가 아닌 것 같던데……."

보국왕은 이미 독고현이 관억의 양녀라는 사실을 알고 있는 것 같았다.

'보국왕이 모르는 일이 있을까?'

서문영이 고소(苦笑)를 지으며 답했다.

"예, 지키지 못한 약속이었지만, 그녀를 책임지겠다고 했었습니다."

"그랬군……."

고개를 끄덕이던 보국왕이 다시 물었다.

"아직도 많이 그리우냐?"

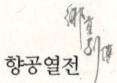
향공열전

"예, 그렇지 않다고 한다면 거짓이겠지요."

"그토록 그립다면, 독고현을 다시 살리고 싶다는 생각은 해본 적이 없느냐?"

"한 번 죽은 사람을 무슨 수로 되살릴 수 있겠습니까? 모두 부질없는 생각일 뿐이지요."

"부질없는 생각이라……. 허나 사람이 하늘 아래의 일들을 모두 알 수는 없는 법. 만약 누군가 독고현을 살릴 수 있다면, 너는 그를 위해 무엇이든 할 각오가 되어 있느냐?"

"그런 사람이 있을 리가 없지 않습니까?"

"그러니 만약이라고 하지 않더냐."

"……."

잠시 생각하던 서문영이 고개를 떨구었다.

"솔직히 잘 모르겠습니다."

"허! 잘 모르겠다?"

"예, 천리(天理)를 거역하는 것이 옳은지 어떤지……."

"허어! 이제 보니 목숨 걸고 하는 사랑은 해본 경험이 없는 게로군. 독고현이 목숨과 바꾸어도 아깝지 않은 상대였다면, 고리타분하게 천리타령이나 해대고 있었겠느냐? 알았으니 그만 물러가거라. 앞으로 군문(軍門)의 일로 너를 부르는 일은 없을 것이다."

"……."

서문영은 보국왕의 말에 얼굴이 달아올랐다. 문득 '독고현을 목숨처럼 사랑하지 않은 것인지도 모른다'는 생각이 들었던 것이다.

떠나가는 서문영의 귓가로 보국왕의 혼잣말이 들려왔다.

"제대로 사랑 한 번 해본 적도 없는 놈이 그리움 타령이라니……. 어딘가 한참 모자란 놈인 줄은 알아봤지만…… 쯧쯧!"

* * *

달빛이 교교(皎皎)하게 빛나는 밤, 무당산 태허궁(太虛宮)의 상청각(上淸閣)에서 달빛에 어울리지 않는 깊은 시름이 흘러나왔다.

태허궁의 도기대행(道紀代行)인 일월선인(日月仙人)의 탄식이다. 열흘 전에 시작된 탄식은 날이 갈수록 점점 심해지고 있었다.

일월선인의 메마른 손이 서탁 위에 놓인 서찰을 들어올렸다.

벌써 몇 번째나 다시 읽는지 모른다. 읽을 때마다 괴로웠지만, 그래도 또 읽게 된다. 서찰의 내용이 너무 기괴해서 영 실감이 나지 않았던 것이다.

…… 그런 이유로 사백(師伯)이신 고적산인의 도움이 절대적으로 필요하게 되었습니다. 살귀를 막지 못하면 십대문파의 존립이 위태로우니, 어떻게든 사백님을 모시고 단심맹으로 와 주

십시오.

무당파 장문인 청암진인 배상(拜上)

"끙! 천하를 주유하고 계신 사백님을 무슨 수로 찾는단 말인가!"

한 달의 기한 중에 벌써 열흘이 지났다. 남은 이십 일 안에 고적산인을 찾아야 한다. 하지만 고적산인에 대한 단서는 어디에도 없었다.

"그런데 그토록 대단한 고수가 강호에 있었다니! 믿기 어려운 일이야……."

아무리 세상이 넓다 해도 그렇지, 오대문파 장문인들이 상대하기 어려울 정도의 고수라니!

일월선인은 고개를 설레설레 저었다.

순간, 일월선인이 머무르고 있던 방의 문짝이 거칠게 열렸다.

꽈당!

서찰에 푹 빠져 있던 일월선인은 대경실색해서 저도 모르게 "헉!" 하는 비명을 토해내고 말았다. 살귀가 무당파에까지 왔다고 착각한 것이다.

"놀라기는! 너 이놈! 천도(天道)는 어디로 가고 네놈이 여기에 죽치고 있느냐!"

일월선인이 멍한 눈으로 심야에 난입한 괴인을 바라보았다.

다 죽어 가던 일월선인의 얼굴에 별안간 화색이 돌았다.
"사백님!"

"뭐, 뭐냐!"
일월선인이 자리에서 벌떡 일어나 고적산인에게로 달려갔다.
"이놈! 뭐하는 짓이냐!"
일월선인은 고적산인이 뭐라고 하거나 말거나 바짓가랑이를 잡고 늘어졌다.
"사백님! 잘 오셨습니다! 그동안 어디를 그렇게 다니셨습니까? 태허궁이 걱정도 안 되셨습니까?"
고적산인이 거머리처럼 달라붙은 일월선인의 팔을 하나씩 떼어냈다.
"너 이놈! 흰소리 말고 왜 네놈이 여기에 있는지나 이실직고 하렸다!"
그렇지 않아도 서문영의 일로 무당파에 화가 나 있던 고적산인이다. 그런데 돌아와 보니 궁주전에 제자인 천도상인(天道上人)이 아니라 일월선인이 떡하니 앉아 있는 게 아닌가! 일월선인 역시 문하생이긴 하지만 천도상인처럼 직계는 아니다. 자연히 고적산인의 말이 곱게 나갈 리가 없었다.
그제야 고적산인이 화가 나 있다는 것을 알게 된 일월선인은 화들짝 놀라 손을 뗐다. 그리고 급히 아랫목으로 내려가 무

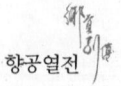
향공열전

률을 꿇었다. 너무 자기 생각만 하다 보니 고적산인의 놀란 마음을 생각하지 못했다는 자책이 들었다.

"사백님, 소질(小姪)은 와병 중인 천도상인을 대신해서 상청궁의 도기대행을 하고 있었습니다."

"도기대행?"

고적산인이 고개를 갸웃거렸다. 지금까지 도기면 도기지, 대행은 들어본 적이 없어서다.

"예, 천도상인을 대신해서 임시로 상청궁의 일을 처리하다 보니…… 대행이라는 말이 붙었습니다."

"그 무슨 해괴한 소리냐? 천도가 병이 깊어 물러날 정도면 도기를 새로 선출하든지 했어야지. 도기대행이라니!"

"그것이…… 천도를 마지막으로 더 이상 도기는 뽑지 않기로 합의가 된지라……."

"헐! 누구 마음대로?"

"무당산 오대도기들이 모두 그렇게 하기로……."

"오대도기 좋아하시네! 천도가 그리 하자고 하더냐?"

"천도사제가 와병 중이라…… 소질이 다른 도관의 도기들과 합의를 하였습니다."

"감히 태허궁의 천년 전통을 네 마음대로 끊었다는 말이냐?"

"사백님, 무당산의 오대도관이 무당파라는 이름으로 뭉쳤습니다. 소질은 단지 시대적 소명에 부응하기 위해……."

고적산인이 이글거리는 눈으로 일월선인을 쏘아보았다.

이제 보니 천도상인의 와병을 핑계로 삼대도관이 꿍꿍이를 부린 모양이다. 다른 십대문파처럼 무당산의 여러 도관들을 하나로 묶으려고 말이다.

"이미 물러난 몸이니 네놈들의 헛짓거리에 관여하지 않겠다. 천도에게로 안내해라."

"예? 예……."

일월선인이 살았다는 표정으로 자리에서 일어났다. 고적산인이 크게 화를 내고 도기들의 약속을 무효화 하라고 했으면 곤란할 뻔했다.

하지만 고적산인은 무당산 도관이 어떻게 돌아가든 그다지 신경 쓰지 않는 것 같았다. 일월선인으로서는 다행한 일이 아닐 수 없었다.

일월선인이 고적산인을 안내한 곳은 그간 자신이 사용하던 일월각(日月閣)이다.

병을 얻어 유명무실(有名無實)해진 도기에게 이 정도 대우면 나쁘지 않은 것인지라, 고적산인은 더 이상 나무라지 않았다.

고적산인이 문을 열고 안으로 들어갔다.

잠시 머뭇거리던 일월선인도 급히 뒤를 따랐다. 마음 같아서는 피하고 싶었지만, 자신에게는 반드시 해야 할 일이 남아 있었다.

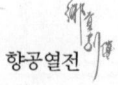
향공열전

"스, 스승님……."

거의 뼈만 남은 천도상인이 자리에 누워 고적산인을 올려다보았다. 천도상인의 눈에서는 하염없이 눈물이 흘러나왔다.

중병으로 오늘내일 하면서도 아직까지 죽지 못한 것은 스승의 얼굴을 한 번이라도 보고 죽어야 한다는 일념 때문이었다.

"너, 멀쩡하던 놈이 왜 이 모양이냐?"

고적산인이 믿어지지 않는다는 눈으로 천도상인을 바라보았다. 십여 년 전만 해도 멀쩡하던 사람이, 그새 뼈다귀에 가죽을 씌운 것처럼 말라 있었다.

퀭한 눈을 보니 아직 죽지 않은 게 기적이다. 자신이 태허궁을 떠난 동안에 천도상인에게 무슨 일이 있었던 것일까?

"제자가…… 욕심을 부리다가 그만……."

"욕심이라니?"

"금단대도파(金丹大道派)에서 비전의 단약(丹藥)을 연성하는 데 성공했다고 가져왔기에……."

금단대도파는 무당산에 있는 작은 도관에서 단약을 제조해서 팔아가는 도사들의 모임이다.

평소 선도술에 관심이 많은 도사들인지라, 단약을 먹는 것은 일상다반사(日常茶飯事)였다. 다만 재수가 없으면 천도상인처럼 파탄이 나는 경우가 종종 있었지만 말이다.

"그래서…… 금단대도파의 단약을 먹고 이 지경이 되었다는 말이냐?"

검공(劍公), 마땅히 공경 받을 만하다

"……."

천도상인의 눈에서 굵은 눈물이 흘러내렸다.

천도상인은 꺽꺽거리며 터져 나오려는 울음을 안으로 삭이기만 했다.

입구에 앉아 있던 일월선인이 조심스럽게 보충설명을 했다.

"사제는 금단대도파의 단약을 먹고 처음에는 내력이 늘었다고 좋아했습니다. 그러다가 그것을 두 번, 세 번, 거듭 복용하다가 그만 저렇게 되었지요. 금단대도파는 사제가 쓰러져 폐인이 되자 무당산에서 자취를 감추었습니다."

"어리석은 놈들 같으니…… 대도(大道)를 한낱 약으로 이룬다면 그게 대도겠느냐? 쯧쯧!"

한동안 혀를 차던 고적산인이 천도상인의 손목을 잡았다.

"……."

고적산인은 눈을 지그시 감고 손바닥으로 내력을 흘려보냈다.

한참을 집중해서 진맥하던 고적산인이 고개를 설레설레 저었다. 내부의 장기가 완전히 녹아 회생이 불가능했다. 지금까지 살아 있다는 게 기적이었다.

"스승님, 제자는…… 더 이상 여한이 없습니다. 옥체 보중하시옵소서……."

천도상인의 눈에서 희미한 빛이 번득였다.

다음 순간 천도상인의 눈에서 생기가 빠져나갔다.

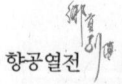
향공열전

고적산인이 천도상인의 눈을 손으로 덮으며 중얼거렸다.
"그래, 고생 많았다. 좋은 곳으로 가서 편히 쉬거라······."
일월선인은 천도상인의 죽음을 알고는 급히 밖으로 뛰어나갔다.
잠시 후 늦은 밤임에도 불구하고 태허궁의 도사들이 하나 둘씩 일월각으로 모여 들었다. 태허궁의 마지막 도기를 장사지내기 위해서다.

*   *   *

다음날 아침, 과거에 사용하던 현묘각(玄妙閣)에서 쉬고 있던 고적산인은 일월선인의 방문을 받았다.
일월선인이 자리에 앉기가 무섭게 고적선인이 물었다.
"무당파에 태청단이 있느냐?"
"없습니다. 있었다면 진즉에 사제에게 썼을 것입니다."
"······."
일월선인이 고적산인의 눈치를 살폈다. 행여나 천도상인에게 태청단을 구해 먹이지 않은 것을 탓할까 봐 걱정이 되었던 것이다.
하지만 태청단은 필요하다고 구해지는 것이 아니었다. 고적산인도 그것을 알고 있는지 더 이상 추궁하지 않았다.
"태청단을 만들 수 있는 도사를 아느냐?"

검공(劍公), 마땅히 공경 받을 만하다 313

"현재 무당파에서 태청단을 만들 수 있는 도사라면…… 자소궁(紫宵宮)의 도기 약선(藥仙) 정도일 것입니다."

"알겠다. 찾아온 이유가 뭐냐?"

"사백님, 먼저 이것을 읽어 주십시오."

일월선인이 품안에서 서찰을 꺼내 두 손으로 바쳤다.

서찰을 다 읽은 고적산인이 복잡한 눈으로 일월선인을 바라보았다.

청암진인의 서찰에 등장하는 천하무적의 살귀가 누군지 알 것도 같았다. 분명 전에 만났던 그 신비인일 것이다.

'허! 그가 찾는 물건이 마검 적혈비라니……. 그렇다면 그가 바로 삼백 년 전의 천하제일인 마제(魔帝) 화운비(華運悲)겠구나!'

무림사 최악의 살인마라는 마제 화운비가 되살아나 단심맹에 있다니?

믿어지지 않는 현실에 고적산인은 혀를 내둘렀다.

일월선사가 조심스럽게 물었다.

"사백님, 살귀에 대해 아시는 것이라도 있습니까?"

"있지만 말해도 믿지 못할 것이다."

"그자가 대체 누구이기에?"

"알 거 없다. 그나저나, 너 담운이라는 놈에 대해 얼마나 아느냐?"

"담운이라면 상청궁의 장로가 아닙니까? 이번에 단심맹의

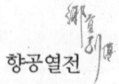

총관으로 선출되었다고 하더군요. 평소 담 장로와는 왕래가 없어…… 소질도 그 정도밖에는…….”

"다행이로군. 만약 네가 담운과 교분이 깊었다면…… 내 손에 남아나지 못했을 것이야.”

"헉! 무슨 일이라도?”

"아직은 몰라도 된다. 때가 되면 알게 될 일……. 담운과는 일체 왕래를 하지 말아라. 만약 내 말을 어길 시에는…… 빠드득.”

고적산인이 이를 갈아 부쳤다. 담운이 저지른 일을 생각하니 갑자기 울화가 치밀어 오른 것이다.

"예, 예, 소질 담운과는 말도 섞지 않겠습니다.”

"나가 봐야겠다.”

말과 함께 고적산인이 자리에서 일어나 밖으로 나갔다.

일월선인이 얼떨결에 뒤따라가며 물었다.

"사백님, 지금 어디로 가십니까? 그리고 단심맹에는 언제쯤 가시려는지요?”

"에잉! 어리석은 놈들 같으니! 지금은 단심맹의 살귀보다 태청단이 더 급하니라. 살귀야 검성과 내가 있으니 무슨 걱정이겠느냐마는…….”

'검공이 강호에 나온다.'

하지만 고적산인은 입안에서 그 말을 삼켜야 했다. 괜히 선불리 그 이름을 입에 올렸다가 부정이라도 타게 되면 곤란했다.

'검공은 청룡(靑龍)이다.'

그리고 그 청룡이 노하지 않게 만드는 것이 자신의 일이었다.

고적산인이 인상을 찡그렸다.

아무리 생각해도 주어진 시간이 많지 않았다.

단심맹에서 살귀를 상대하고, 동시에 서문영에게 태청단을 구해 주어야 한다. 그중 어느 것 하나라도 소홀히 할 수 없었다.

"바쁘다 바빠!"

갑자기 고적산인의 신형이 허공으로 뜨는가 싶더니, 자소궁이 있는 방향으로 화살처럼 날아갔다.

*   *   *

느긋하던 단심맹이 갑자기 숨 가쁘게 돌아가기 시작했다. 십대문파에 은밀하게 무림첩이 도는가 싶더니, 곧이어 난다 긴다 하는 고수들이 장안으로 속속 모여 들었다. 그들 모두가 십대문파의 직계이거나 속자제자들이었다.

단심맹이 움직이자 사파연합인 천명회까지 덩달아 요동쳤다. 천명회도 부지런히 무림첩을 돌렸다. 사마외도의 은거고수들은 호남성(湖南省) 장사(長沙)로 대거 이동했다. 그동안 보이지 않던 칠대마인들이 다시 천명회에 얼굴을 드러냈다.

향공열전

사람들이 우스갯소리로 "협객은 장안으로 가고, 침 좀 뱉어 본 사람은 장사로 간다"고 말할 정도였다.
  무림인들은 드디어 질질 시간만 끌던 정사대전이 코앞으로 다가왔다고 떠들어 댔다. 실제로 장안과 장사를 제외한 나머지 지역에서는 사소한 시비가 정사문파 간의 큰 싸움으로 번지곤 했다. 변두리에서는 벌써 정사지간의 싸움이 시작되고 있었던 것이다.

  평소 무림인들로 북적거리던 등봉현은 한가했다. 소림사와 관계된 사람들이 하나 둘씩 장안으로 떠났기 때문이다. 사람이 제법 오가는 큰 거리에도 무림인이라고 생각될 만한 사람은 드물었다. 그 덕분에 한낮의 소란스러움은 평소보다 훨씬 덜했다.
  하지만 등봉현의 중심에 자리하고 있는 용문객점만은 무림인들로 북적거렸다.
  물론 그들 대부분이 장안으로 떠나기 위해 모인 소림사 출신의 고수들이었지만 말이다. 특별히 용문객점이 소림사 출신의 무림인들로 들끓는 것은 주인의 과거와도 무관하지 않았다.

  소림사의 속가제자이자 용문객점의 주인인 강일품(姜一品)은 계산대에 앉아서 동문사형제들과 끊임없이 인사를 주고받았다.

그러기를 무려 한 시진. 마침내 뒷덜미가 뻣뻣해진 강일품이 이리저리 머리를 움직이자 점소이 하나가 웃으며 다가왔다.
 "어르신, 그만 들어가 쉬십쇼. 그러다가 목 부러지겠습니다."
 "이놈아, 이게 다 인맥관리라는 거다. 대충 차려놓으면 손님이 알아서 모이는 줄 아느냐?"
 "예, 예, 알겠습니다."
 점소이가 건성으로 대답할 때다.
 객점의 문이 열리며 한 사내가 성큼성큼 계산대로 다가갔다.
 "주인장, 강소성에서 오신 오십대의 남자 분이 사용하고 있는 방이 어딥니까?"
 강일품이 어색한 미소로 사내를 바라보았다. 단지 강소성에서 왔다거나, 오십대의 남자라는 것만 가지고는 누구를 찾는지 알 수가 없었던 것이다.
 "하하! 손님, 저희 객점에 손님이 오십여 명 계시는데…… 일일이 출신지를 물어 보지 않아서…… 누구를 찾으시는지 알 수가 없군요."
 "아, 혹시 송안석이라는 분이 계시다면 안내해 주십시오."
 "……."
 사내의 입에서 송안석이라는 이름이 나오자 강일품의 안색이 살짝 변했다.

강일품이 사내 뒤편에서 식사를 하고 있는 한 무리의 소림사 제자들을 힐끔거릴 때다.
  사내는 객점 주인이 아직 잘 모른다고 생각했는지 설명을 덧붙였다.
  "그분은 소림사의 속가제자이신데, 기억이 나십니까?"
  "아, 그야, 물론, 당연히……."
  강일품이 허둥대며 사내의 손을 잡아끌 때다.
  식사를 하고 있던 소림사의 제자들 가운데 한 사람이 벌떡 일어섰다. 사십대 후반으로 보이는 장년의 남자였다.
  장년인은 입안의 음식을 우적우적 씹으며 사내와 주인에게로 다가왔다.
  순간 강일품이 계산대 밖으로 달려 나와 장년인에게 허리를 숙여 보였다.
  "사숙(師叔), 마저 드시지 않고……."
  장년인은 한 손으로 강일품을 밀어내고는 사내의 앞으로 다가갔다.
  "젊은이가 방금 송안석이 소림사의 속가제자라고 했나?"
  "예. 뭐가 잘못 되었습니까?"
  "잘못 되었지. 암. 잘못 돼도 크게 잘못 되었지. 송안석은 자네의 말처럼 그냥 속가제자가 아니야. 그에게는 반드시 한마디 말이 더 붙어야 돼. 그는 소림사 속가제자의 수치야. 그러니 누군가 송안석을 부를 때는 반드시 '속가제자의 수치' 라고 불러야 한다네. 알겠는가?"

"……."

사내는 대답하지 않았다.

장년인이 불쾌한 눈으로 사내를 바라보았다.

"나는 소림사 속가제자인 백만호(伯卍湖)네. 강호의 동도들은 내 손이 '빛처럼 빠르다'고 하여 광천수(光千手)라고 부르지. 자네의 이름은 뭔가?"

사내가 계산대 위에 팔꿈치를 척 걸치며 답했다.

"나는 대림사의 속가제자인 운검(雲劍) 서문영이오. 강호의 동도들은 내 검술이 '마땅히 공경 받을 만하다'고 하여 검공(劍公)이라 부르더이다."

"……."

장황한 서문영의 설명에 백만호가 눈을 끔뻑거렸다.

아직 강호에서 검공이라는 외호(外號)를 들어본 적이 없는 백만호인지라, 상대를 어떻게 다루어야 하는지 감이 오질 않았던 것이다.

〈8권에서 계속〉

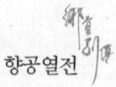
향공열전

향공열전 鄕貢列傳

조진행 신무협 장편 소설

ORIENTAL FANTASY STORY & ADVENTURE

최고의 작품만을 선보이는 무협의 거장!
『천사지인』, 『칠정검칠살도』, 『기문둔갑』의
베스트셀러 작가 조진행이 심혈을 기울인 역작!

대림사(大林寺) 구마선사가 남긴 유마경(維摩經)의 기연.
월하서생 서문영, 붓을 꺾고 무림의 길로 나선다!

이제, 과거 시험은 작파하고 무공을 배우겠다!

dream books
드림북스

신세대 무협 작가 '3인 3색'
드림 출간 기념 이벤트!

제 1 탄!
감성무협의 신기원을 열었던
『은거기인』의 작가 건아성!

이번엔 배신과 음모가 판치는 비정한 사파인들의 이야기로
끊임없이 변화를 추구하는 작가주의의 진면목을 보여준다!

군림마도

하북 호혈관에서 시작된 강호 대파란.
이제 사파의 이름으로 천하 무림을 굽어보리라!

제2탄, 나민채 작가의 퓨전 무협 『마검왕』(2009년 1월 출간 예정)
제3탄, 가나 작가의 신무협 『천마금』(2009년 1월 출간 예정)

푸짐한 사은품 증정!!

EVENT ONE

이벤트를 진행하는 3종의 책을 '모두 구입하신 분들 중' 추첨을 통해 사은품을 드립니다.

[사은품]
1명 : <최신형 디지털 카메라> + 3종의 3권(작가 친필사인)
('EVENT ONE에 참여하신 분들 중 30명'에게 작가 친필사인이 들어 있는 3종 3권을 드립니다.)

[응모요령]
1,2권 띠지에 부착된 응모권 6개를 오려 드림북스로 보내주세요.

EVENT TWO

이벤트를 진행하는 3종의 책을 '개별적으로 구입하신 분들 중' 추첨을 통해 사은품을 드립니다.

[사은품]
3명 : <백화점 상품권(10만원)> + 구입한 도서의 3권(작가 친필사인)
(『군림마도』(1명), 『마검왕』(1명), 『천마금』(1명))

[응모요령]
1,2권 띠지에 부착된 응모권 6개를 오려 드림북스로 보내주세요.

EVENT THREE

책을 읽고 감상평을 올리시는 분들 중 11명을 추첨하여 사은품을 드립니다.

[사은품]
으뜸상(1명) : Mplayer Eyes MP3 + 서평을 쓴 도서의 3권(작가 친필사인)
우수상(10명) : 문화상품권(1만원) + 서평을 쓴 도서의 3권(작가 친필사인)

[응모요령]
이벤트 진행 도서들 중 하나를 읽고 인터넷 서점(YES24)리뷰란에 감상평을 올려주시고,
그 내용을 복사하여(이메일, 아이디 기재) 한 번 더 '드림북스 홈페이지 감상란'에 올려주세요.

[보내주실 곳] (우)142-815 서울시 강북구 미아8동 322-10
(주)삼양출판사 2층 드림북스 이벤트 담당자 앞

[이벤트 기간] 2008년 12월 15일~2009년 2월 16일

[당첨자 발표] 2009년 2월 27일(당사 홈페이지 및 장르문학 전문 사이트에 발표합니다.)

드림북스 홈페이지 http://www.sydreambooks.com
드림북스 블로그 http://www.blog.naver.com/dream_books
문피아 사이트 http://www.munpia.com/출판사 소식/드림북스
조아라 사이트 http://www.joara.com/출판사 소식

※ 응모권을 보내주실 때는 '이름, 연락처, 주소'를 정확히 기입해 주세요.
※ 사은품은 이벤트 진행도서 3종 3권의 책이 모두 출간된 직후 일괄 배송합니다.
※ 사은품은 상기 이미지와 다를 수 있습니다.

흑마법사 무림에 가다

박정수 판타지 장편소설

FUSION FANTASY STORY & ADVENTURE

『마법사 무림에 가다』의 박정수!
이번에는 흑마법으로 무림을 평정한다.
마교에서 부활한 대흑마법사 마현의 무림종횡기!

무림인들은 자기 실력의 3할은 숨겨 둔다고?
그렇다면 내가 숨겨 둔 비장의 3할은 바로 흑마법이다!

dream books
드림북스